MAIK BRÜGGEMEYER

DAS DA-DA-DA-SEIN

aufbau

MAIK BRÜGGEMEYER

DAS DA-DA-DA-SEIN

ROMAN

aufbau

Dies ist kein Tatsachenbericht, sondern ein Roman. Etwaige Ähnlichkeiten mit lebenden oder toten Personen sowie realen Geschehnissen sind somit allenfalls zufällig und nicht beabsichtigt.

FSC
www.fsc.org
MIX
Papier aus verantwortungsvollen Quellen
FSC® C083411

ISBN 978-3-351-03379-8

Aufbau ist eine Marke
der Aufbau Verlag GmbH & Co. KG

1. Auflage 2011

Einbandgestaltung hißmann/heilmann, Hamburg
Druck und Binden CPI – Clausen & Bosse, Leck
Printed in Germany

www.aufbau-verlag.de

»Diesen in seinem Woher und Wohin verhüllten, aber an ihm selbst um so unverhüllter erschlossenen Seinscharakter des Daseins, dieses ›Daß es ist‹ nennen wir die *Geworfenheit* dieses Seienden in sein Da, so zwar, daß es als In-der-Welt-sein das Da ist.«

Martin Heidegger

»Was wir Dada nennen, ist ein Narrenspiel aus dem Nichts, in das alle höheren Fragen verwickelt sind; eine Gladiatorengeste; ein Spiel mit den schäbigen Überbleibseln; eine Hinrichtung der posierten Moralität und Fülle.«

Hugo Ball

»Da da da – ich lieb dich nicht, du liebst mich nicht.«

Trio

Prolog

For the beginning is assuredly
the end – since we know nothing, pure
and simple, beyond
our own complexities.
William Carlos Williams

Als ich heute Morgen erwachte und in das dunkle Loch des Tages schaute, dachte ich: Es ist alles sinnlos. Ich fragte mich, ob es einen Satz gäbe, der auf diesen ersten Satz des Tages folgen konnte. Ich fragte:

»Wie von hier weiter?«

Eine Stimme in meinem Kopf entgegnete:

»Es ist alles sinnlos.«

Das Weiterdenken läuft nur über die Wiederholung. Das habe ich gelernt.

*

Eine Flucht vorm ersten Satz des Tages. All den ersten Sätzen, die mit »Es ist« beginnen. Ein Abschiedsbrief vom Dach der Welt. An alles, was ist. Für den, der ihn findet. Zufällig. Es ist alles sinnlos. Ich wiederhole mich.

Eins

Neulich sah ich einen Mann, wie er auf dem Bürgersteig vor sich hingaloppierend versuchte, der Geige, die er sich artgerecht zwischen Schulter und Kinn geklemmt hatte, eine Melodie zu entlocken. Wenig später betrat er dasselbe Wartezimmer, in dem auch ich nun schon saß. Ich las in einem Roman, der mir ziemlich auf die Nerven ging, weil der Erzähler sich genötigt sah, alles zu kommentieren und zu erklären, was die Figuren da taten. Woher wollte er das alles denn so genau wissen?

Der Mann legte sein Instrument auf den Tisch, setzte sich auf einen Stuhl schräg gegenüber und linste in meine Richtung.

»Entschuldigen Sie. Lesen Sie auch zwischen den Zeilen?«

»Das ist bei diesem Buch leider kaum möglich.«

Er stutzte, schaute mich eindringlich an.

»Ihre Antwort bringt mich direkt nach Kalifornien.«

»Na, Sie kommen aber rum … in Gedanken.«

»Ich habe da mal gelebt. Ein paar Jahre. Mit einer Frau. Die konnte auch nicht zwischen den Zeilen lesen.«

»Aha. Wie lange waren Sie denn da?«

»Acht Jahre.«

Er schaute vor sich hin auf den Boden, aber irgendwie ins Leere. Ich schaute verlegen weg, dann fasziniert doch wieder hin. Da hatte er den Kopf gehoben. Er sprach Richtung Decke.

»Die Medikamente schlagen auf die Nieren.«

Dann stand er auf, lief schnurstracks aus dem Zimmer und vergaß seine Geige.

*

Tja, so ist das, habe ich noch gedacht, wenn die Welt nicht nach der eigenen Geige tanzt, kann einem das ganz schön auf die Nieren schlagen – besonders, wenn man zwischen den Zeilen lesen kann.

*

Ich weiß selbst nicht, ob das eine traurige oder eine komische Geschichte ist (jeder, dem ich sie erzähle, lacht jedenfalls). Ja, ich weiß nicht einmal, wie viel von dieser Geschichte eigentlich wirklich passiert ist, weil ich kaum unterscheiden kann zwischen der Realität, den unterbelichteten Bildern aus der Dunkelkammer meines Kopfes und der so genannten Fiktion, die manchmal einfach eine schöne Illusion, manchmal die Wahrheit und oft eine bloße Lüge ist. Ich muss alles ordnen. Ich muss mich wiederholen. Es ist sonst alles sinnlos.

*

Die Begegnung mit dem Geigenmann fand jedenfalls im Wartezimmer meiner Therapeutin statt. Und warum ich bei einer Therapeutin bin, können Sie sich vermutlich schon denken.

Zwei

Mein Problem ist folgendes: Zwei Mal in meinem Leben hatte ich das Gefühl, die Frau getroffen zu haben, die ich heiraten wollte. Mit fünfzehn und mit dreißig. Das klingt natürlich erst mal nach einer herrlichen Symmetrie und gar nicht nach einem Problem.

Aber es geht schon los, wenn ich Ihnen erzähle, dass ich tatsächlich schon einmal verheiratet war. Aus Versehen. Mit Mitte zwanzig. Gleich nach dem Studium. Da war ich gerade aus Köln weggezogen. Sie hieß Aurelie Sosie und sah ziemlich genauso aus wie die erste Frau, die ich hatte heiraten wollen. Aber auf die kommen wir später. Das wird sonst alles zu kompliziert.

Das eigentliche Problem betrifft die zweite Frau, die ich heiraten wollte. Shirley Novoletsky. Ich lernte sie durch eine Freundin in einer Münchner Bar kennen. Sie hatte lange schwarze Haare, einen bleichen Teint und ein Lachen, das man vielleicht am besten als unterkühlt beschreiben kann. Wenn überhaupt. Ich meine, wenn es überhaupt ein Lachen war.

Als ich sie zum ersten Mal sah, hatte ich das Gefühl, ich hätte von einem Moment auf den anderen den Text für den Rest meines Lebens vergessen. Alles hatte sich verändert – das Set, das Drehbuch, die Hauptdarsteller. Und nach vier Jahren Beziehung und drei Jahren Zusammenwohnen sah alles nach einem Happy End aus. Ich hatte bereits Verlobungsringe gekauft und wartete eigentlich nur noch auf den richtigen Augenblick. Der richtige Augenblick kommt natürlich nie. Deshalb muss man ihn selbst schaffen. So heißt es doch immer in diesen Lebensratgebern.

*

Shirley ging wie jeden Morgen um halb neun aus dem Haus. Normalerweise schlief ich um diese Uhrzeit noch. Aber an jenem Tag stand ich zeitig auf, aß eine Schale Müsli und wollte mit der Recherche beginnen, um endlich meinen Antragsplan in die Tat umzusetzen. Doch mein Laptop war verschwunden. Auf dem Schreibtisch lag ein Zettel.

»Guten Morgen, Liebster. Musste deinen Rechner mitnehmen, meiner hakt irgendwie, und ich halte doch heute meinen Vortrag. Bis später, Shirl.«

Ihr Vortrag, den hatte ich ganz vergessen. Bei einer Messe für Recruiting oder Personalmanagement oder sowas. Davon hatte sie irgendwann erzählt. Jedenfalls musste ich nun Flexibilität zeigen, schnell und spontan meine Pläne ändern.

Ich beschloss, in die Stadt zu fahren. Um neun Uhr dreißig stand ich im Novemberniesel vor der Filiale einer Buchladenkette am Stachus. Nur um festzustellen, dass diese erst eine halbe Stunde später öffnete. Das brachte meinen gesamten Zeitplan durcheinander. Die Beine wurden mir unruhig, und ich lief die Fußgängerzone hinauf. Am Rathaus sah ich einen Buchhändler gerade einige mit Folie abgedeckte Tische vor die Ladentür schaffen. Das war meine Chance.

»Sagen Sie, haben Sie Kochbücher?«

»Äh ja, wir öffnen allerdings erst in einer Viertelstunde.«

»Aber es ist eilig. Sehr eilig.«

»Na gut, kommen Sie mit rein.«

Ich folgte ihm, und er zeigte mir ein kleines Regal in einer dunklen Ecke.

»Bitte sehr.«

Dort standen vielleicht fünfzig verschiedene Bücher, Hefte und Magazine mit Rezepten aus aller Herren Länder.

Ich war ziemlich überfordert. Der Schweiß stand mir auf der Stirn. Ich hätte den Händler um Rat fragen können, aber – ehrlich gesagt – hatte ich nicht vor, ein Kochbuch zu erwerben. Viel zu teuer, ich musste ja auch noch Zutaten kaufen. Alles, was ich wollte, war ein irgendwie originelles und trotzdem einfaches Rezept.

Ich zog ein Buch von Alfred Biolek aus dem Regal. Den kannte ich, der schien mir vertrauenerweckend. Ich hatte noch nie jemanden in seiner Kochsendung maulen sehen. Zettel und Stift einzustecken, hatte ich dummerweise vergessen. Ein Foto mit dem Mobiltelefon wäre sicher möglich gewesen. Ich hätte den Moment abwarten müssen, in dem der Händler nicht hinsah. Doch jetzt, wo ich in seine Richtung blickte, schaute er natürlich zurück.

»Finden Sie, was Sie suchen?«

»Naja, schon, bestimmt. Ich brauch nur noch ein bisschen Zeit.«

»Ich dachte, Sie wären in Eile?«

»Auch, ja, auch. In Eile. Es ist ... ich habe allerdings eingeplant, dass ich hier ein bisschen länger brauche.«

Ich blätterte durch das Bio-Buch. Spargelzeit war gerade nicht, oder? Fisch? Wenn überhaupt, dann nur als Filet. Ohne Kopf jedenfalls. Oder Lamm? Zu langes Rezept, schwer zu merken. Arabisches Huhn? Das sah kompliziert aus. Also vielleicht Möhren-Ingwer-Honig-Suppe. Aber war das romantisch genug? Mit dem Honig war es einfach, der bedeutete das Süße im Leben, die Blumen und die Bienen. Na ja, und Möhren und Ingwer könnten symbolisch fürs Wurzelnschlagen stehen. Darum ging es ja. Beziehungsweise, das war natürlich zu altmodisch gedacht. *Der Baum und die Wurzel zeichnen ein trauriges Bild des Denkens, das unaufhörlich, ausgehend von einer höheren Einheit, einem Zentrum oder Segment, das Viele imitiert.* So ging's natürlich nicht! Aber der Ingwer war ja auch eine Knolle, hatte also eine rhizomatische Struktur. Da hätte nicht mal eine poststrukturalistische Feministin einen Einwand gehabt. Alles deutete auf eine moderne, von Machtstrukturen freie Ehe hin.

Ich versuchte, das Rezept zu memorieren: *Fünfhundert Gramm Möhren in feinen Scheiben, eine Stange Staudensellerie, zwei Stück Ingwer, walnussgroß, ein Esslöffel Honig, dreiviertel Liter Gemüsebrühe* – mehr konnte ich in der Aufregung nicht behalten, der Rest müsste Pi mal Daumen funktionieren.

Es war jetzt zehn Uhr durch, und niemand betrat das Geschäft, um den Buchhändler auch nur für einen Moment abzulenken, damit ich den Laden ohne Kauf verlassen konnte. Andererseits war diese Möhren-Ingwer-Honig-Suppe in der Anschaffung nicht allzu teuer. Ein Alibi-Taschenbuch konnte ich mir leisten. Ich entschied mich für *Die Stunde der wahren Empfindung* und verließ den Laden mit dem Roman in der Tasche und Möhren, Sellerie, Ingwer und Gemüsebrühe im Kopf.

*

Um vierzehn Uhr köchelte tatsächlich etwas auf unserem Gasherd, das einer Möhren-Ingwer-Honig-Suppe zumindest der Farbe und Konsistenz nach ähnelte. Das konnte jetzt richtig durchziehen – ich hatte mal gehört, dass das beim Suppekochen oft von Vorteil wäre.

Dazu hatte ich Vollkornbaguette, Antipasti und Weißwein besorgt. Nun hieß es warten. Noch vier Mal suchte ich den *Tengelmann* auf. Für Kerzen, für Servietten, für Mineralwasser, für neue Streichhölzer. Außerdem fischte ich zur Vorbereitung Jane Austens *Persuasion* aus dem Regal, um mit zitternden Händen Captain Frederic Wentworths Brief an Anne Elliot zu lesen. Bis mir aufging, dass die dann ja abgelehnt hatte. Warum kam mir in diesem Moment kein Beispiel für einen gelungenen Antrag in den Sinn? Von Shakespeare bis Tschechow – irgendwas war immer falsch. Italo Svevo? Sie machen Witze.

Als ich nach der Suppe schaute, stellte ich fest, dass sie

etwa zur Hälfte in recht fester Konsistenz und dunkler Färbung eine Verbindung mit dem Topf eingegangen war. Ich schöpfte den noch intakten Teil meiner Kreation in ein anderes Gefäß, verlängerte das Ganze mit Weißwein, kochte es kurz auf und stellte die etwas dünne Mischung in den Kühlschrank. Ab halb sieben wärmte ich sie dann wieder auf. Shirley musste bald heimkommen. Also Kerzen an.

Eine halbe Stunde später drehte ich die Gasflamme auf die kleinste Stufe, legte mich aufs Wohnzimmersofa und schlief sofort vor Erschöpfung ein.

Erst Shirleys vor dem Schloss klimpernde Schlüssel weckten mich. Es war kurz vor neun.

»Hallo. Ich bin wieder da-ha. Hat etwas länger gedauert. Wir haben noch was gegessen zusammen ... Was ist denn hier los? Erwartest du wen?«

»Äh, nein, ich dachte, ich koch mal.«

Sie schaute mich skeptisch an.

»Du?«

Ich rappelte mich auf, ging in die Küche, um nach der Suppe zu sehen. Zweifellos gut, dass Shirley schon gegessen hatte.

»Also, ich bin satt. Aber ein Glas Wein trink ich gern.«

Ich hatte die Musik vergessen! Konnte ich jetzt noch, ohne dass es auffiel, etwas Romantisches ...? Das würde doch den Grund für die Inszenierung allzu unsubtil herausposaunen – beziehungsweise heraustrompeten, denn ich hatte eigentlich an Chet Baker gedacht. Immerhin die Kerzen brannten noch auf Halbmast.

Shirley saß am gedeckten Tisch und mümmelte an einem Stück Brot. Ich goss ihr ein Glas Weißwein ein.

»War ein echt interessanter Tag. Tut gut, ab und zu mal vor Leute zu treten. Dieser Adrenalinschub – also, man ist gleich ein ganz anderer Mensch.«

»Mhm.«

»Und was hast du so gemacht. Bist du weitergekommen mit deinem ... deinem ... Projekt?«

»Ja, ich denke, ich bin auf dem richtigen Weg.«

»Willst du mir nicht mal zeigen, wie weit du schon bist. Also mit dem Konzept.«

»Am Wochenende vielleicht ... Also, warum ich das hier eigentlich alles ...«

»Du hast dich ganz schön ins Zeug gelegt. Mit Tischdecken und so. Welch köstliche Speise ist mir denn entgangen?«

»Ach, es war nur ... nur eine Kleinigkeit.«

»Irgendwas ist doch nicht in Ordnung, oder? Brauchst du Geld?«

»Nein. Nein! Weswegen ich eigentlich – also, es sollte einfach eine schöne Atmosphäre sein, weil ich dir ...«

»Wir sollten kurz mal frische Luft reinlassen. Es riecht ein bisschen angekokelt.« Sie ging zum Fenster. »Aber red ruhig weiter.«

Ich räusperte mich – vielleicht mit ein bisschen zu viel Emphase.

»Glücklicherweise bist du nicht Anne, und unglücklicherweise habe ich nicht die Worte von Cap...«

»Entschuldige, wenn ich dich unterbreche, aber mir kommt diese ganze Situation gerade ein bisschen seltsam vor. Ich fühl mich irgendwie unwohl.«

»Seltsam? Also, nein, keine Angst. Es ist alles in Ordnung. Ich wollte dich nur fragen, willst du ...«

»Sei mir nicht böse, aber ich bin echt geschafft. Vielleicht ist das der Grund. Ich geh schon mal ins Bett. Wir können ja morgen Abend weiterreden.«

Dann stand sie auf und ging ostentativ gähnend Richtung Schlafzimmer. Ich blieb sitzen, ließ die Ringe, die ich unter dem Tisch in den feuchten Händen gehalten hatte, zurück in meine Jacketttasche fallen und leerte den gekühlten Weißwein – und dann den ungekühlten.

Ich versuchte mich mit dem Gedanken aufzumuntern, dass Pierre Curie einst auch etliche Versuche hatte unternehmen müssen, bis seine Marie den Antrag angenommen hatte. Andererseits war er Atomphysiker gewesen und gehörte somit einer Profession an, die es gewohnt ist, mit großen Zeiträumen und winzigen Wahrscheinlichkeiten umzugehen. Und er lebte in einer ganz anderen Zeit – ich meine, er wurde von einer Droschke überfahren!

*

Von diesem Abend an hatte Shirley sich immer weiter von mir entfernt. Am nächsten Tag kam sie wieder spät nach Hause, dann zwei, drei Mal überhaupt nicht. Und sie redete kaum noch mit mir. Eine solche Reaktion hätte ich in dem Moment, als ich die Ringe kaufte, nie für möglich gehalten. Aber man darf sich der Welt, in der man lebt, nie zu sicher sein. Denn erstens bewohnt man sie am Ende ja allein und niemand sonst kann die Gesetze und Gewissheiten, die dort herrschen, nachvollziehen, und zweitens kommt mit Sicherheit irgendwann jemand aus einer anderen Galaxie und zerstört sie. So wie in *Mars Attacks*.

Etwa zwei Wochen nach meinem misslungenen Antrag, es war ein Freitagabend, kam ich vom Einkaufen nach Hause, und Shirley war weg. Auf dem Küchentisch lag ein Zettel. »Bin übers Wochenende zu meinen Eltern gefahren. Shirl.« Spätestens da wusste ich, dass ich ein Problem hatte. Denn wer fährt schon freiwillig nach Brandenburg!

Wie groß dieses Problem wirklich war, konnte ich in diesem Moment natürlich noch nicht ahnen. Aber mir fiel wieder ein, was Shirley gesagt hatte, nachdem wir uns den letzten Jarmusch im Kino angeschaut hatten: »Männer werden mit dem Alter immer einsamer.«

War das ein versteckter Hinweis gewesen? Sofort flackerten Bilder durch meinen Kopf: Ich in einer einsamen Sozialwohnung auf dem Boden liegend – nach einem Herzinfarkt oder Schlaganfall, vielleicht schon tot. Würde mich jemand finden? Mich überkam – immer noch auf Shirleys Zettel starrend – eine große Angst vor der Einsamkeit. Nein, Einsamkeit klingt zu romantisch, dieses Gefühl hatte nichts

Malerisches, Caspardavidfriedrichhaftes. Vereinsamung ist das bessere Wort. Isolation.

Shirley war meine Verbindung zur Welt gewesen, so wie Barbara Hershey für Max von Sydow in *Hannah And Her Sisters*. Sie war das Periskop, durch das das Draußen zumindest in Sichtweite blieb. Sie gab mir das Gefühl, ein Teil davon sein zu können, wenn ich nur wollte.

Nach der Trennung von Aurelie überkam mich diese Angst zum ersten Mal. Natürlich war ich in den vier Jahren, bis ich Shirley kennenlernte, nicht die ganze Zeit allein gewesen, doch jedes Mädchen, das ich kennenlernte, schluchzte mir früher oder später ein »Ich bin beziehungsunfähig« in die sich anbahnende Zweisamkeit. Das gehörte in jenen Jahren anscheinend zum guten Ton. Ein damals enger Freund von mir meinte mal, für mich müsste man eigentlich eine neue Form der Hure erfinden: die Anti-Domina. Wenn man zu ihr ins Zimmer ginge, setzte sie sich auf die Bettkante und erklärte unter hysterischen Heulkrämpfen, warum sie jetzt keinen Sex haben könnte.

Roger Eberts beschreibt in *The Little Book of Hollywood Cliches* diese archetypische Szene: Eine Frau beschließt aus einer Enttäuschung heraus, sich nicht mehr zu verlieben. Als sie eines Tages aus dem Supermarkt kommt, platzt ihr die Einkaufstüte, ein Mann kommt ihr zu Hilfe und sammelt nicht nur all die heruntergepurzelten Orangen und Birnen ein, sondern hilft ihr auch, das Chaos in ihrem Leben in den Griff zu bekommen. Ich habe mich immer mit dem Mann in dieser Szene identifiziert – dabei war ich wohl eher die Frau.

Die Jahre nach der Scheidung wurden die dunkelsten meines Lebens – die ganze Welt schien beziehungsunfähig zu sein. Wahrscheinlich steckte ich in einer tiefen Depression. Und während ich nun in der Küche auf den Zettel starrte, schien sich dieser vertraute Schatten erneut über mein Herz und meine Gedanken zu legen.

Ich konnte den Abend also unmöglich allein zu Hause

verbringen. Andererseits hatte ich, wohlwollend betrachtet, höchstens noch vier Euro in der Tasche. Und neues Geld war frühestens am Montag auf dem Konto. Die einzige Möglichkeit war daher das *Flametti*. Dort arbeitete mein Freund John damals als Koch und manchmal auch als Drogenkurier. Der würde mich kostenlos durch den Abend bringen – oder zumindest konnte ich anschreiben.

John ist schon viele Jahre in München, denn er ist Vater einer während der Love Parade mit einer Bajuwarin gezeugten Tochter. Wobei ich nicht weiß, ob der Akt wirklich auf diesem Event in Berlin oder sonstwo vonstattenging oder ob es sich nur um eine Metapher handelt. Zumindest singt er in dem Song, der den Namen seiner Tochter trägt:

Got laid at the Love Parade
Got laid at the Love Parade
Well, that was my perfect fate

John schlägt sich seitdem in München mit Gelegenheitsjobs durch. Er ist zwar der Sohn reicher Eltern, aber das vorzeitig ausgezahlte Erbe hat er teils bei Immobilienspekulationen verloren und teils verprasst. Seine Vorfahren haben in Florida jede Menge Geld mit Obstanbau gemacht. Zudem ist er der Großneffe eines legendären, an einer Überdosis Heroin verstorbenen, weißen Bluessängers.

John scheint in jeder Hinsicht dessen Erbe angetreten zu haben. Er säuft, nimmt alle möglichen Substanzen in sich auf, schreibt Songs mit wirren Texten und führt sie, wenn man ihn dazu überreden kann, zugedröhnt auf. Er ist auch ein ziemlich guter Geschichtenerzähler. Die meisten seiner absurden Stories handeln von anderen Kindern reicher Eltern, von Drogen und von obskuren oder nach ihrem Ableben berühmt gewordenen Musikern, die er alle noch zu Lebzeiten getroffen haben will. Was teilweise unmöglich scheint, denn er ist zwei Jahre jünger als ich. Ich gebe trotzdem immer vor, ihm das alles zu glauben, damit er weitererzählt.

Manchmal kommen tatsächlich einige der Typen, von denen ich sicher war, sie seien schon lange tot oder hätten gar nie gelebt, in unsere Stadt, und wenn sie irgendwann spätabends an der Theke des *Flametti* oder irgendeines anderen Ladens John begegnen, fallen sie ihm um den Hals, als hätten sie einen ewig vermissten Freund wiedergefunden. Es hat mich manches Mal erstaunt, wie er es schafft, die Realität mit seinen Phantasien abzugleichen. Mir gelingt so etwas nie.

Drei

An diesem Abend war das *Flametti* rappelvoll gewesen. Viele Filmleute waren da, die einige Straßen weiter einen dieser neuen bayerischen Heimatfilme zu Ende gedreht hatten. Die beiden hübschen Hauptdarstellerinnen standen rechts neben der Theke, waren aber so umlagert, dass man sie kaum sehen konnte. Ich setzte mich links von der Menschentraube auf den einzigen noch freien Barhocker und bestellte ein Helles. John kam aus der Küche, um mich zu begrüßen, und wendete sich danach an den Typen neben mir. Einen graumelierten, goldkettenbehangenen Mittvierziger im schwarzen Anzug.

»Hey, Luigi!«

John stellte mir den Mann als den Italiener vor, der einige Jahre zuvor dem Sänger einer bekannten britischen Rockband in der Bar des Hotels *Bayerischer Hof* bei einer Schlägerei den Kiefer gebrochen hatte. Seitdem hatte er einen Platz in seinem – und nun irgendwie auch in meinem – Herzen. Nachdem John sich wieder in die Küche zurückgezogen hatte, begann Luigi, anscheinend unsicher, in welcher Sprache er mit einem Freund des ausschließlich Amerikanisch sprechenden John kommunizieren sollte, in einem stark italienisch gefärbten Mischmasch aus Englisch und Deutsch auf mich einzureden.

Zunächst erzählte er von organisierten Schlägereien mit Skinheads in Hamburg und Berlin, an denen er in der letzten Woche teilgenommen hatte. Als er merkte, wie er ziemlich bald meine Aufmerksamkeit verlor und ich nur noch apathisch in mein Glas schaute, sah er mich mitleidsvoll an:

»Blues, eh?«

»Yep«, sagte ich, »Blues.«

»Weißu, iké magé dik«, lamentierte er und zog ein kleines, durchsichtiges Briefchen mit einer weißen Substanz aus seiner Jacketttasche. »Nimme daaassé. Du bissé eine friend fromé Johnny, dasse gehté aufse 'aus.«

Ich stutzte und wehrte zunächst ab. Doch als ich sah, wie sich Luigis Gesicht verfinsterte, streckte ich vorsichtig eine Hand nach dem Briefchen aus. Er legte es hinein und drückte meine Finger zu einer Faust.

»Danke«, sagte ich, wand mich vom Barhocker und schlängelte mich durch den überfüllten Gastraum zur Toilette.

Das Herrenklo war verschlossen, doch die Tür zu den Damen stand offen. Ich zwängte mich in die kleine Kabine, sperrte zu, leerte das Tütchen auf dem Klodeckel und schob den Stoff wie im Fernsehen, in Ermangelung einer Kreditkarte allerdings mit meiner Bahncard 50, zu zwei parallelen Linien. Auf der Suche nach einem Stück Papier oder einem Geldschein durchkramte ich meine Hosentaschen, fand aber nichts. Jemand ruckelte an der Tür.

»Ey, Dünnpfiff oder was?«

Ich wurde panisch, kniete mich zitternd vor die Kloschüssel, ein Fabrikat der Firma *Villeroy & Boch*, und schniefte, so gut ich konnte, mit der Nase über die beiden Linien. Etwa die Hälfte des Pulvers blieb auf dem Deckel liegen. Ich schob es erneut zusammen, schniefte noch einmal. Den nicht unbeträchtlichen Rest wischte ich panisch mit der Handkante vom Deckel. Durch den Angstschweiß blieb einiges davon an mir kleben, ohne zu überlegen leckte ich es ab. Meine Zunge, meine Lippen, meine Nase wurden mir gleich taub wie nach einer ungenau gesetzten Zahnanästhesie. Ich öffnete die Tür und schob mich an einer zeternden Frau vorbei zurück zur Theke.

»Geht'se bessé? Äverysssing okay?«, begrüßte mich Luigi gutgelaunt mit hochgezogenen Augenbrauen an der Bar und deutete amüsiert auf mein wohl immer noch weiß bestäubtes Riechorgan.

»Mhm«, murmelte ich und leerte ein Glas Ramazotti, das er für mich geordert hatte. Dann spürte ich, wie sich langsam meine Zunge lockerte, immer mehr Wörter formten, die darauf drängten, in den Raum entlassen zu werden.

Ich begann auf Luigi einzureden, so wie er zuvor auf mich, erzählte ihm von Shirley und dass ich glaubte, sie habe einen anderen. Von meiner Hilflosigkeit und Verzweiflung.

»Veräzweifält? Eh? Bullshit!«, kommentierte Luigi.

»Bullshit? Nein, die Krankheit zum Tode.«

»Eh?«

»Verzweiflung ist die Krankheit zum Tode – Kierkegaard.«

»Kierä…? What the f… Bullshit! 'ast du geläsen Wiettgänsteine, eh? Ii's my man.«

Einen Philosophen hatte ich in Luigi nach dem bisherigen Verlauf des Abends nicht vermutet. Ich muss auch zugeben, dass ich ein kompletter Laie bin auf diesem Gebiet. In meiner Jugend hatten die Werke Thomas Bernhards eine gewisse Begeisterung für die Philosophie entfacht, aber das ist ja lange her. Heute reichen meine Kenntnisse in dieser Wissenschaft kaum über einige in Männerrunden hilfreiche Zitate von Schopenhauer und Weininger hinaus. Und ein paar Stichworte zu Kierkegaard waren mir nur eingefallen, weil ich zu der Zeit nachts kein Auge zutat und mich zum Zeitvertreib durch all die ungelesenen Bücher in meinem Regal blätterte. Eines davon war die mächtige Kierkegaard-Biografie von Joakim Garff, die mir ein Kollege – wegen meiner Liebe zu Kopenhagen oder schwarzen Rollkragenpullovern – mal zum Geburtstag geschenkt hatte.

Ich hatte jedenfalls kein Interesse, mit Luigi in einen philosophischen Disput einzutreten und mich so zwangsläufig vollkommen lächerlich zu machen. Aber der Italiener war plötzlich wie aufgedreht und steigerte sich in eine überschäumende Erregung, die seine Aussprache nicht nur feuchter, sondern auch noch undeutlicher werden ließ. Immer wieder rief er zwischen all den – wie mir schien – frei von Grammatik und Bedeutung sprudelnden Lauten »Wiettgänsteine!« und »Kierkägaarde!« und »Bullshit!«, dazu delirierte er irgendwas von »denominazione« und »metafisica«, während ich einen weiteren Ramazotti in mich hineinkippte, der Wirt das Glas wieder auffüllte, ich wieder trank, er wieder auffüllte und so weiter.

Manche seiner Laute schien Luigi nicht einfach an mich zu richten, sondern regelrecht auf mich abzuschießen. Nachdem ich mich an seine ramenternde Rhetorik gewöhnt hatte, begann ich langsam zu verstehen, was er mir sagen wollte: Ich sei es nicht wert, ein Mann genannt zu werden, wenn ich die christlich geprägte Existenzphilosophie des Dänen der unausweichlichen Logik seines geliebten Wieners vorzöge. Was ich ja nie behauptet hatte.

Luigi verwendete in seiner – zumindest nach allem, was ich verstand – nicht ganz sauber geführten Argumentation die Kategorien »fucking sissy« und »bloody Danish faggot«. Die mit zunehmender Wirkung der meinem Körper zugeführten Substanzen fahriger werdenden Versuche, ihn auf die Widersprüche innerhalb des Wittgensteinschen Denkgebäudes, das mir ja eigentlich nahezu gänzlich unbekannt war, hinzuweisen und ihm zu erläutern, dass der Verfasser der *Philosophischen Untersuchungen* – oder wie ich ihn wohl nannte: der Wiggerl – seinen Kierkegaard durchaus studiert hatte, sich in seinen Tagebüchern sogar recht viele Spuren des großen Dänen fänden (das hatte ich mal in einer eher satirischen Abhandlung zu Wittgenstein und der Onanie gelesen, glaube ich), kommentierte er nur mit:

»Bloody bullshit!«

Er zog ein rotes Notizheft mit einer bunten Clownszeichnung darauf aus der Innentasche seines Jacketts und schlug es vor mir auf. In der oberen Hälfte der ersten Seite stand in einer kindlichen Klaue mit Kuli gekrakelt: *Denn alles Geschehen und So-Sein ist zufällig.* Jedes Wort mehrfach und wohl mit großem Nachdruck unterstrichen, so dass sich das Papier ein bisschen wellte. In die Folgeseiten musste sich dieser Satz samt Unterstreichungen reliefartig eingegraben haben. Vielleicht sogar bis zum letzten Blatt.

Von den Unterstreichungen gingen jeweils Pfeile ab, die zu anderen, offensichtlich italienischen Wörtern führten. Von »Denn« zu »Infatti«, von »alles« zu »ogni«, von »Geschehen« zu »avvenire«, von »und« zu »ed«, von »So« zu »così«, von »Sein« zu »essere«, von »ist« zu »è« und von »zufällig« zu »accidentale«. Darunter, mit einer kleinen, vermutlich grammatikalisch bedingten Umstellung, noch einmal der ganze Satz. Mehrfach eingekreist. »Infatti ogni avvenire ed essere-così è accidentale.« Darunter schließlich in Versalien der mit drei vor- und drei nachgestellten Ausrufezeichen versehene Vermerk »LUDWIG WITTGENSTEIN, 1889–1951«.

»Aha.«

»Kierkägaarde suckse! Dio suckse! Relijone suckse! Stick to … i fatti … the facts, vecchio amico!«

»Die Religion lehrt, die Seele könne bestehen, wenn der Leib zerfallen ist«, rezitierte ich einen der wenigen mir bekannten Wittgenstein-Sätze mit erhobenem Zeigefinger und – wie ich dachte – immer noch erstaunlich klarem Kopf und kippte einen weiteren Ramazotti in mich hinein.

Luigi schaute mich mit durchdringendem Blick an, schüttelte den Kopf, seufzte, fuhr sich mit den Fingern durchs strähnige Haar, erhob sich von seinem Stuhl und wankte – auch er schien seine italienische Seele, an die er vermutlich nicht glaubte, ordentlich geölt zu haben – Richtung Herrenklo. Als er wesentlich standfester zurückkehrte, versuchte ich, das Gespräch auf ein weniger verfängliches Terrain zu lenken. Was er denn beruflich mache, wollte ich wissen.

»Me? I'm a pimpe.«

Ein der analytischen Philosophie zugetaner Zuhälter! Tränen schossen mir in die Augen.

»Mir ist eben auf der Toilette was eingefallen«, erklärte Luigi verschwörerisch und fast akzentfrei. »Wohnt ihr zusammen?«

»Wer?«

»Na, du und deine … eh … Ragazza, wer sonsté?«

»Ja. Klar. Sie schrieb halt nur, sie sei an diesem Wochenende weggefahren, zu ihren Eltern, aber …«

»Sì sì. Wann kommpé sie zurucké?«

»Morgen Nacht, oder so.«

»Senta! Ich gäbé dire eine offerta speciale … zu eine Freunschafspreise meine beste … eh Fiordalissima.«

»Bitte was?«

»Meine beste … eh … Pferdechene, und wenne Ragazza kommpé zurucké, danne lassté ihré es a letta so richtig bange bange. Fragore, eh! Tutto a posto? Ah … eh … gemahde Wiesn!«

Ich zweifelte, ob mich dieser italienische Machismo zum Ziel führen würde, aber da ich ahnte, wie sehr Luigi es hasste, wenn man seine Angebote ausschlug, fragte ich höflicherweise nach: »Freundschaftspreis? Wie viel?«

»Seicento Euro, für la notte, eh? Overnight. Die … eh … totale Nachté.«

»Sei… Sechshundert Euro? Und dasn Freundschaftspreis?«

»Sì.«

»Das ist nicht grade ein Angebot, das ich nicht ablehnen kann.«

»Hehehehe.«

»So viel hab ich nicht.«

»Zu vielé … eh … libri gekaufté, eh? Kierkägaarde, eh? Bullshit!«

In diesem Moment hörte ich eine vertraute Melodie, die – wie ich kurz darauf bemerkte – aus Luigis vor ihm auf der Theke liegenden vibrierenden Mobiltelefon dudelte (vermutlich meldete sich ein Pferdchen zum Dienst). Das war ganz eindeutig Louis Armstrong, dessen Trompete mit der

Klarinette von Johnny Dodds tanzte. Der *Potato Head Blues*! Meine gedrückte Stimmung war mit einem Mal wie – im mindestens zweitwahrsten Sinne des Wortes – weggeblasen. Der vertraute Klang versetzte mich in ein solches Hochgefühl, dass ich mich plötzlich fühlte, als lägen alle Trauer und alles Leid kilometerweit unter mir. Wie heißt es in diesem Blues-Song, der mir immer gute Laune macht? *Sittin' On Top Of The World*! Genau so!

Sagt nicht Woody Allen am Ende von *Manhattan* irgendwo, der *Potato Head Blues* gehöre zu den Dingen, die das Leben lebenswert machen? Ich versuchte mich daran zu erinnern, wie er, ein kleines Mikrofon in der Hand, quasi zur Selbsttherapie auf einer Couch liegt und nach Gründen sucht, aus denen es sich lohnt, zu leben. Der *Potato Head Blues*, da hatte er auf jeden Fall recht. Was war da noch? Ich konnte mich nicht erinnern und versuchte die Schwarzweiß-Szene, die vor meinem inneren Auge flimmerte, mit meinen eigenen Gedanken zu synchronisieren. Sicher, *All My Loving* von den Beatles war ein weiterer Grund (auch wenn Allen das sicher anders sähe), Bachs *Concerto für zwei Violinen und Orchester*, Marcel Proust, die Erzählungen von Harold Brodkey, Charles Mingus, Eric Dolphy, wenn er die Bassklarinette spielte, natürlich die erste Frau in meinem Leben, die ich heiraten wollte – Shirleys Gesicht, wenn ich ganz nah heranging und sie mit ihren großen grauen Augen und ihrer putzigen Nase aussah wie eine kleine schwarzweiße Cartoonfigur …

Ich bestellte einen Whisky zum Herunterspülen eines schweren Seufzers und, da ich zudem großen Durst verspürte, zusätzlich ein weiteres Bier. Kalter Schweiß stand mir auf der Stirn. Ich kippte den Whisky, ohne zu schlucken, hinein, leerte das Bier in wenigen Zügen und entschwand in die Nacht.

Nach wenigen Schritten überkam mich ein Schwindelgefühl, und die Beine wurden mir weich. Ich klammerte mich an eine Straßenlaterne. Ein Weitergehen schien kaum möglich. Doch ich wollte verschwinden, bevor Luigi mich fand und mir ein weiteres seiner Angebote machte. Mein Herz pochte paranoid. Ein Taxi war nicht in Sicht. Also visierte ich, die Laterne noch immer fest umklammernd, das nächststehende Parkverbotsschild an, rannte so schnell und gerade wie möglich in die angepeilte Richtung, ergriff die Stange, bevor das Stehvermögen mich verließ, und verschnaufte.

Ich wiederholte das Manöver bis zum nächsten Schild, dann bis zu einem Hydranten, über den ich mich erbrach, weiter zur nächsten Laterne und so fort. Irgendwann verfehlte ich ein Ziel und fand mich mitten auf einer leeren Straße wieder, ging gebückt, so gut ich konnte, den weißen Strichen nach, wich zwei hupenden Taxis aus und schlug mich schließlich auf der linken Straßenseite in ein Gebüsch. Dort kauerte ich am Boden und übergab mich mehrere Male.

Als Übelkeit, Magenkrämpfe und Schwindelgefühl eine halbe Ewigkeit später endlich nachgelassen hatten, versuchte ich mich zu orientieren. Ich befand mich am Ufer der Isar, unweit von mir eine Parkbank. Zielstrebig kroch ich auf sie zu und erklomm sie. Mein Telefon zeigte 23:47 Uhr. Hinter den Ziffern erkannte ich Shirleys Gesicht.

Ich seufzte, tippte »Ich liebe dich so sehr!« in das Gerät und schickte den Text sogleich auf die Reise zu ihr. Zehn Minuten lang starrte ich in ihre grauen Augen auf meinem Display, keine Antwort. Ich tippte eine neue Botschaft, sendete sie und legte mich schluchzend auf die Bank nieder. Bald schlief ich ein. Erst zweieinhalb Stunden später schreckte ich hoch. Ein Klickgeräusch. Das musste Shirleys Antwort sein. Eilig zog ich das Telefon aus meiner Innentasche. Tatsächlich, eine Nachricht von ihr. Ein Wort nur: »Ja.«

Ja, was? Ich konnte mich nicht erinnern, was ich zuletzt geschrieben hatte. Hastig klickte ich mich zu Gesendete Nachrichten und las halblaut meinen Text von 23:58 Uhr. »Du hast einen anderen.«

Plötzlich drehte sich alles in meinem Kopf, mein Mund wurde trocken, mein Herz schlug so heftig, dass ich es hörte. »Du hast einen anderen«, flüsterte ich, »du hast einen anderen.« Ich sagte es viele Male vor mich hin, traurig, vorwurfsvoll, wütend. Dann klickte ich mich, Tränen in den Augen, zu ihrer Antwort. »Ja.« War es ein schuldiges »Ja«? Ein kleinlautes? Ein bestimmtes? Ein nüchternes? Ein erleichtertes? Ein warmes? Ein kaltes? Die Sirene eines Krankenwagens durchquerte die Nacht:

»jaja-jaja-JaJa-JAJA-JA!JA!!-JA!!JA!!!-JAJA-JaJa-jaja-jaja.«

Dann verlor sie sich, und es schien mir, als hätte sie alle anderen Geräusche um mich herum mit sich fortgezogen. Der rauschende Fluss, das im Wind raschelnde letzte Laub der fast schon kahlen Bäume, die Autoreifen auf dem Asphalt, die polternden und grölenden Besoffenen vor den Kneipen, alles noch wahrnehmbar, doch es schien meilenweit entfernt.

Mir war kalt. Ich drückte mich von der Bank in die Höhe. Immer noch ein bisschen wacklig auf den Beinen lief ich die Isar entlang. Ich war der Welt abhandengekommen. Je weiter ich ging, desto größer schien die Distanz zwischen mir und der Wirklichkeit der letzten Jahre. Der Abstand der Laternen am Ufer wurde größer, schließlich lief ich ins Dunkel.

Erst als der Morgen allmählich graute und die Umrisse der Bäume, Sträucher und in der Ferne liegenden Brücken von Minute zu Minute deutlicher wurden, bemerkte ich, wie meine Gedanken langsam aufklarten. In unserer Wohnung würde ich es nach diesem niederschmetternden »Ja« nicht aushalten können, so viel war klar. Abgesehen davon würde Shirley mir eh früher oder später nahelegen zu gehen, schließlich zahlte sie seit meiner Kündigung fast die gesamte Miete. Aber hatte ich überhaupt genügend Geld für ein eigenes kleines Zimmer irgendwo?

Ich hatte zwei Monate zuvor, vermutlich kurz vor einem

Burn-out, wie man so sagt, die Notbremse gezogen und meinen Job aufgegeben, beziehungsweise mich freistellen lassen. Ich hätte natürlich auch erst mal krankfeiern können, aber ich wollte mit dem Laden nichts mehr zu tun haben. Ich hatte mich wie ein Gefangener gefühlt, das Opfer einer Entführung aus meinem eigenen Leben, und die einzige Möglichkeit, selbst zu handeln und so einen Rest Selbstachtung zu bewahren, schien mir, ganz auszusteigen.

Ich wollte mich selbständig machen. Erste Schritte in die Richtung hatte ich schon unternommen. Sie hatten versprochen, dass das Geld von einem Auftrag im August – ein recht großer Betrag für meine Verhältnisse – am Montag endlich auf dem Konto wäre. Wenn meine Eltern mir mit der Kaution aushülfen, könnte es gehen. Nur, in München etwas Erschwingliches zu finden mit meinen Sicherheiten, das schien mir unmöglich.

Selbständig würde ich noch lange nicht sein, aber allein, dachte ich auf die kahlen Bäume starrend. *Wer jetzt alleine ist, wird es lange bleiben, wird wachen, lesen, lange Briefe schreiben.*

Männer werden mit dem Alter immer einsamer, dachte ich. Der Prozess ist nicht mehr aufzuhalten. Shirleys Satz hatte mich schon damals dort getroffen, wo ich seitdem die Seele vermute. Bisher hatte ich gedacht, dort säße der Blinddarm.

Wir waren wohl schon auf der Straße gewesen, doch um mich herum waberte immer noch das plüschige Rot der Kinosessel, und da kam mir Wim Wenders in den Sinn. Einerseits vielleicht, weil eine hübsche Nebendarstellerin in dem Jarmusch-Film mit nichts als einer schweren schwarzen Hornbrille bekleidet gewesen war, wie ich sie meinte, schon des Öfteren auch an Wenders gesehen zu haben. Andererseits weil ein Kollege, der ihn einmal zu einem Interview getroffen hatte, mir erzählt hatte, er wüsste nicht, ob er Wenders für seine stoische, sture und kompromisslose Art bewundern oder bemitleiden sollte. Es war ihm vorgekommen, als redete der Regisseur die ganze Zeit nur zu sich selbst, als hätte die Außenwelt gar keinen Platz in seinem persönlichen Universum, außer als hübsche Kulisse für das Theater seiner Seele.

Wenders – ein einsamer alter Mann, der dort, wo ich bisher immer den Blinddarm vermutet hatte, eine recht weitläufige Wüste haben musste, durch die dieser von Harry Dean Stanton gespielte hagere Typ mit der roten Schirmmütze wandert, der genauso heißt wie der tollwütige Taxifahrer bei Scorsese: Travis.

Werner Herzog war ja auch mal so ein einsamer Wanderer, fiel mir ein. Im Winter 1974, da war er ungefähr so alt gewesen wie ich jetzt, hatte er sich zu Fuß auf den Weg von München nach Paris gemacht, weil er geglaubt hatte, so einer im Sterben liegenden Filmkritikerin das Leben zu retten.

Männer werden mit dem Alter immer einsamer. Aber sie werden anscheinend auch freier. Ihre Seele unterliegt nicht mehr der Schwerkraft. Sie können die Logik außer Kraft setzen und müssen nicht länger jedes Warum in ein Weil schmettern. Sie lassen die Gesetze der äußeren Welt hinter sich wie Arno Schmidt, der ganz in der Sprache und seinen wirren Theorien verschwand und sogar seine geliebte Alice immer mehr befremdete. Nur noch in ständigem Gemurmel ins Großkunstwerk vertieft.

Ich blieb stehen und sann meinen Gedanken nach. Schaute dabei auf den Fluss, die Uferböschung, die Bäume. Alles war einfach nur da. Egal, was in meinem Kopf vorging. Eine Architektur des Zufalls. Mir fiel der Satz aus Luigis Notizheft wieder ein: *Alles Geschehen und So-Sein ist zufällig.* Ich sagte ihn auf dem Rückweg immer wieder vor mich hin. Er klang wie der Trost eines Freundes, dann wie ein Mantra, schließlich wie die Melodie eines Liedes, das in allen Dingen lag.

Vier

Die nächsten anderthalb Wochen verbrachte ich bei Ben auf der Couch. Ben ist Dozent an der Ludwig-Maximilians-Universität und hat seine Habilitation in Amerikanistik so gut wie fertig. Sagt er zumindest. Die letzten Jahre hatte er, wie er es formulierte, »geforscht und mich vermehrt«. Er ist auch so Mitte dreißig, sieht aber mit seinen dunklen Locken und der Nickelbrille im in den letzten Jahren um einiges voller gewordenen Gesicht sehr lausbubenhaft aus. Mit seiner hübschen Frau Johanna hat er zwei Kinder, das dritte ist unterwegs. Johanna ist bereits verbeamtete Lehrerin. Das Leben meinte es also bisher recht gut mit den beiden.

Es traf sich, dass Johanna mit den Kindern für zwei Wochen zu ihren Eltern gefahren war und Ben sich sogar freute, nun ein bisschen Gesellschaft zu haben. Auch wenn die sich nicht gerade im Stimmungshoch sonnte. Wir verbrachten die Abende in seiner modernen Industrie-Küche in Haidhausen, tranken, philosophierten über das Leben und hörten alte Folk- und Blues-Platten. Das war immer unsere Verbindung gewesen, wir hatten uns, kurz nachdem ich nach München gezogen war, auf einer Schallplattenbörse kennengelernt.

Mit jedem Glas Rotwein ging es mir ein bisschen besser – und ihm ein bisschen schlechter.

»Weißt du«, sagte er eines Abends, »du hast es doch gut, du lebst wenigstens noch.«

»Wie meinste das denn?«

»Na ja, du bist sozusagen gerade in einem Tief, wenn man so will. Freundin weg, Wohnung weg, Job weg. Aber denk doch sozusagen mal an die Möglichkeiten, wenn man so will.«

Schon an der Uni war mir aufgefallen, dass viele Akademiker, vor allem Philosophen und Sprachwissenschaftler, die relativierenden Floskeln »sozusagen« und »wenn man so will« ständig in ihre Rede einbauten. So als wollten sie einem sagen, die gesprochene Sprache sei ohnehin nur ein äußerst ungenaues und stark vereinfachendes Instrument zur Beschreibung von Welt, mit dem sich wahre Aussagen so gut wie gar nicht treffen ließen. Auch bei Ben schlichen sich diese sprachlichen Automatismen in den durch millionenfachen Gebrauch abgeschliffenen Schwundstufen »sozagn« und »wmasowill« unaufhörlich und anscheinend vollkommen unbewusst ein wie bei anderen Leuten »ähs« und »öhms«. Das gab seinen Aussagen etwas seltsam Unentschlossenes. Genau genommen sagte er also:

»Na ja, du bist sozagn gerade in einem Tief, wmasowill. Freundin weg, Wohnung weg, Job weg. Aber denk doch sozagn mal an die Möglichkeiten, wmasowill.«

»Du meinst Selbstmord oder Verwahrlosung?«

»Ach, Quatsch. Ich meine, du kannst dich sozagn neu verlieben, wmasowill. Weißt du, wie lange ich schon nicht mehr frisch verliebt war?«

»Ach, jetzt hör auf. Steckst du in der Midlife-Crisis, oder was?«

»Nein, jetzt mal ganz ehrlich …«

»Mein Gott, du hast doch schon erlebt, wie es ist, verliebt zu sein. Irgendwann muss man doch mal sagen, okay, ich weiß, wie sich das anfühlt, jetzt aber weiter. So wie man irgendwann die Drogen sein lässt und die One-Night-Stands und die Diskotheken und so.«

»Oje, du bist ja sozagn noch desillusionierter als ich, wmasowill. Du findest, man wird sozagn irgendwann zu alt, um sich zu verlieben?«

»Wmasowill.«

»Was?«

»WENN MAN SO WILL.«

»Sozagn.«

»Denk doch mal drüber nach, wie sich das konkret anfühlt, dieses Verliebtsein. Erst diese Ungewissheiten, ob der andere das auch so empfindet, dann dieses Sich-wieder-neu-erklären-Müssen. Die ganzen Macken und Unzulänglichkeiten und Empfindlichkeiten. Und nicht genug: Man muss sich auch wieder auf allerhand neue Macken und Unzulänglichkeiten und Empfindlichkeiten von jemand Fremdem einstellen. Ich fühl mich schon alt und müde, wenn ich nur dran denke.«

»Hahaha, ja, wirklich ein Graus, wmasowill.«

»Und wie cool es dagegen ist, verheiratet zu sein.«

»Cool?«

»Na klar – mal *Husbands* gesehen von Cassavetes? Diese drei Typen, die auf die Beerdigung ihres besten Freundes gehen und dann die Nacht durchzechen? Das sind ja wohl die Coolsten überhaupt. John Cassavetes und Peter Falk ... Nur der dritte, der Dings ...«

»Keine Ahnung, nie gesehen.«

»... der mal mit Audrey Hepburn ... so ein italienischer Name ...«

»Weiß nicht. Echt nicht.«

»Na jedenfalls, der ist nicht so arschcool, der steht kurz vor der Scheidung, der ist völlig von der Rolle ... weiß nicht ... irgendwie lächerlich ... Egal! Also, ich würd jetzt jedenfalls gerne mal ins nächste Level kommen. Ich hätte gerne diese Lässigkeit, diese ... na ja, in gewisser Weise so eine Unverwundbarkeit wie so'n Superheld oder was. Und ich will jetzt mal wissen, wie sich Familie anfühlt, und später mal, wie sich Altwerden anfühlt. Es muss doch toll sein, wenn du weißt, dass diese Person nicht mehr von deiner Seite ...«

»Manchmal ist es die Hölle ...«

»Aber du liebst Johanna doch, oder?«

»Ja, klar. Schon ... irgendwie ... wmasowill. Aber eigentlich zoffen wir uns nur die ganze Zeit. Wer bringt die Kinder ins Bett, wer darf abends weggehen, brauchen wir 'ne größere Wohnung, sollen wir eine kaufen, jetzt wo ich Professor werde …«

Ich erinnere mich noch genau an den Song, der durch Bens Küche rauschte, als wir dieses Gespräch über Familiengründung und so weiter führten – vermutlich weil der Text so gut auf die Situation und alles, was noch folgen sollte, passte.

Oh I've got no sugar baby now
All I can do is to seek peace with you
And I can't get along this a-way
Can't get along this a-way

Das war *Sugar Baby* von Dock Boggs, einem Minenarbeiter aus Virginia, dessen Stimme durch Mark und Bein ging.

Who'll rock the cradle, who'll sing the song
Who'll rock the cradle when I'm gone
Who'll rock the cradle when I'm gone?
I'll rock the cradle, I'll sing the song
I'll rock the cradle when you gone.

»You rock the cradle, you sing the song.«

»Wmasowill, sozagn. Tut mir auch leid, dass ich dich jetzt hier vollheule, wo doch eigentlich du …«

»Was?«

»Ach, nichts. Aber … Weißt du … du musst nicht glauben, dass du sozagn der Einzige bist, der sich zurzeit ungeliebt und mies behandelt fühlt, wmasowill.«

»Du auch, oder wie?«

»Na ja, wenn man erstmal Kinder hat … Also, mit sozagn Sex ist da nicht mehr viel. Und die Liebe, die man braucht … Also, die Liebe und Anerkennung, wmasowill … dieses, dass einem jemand sozagn sagt, dass man was Besonderes ist, das gibt einem der Partner dann nicht mehr, höchstens ...«

»Höchstens?«

»Man bekommt es von den Kindern, wenn man sozagn Glück hat.«

»Das ist ja wie Selbstbefriedigung!«

»Häh?«

»Ach, vergiss es.«

»Nein, also ... hör mal ... der Harry zum Beispiel, der ist sozagn total auf mich fixiert. Der macht mir alles nach, wmasowill, und die ganze Zeit geht es immer nur ›Papa, Papa, Papa ...‹ Also, das tut mir gut. Das ist das Beste an meinem Leben zurzeit, wmasowill. Wenn Harry nicht wäre ...«

»Wie alt ist der jetzt eigentlich?«

»Drei.«

*

Als ich an diesem Abend ins Bett beziehungsweise auf die Couch ging, versuchte ich mir vorzustellen, wie das noch mal war mit dem Verliebtsein.

Man sagt das ja so leicht: Der oder die hat mein Herz gestohlen. Doch, dass man das wirklich körperlich spüren kann ... und auch noch genau an dieser Stelle in der Brust – das hat mich jedes Mal wieder erstaunt. Ist das der physische Ausdruck einer sprachlichen Zuschreibung, oder hat tatsächlich irgendwann jemand einfach die richtigen Worte für dieses Phänomen gefunden?

Es gibt da diese Stelle in Kants Vorlesungen zur *Metaphysik*, an der er darüber sinniert, inwieweit das Äußere und ein selbstgewisses Inneres voneinander getrennt sind. Er sagt, ein denkendes Ich verliere an sich nichts, wenn es gewisse Körperteile einbüße, und bleibe immer noch es selbst, egal, ob man ihm einen Fuß absäge oder sonst was. Aber wie ist das mit diesem Mangel, den man spürt, wenn man verliebt ist? Man ist sich seiner selbst plötzlich nicht mehr gewiss, weil man glaubt, es fehle einem körperlich etwas. Man ist nicht mehr vollständig, weil einem ja jemand das Herz gestohlen hat.

Ganz plötzlich überkam mich eine große Sehnsucht. Mein Herz schlug schneller, so schnell, dass ich Angst hatte, es würde mir jeden Moment aus der Brust springen, unruhig wälzte ich mich hin und her. Kurz sah ich das Gesicht der ersten Frau, die ich heiraten wollte, vor meinem inneren Auge, dann verblasste es wieder. Es fühlte sich tatsächlich fast so an, als hätte ich mich gerade unsterblich in jemanden verliebt.

Ich dachte an einen Abend vor zwei Jahren. Ein Konzert, das ich mit Shirley besucht hatte. Nachdem die Vorband ihren letzten Akkord gespielt hatte, war ich noch mal Bier holen gegangen. Als ich zurückkam, reichte ich ihr einen Becher.

»O Gott, hast du die gerade gesehen?«, hatte sie mit weit aufgerissenen, rollenden Augen gefragt.

»Wen denn, mein Schatz?«

»Die Frau in dem apricotfarbenen Oberteil?«

»Hm? Nee. Was ist mit der?«

»Die hat eben ihre Brustmuskeln angespannt, und ich dachte, dieser Typ aus Recklinghausen steht neben mir. Du weißt schon, der aus *Gladiator* …«

»Ralf Möller?«

»Ja, genau. Ich dachte, mein Gott, die hat eine Brust wie Ralf Möller!«

Ich hatte mich umgeschaut, bis ich das Mädchen im apricotfarbenen Oberteil gefunden hatte. Mittelgroß, sportliche Figur, ein aparter Busen.

»Ach, das ist doch nur so ’ne Fitnessmaus.«

Ich schaute dann aber noch lange auf das Mädchen und hoffte, sie würde die Brustmuskeln noch einmal anspannen, damit ich auch Zeuge dieser Monstrosität würde. Sie hatte zarte Gesichtszüge, aber eine etwas zu große Nase, was ich immer besonders erotisch finde. Die gespannte Erwartung auf die muskulöse Sensation hatte mich irgendwie erregt.

In Gedanken war mir dieser wohlgeformte Körper schon nackt erschienen, die Hose war mir eng geworden.

»Alles okay bei dir?«

»Äh, ja.«

»Mein kleiner Träumer.«

»Ich glaub, ich muss noch mal gerade aufs Klo.«

Ein seltsamer Abend war das damals gewesen, dachte ich, in Bens Wohnzimmer auf der Couch liegend. Ich hatte eine Erektion nur vom Gedanken daran. Ich überlegte kurz, ob ich diese Steilvorlage hier und jetzt nutzen sollte. Doch irgendwie schien das nicht richtig.

Ich hatte mich damals sicher nicht verliebt in dieses Mädchen im apricotfarbenen Oberteil. Eigentlich hatte ich sie fast vergessen, und sie hatte gewiss nicht mein Herz gestohlen. Aber irgendetwas anderes hatte sie mir genommen, dachte ich nun. Eine Gewissheit vielleicht. Bis dahin hatte ich, seit ich Shirley kennengelernt hatte, keine andere Frau mehr begehrt. Ich hatte mich darauf verlegt, in der Stadt statt jungen Mädchen nur noch Hunden hinterherzuschauen. Es gab für mich keinen anderen begehrenswerten Menschen als sie. Doch die Selbstverständlichkeit unserer Beziehung war durch ihre wohl eher abfällig gemeinte Bemerkung über das Mädchen im apricotfarbenen Oberteil für ein paar Stunden verlorengegangen.

Als wir damals nach Hause kamen, war Shirleys Körper nicht mehr der Körper einer Frau gewesen, die ich liebte. Ihr kleiner Hinweis auf die Außenwelt hatte genügt, für einen Moment einen Spalt in unsere Beziehung zu treiben, durch den neues Licht auf sie und auf mich fallen konnte. Es war ein grelles Licht, das alle Fehler schonungslos ausstellte.

Aber in diesem Moment schien sie wieder im Raum zu sein. Ihr Körper mit all seinen Fehlern und in all seiner Schönheit. Das kurzzeitige erotische Verlangen nach dem Mädchen im apricotfarbenen Oberteil hatte sich in eine tiefe Sehnsucht nach Shirley verwandelt – nach allem, was zwischen uns mal war, was wir hatten und gewesen waren.

Ein Gefühl, das näher am Heimweh lag als an Lust. In diesem Moment erschien mir der Unterschied jedoch nicht wesentlich.

Also drehte ich mich von der Seite auf den Rücken und zwängte die rechte Hand zunächst in den Schlafsack, dann in meine Boxershorts. Ein kurzer stechender Schmerz fuhr mir bei diesem Manöver durch die rechte Schulter. Ich dachte zunächst, ich hätte sie mir ausgekugelt, doch nach kurzem Verharren klang das Stechen ab. Ich hatte seit Ewigkeiten keinen Sex mehr gehabt, nicht mal mit mir selbst. Ich war quasi, wie Lenny Bruce es ausgedrückt hatte, auf *cold jerky*. Das wird eine Riesensauerei geben, dachte ich.

Dummerweise stand meine Reisetasche rechts von mir auf dem Boden, und ich musste nun, da meine Rechte bereits im Einsatz war und schnelle Fortschritte machte, irgendwie versuchen, mit der Linken die Tempotaschentücher aus dem vorderen Fach zu befreien, um dann in einer komplizierten Expedition einen Vorrat davon in die dunkle Enge meines Schlafsacks zu befördern. Ich ruckelte auf dem Sofa hin und her wie ein Entfesselungskünstler. Während meine rechte Hand die Auf-und-Ab-Bewegungen beschleunigte, bekam die linke den Tragegriff der Reisetasche zu fassen. Ich dachte, es wäre wohl am praktikabelsten, sie einfach auf meinen Bauch hinaufzuziehen, doch ich merkte, wie die Tasche mich stattdessen in die instabile Seitenlage bringen und schließlich hinabziehen würde. Zugleich wuchs jedoch meine Erregung, und es war mir mittlerweile unmöglich, meinen Extremitäten in ihren Handlungen Einhalt zu gebieten. Ich kippte also in Zeitlupentempo Richtung Boden und spürte im selben Moment eine unglaubliche Erleichterung, die sich in einem zu einem Drittel verwunderten, zu einem Drittel ob des Missgeschicks verärgerten und zu einem Drittel orgiastischen »Oh!« entlud.

Als ich auf Boden, Reisetasche und – das kam überraschend – Couchtisch aufschlug, ergoss sich eine warme Flut über meine rechte, immer noch zur Faust geballte Hand.

Auf dem Tisch hatte eine Vase gestanden, die nach einigem Hin- und Hergetaumel ebenfalls ihren Weg in die Tiefe antrat und klirrend zerschellte. Ich spürte meine linke Rippe durch den Zusammenstoß mit der Tischkante schmerzhaft pochen. Auch meine rechte Schulter meldete sich wieder. Meine obere Gesichtshälfte (inklusive Nase) fand ich in meiner alten Unterwäsche, während Mund und Kinn auf etwas Härterem zu liegen schienen. An der Oberlippe spürte ich einen Reißverschluss, an der unteren etwas Kälteres, Schärferes.

»Ist dir was passiert?«

Ich versuchte, den Kopf in Richtung der Stimme zu drehen, sah allerdings nur ein Paar flauschige Tatzen auf dem Parkett stehen. Mich weiter aufzurichten erschien mir aber unklug, da ich in diesem Moment bemerkte, wie warm und feucht sich der Schlafsack an meinen rechten Handrücken schmiegte. Das musste auch von außen peinlich sichtbar sein.

Doch dann dämmerte mir, dass dieses enge Ungetüm, mit dem ich in den letzten Minuten gerungen hatte, sich auf dem neuesten Stand der Schlafsacktechnologie befand. Shirley hatte es mir zu unserem Kennenlerntag im August geschenkt. Mit dem Hinweis, im nächsten Winter würde ich es noch brauchen. Keine Ahnung, was sie meinte. Aber sie hatte recht behalten. Den Rest dieses Jahres würde ich auf Sofas und Gästematratzen in Notunterkünften verbringen.

Jedenfalls war mir in diesem Moment, schamerfüllt auf Bens Wohnzimmerfußboden liegend, klar, dass dieser von meiner Shirley nach vermutlich fachkundiger Beratung erworbene Schlafsack, den sie damals – wenn ich mich recht erinnere – mit dem abstoßenden Wort »Camperdarm« bezeichnet hatte, dichthalten würde, und ich rappelte mich auf.

»Du blutest ja«, rief Ben erschrocken.

»Hm? Wo?«

»Deine sozagn äh … Unterlippe.«

Ich leckte mit der Zunge drüber. Tatsächlich. Eine warme, metallisch schmeckende Flüssigkeit, an der Wunde ein leichtes Brennen.

»Warte, ich hol dir ein Pflaster.«

Ich wischte meine rechte Hand im Schlafsack ab und befreite sie. Schnupperte kurz daran. Hinter den Rollos dämmerte schon der Morgen. Ich hockte mich im Schlafsack aufs Sofa und glotzte auf eine verschwommene Schwarzweiß-Fotografie, die an der Wand gegenüber hing. Sie zeigte Blind Willie McTell beim Gitarrespielen. Rechts hinter ihm stand eine Anrichte, darüber war ein Spiegel angebracht, in dem man ein offenes Fenster sah.

Ben kam mit Besen, Kehrblech und einem Pflaster zurück. Seine Füße steckten tatsächlich in tatzenähnlichen Pantoffeln. Er beugte sich über mich und versuchte das Pflaster umständlich an mir zu befestigen.

»Warte mal, vielleicht gehst du ins Bad und machst es dir vorm Spiegel sozagn selbst …«

Das Pflaster halb an der Unterlippe, halb am Kinn klebend, erhob ich mich und hoppelte ungelenk an den Scherben vorbei Richtung Bad.

»Was machst DU denn da? So knallst du gleich noch mal auf die Fresse, wmasowill. Steig doch mal endlich aus deinem Schlafsack aus.«

Das war natürlich völlig unmöglich.

Fünf

Zwei Tage später besuchten Ben und ich eine Vernissage unseres gemeinsamen Bekannten Rainer. Wir hatten ihn mal bei einer Quiz-Night im *Muddy Boot* kennengelernt. Er betreibt eine sogenannte Medienagentur, die alle Jubeljahre mal einen Auftrag bekommt. Ansonsten schreibt er einen Blog (*Rainer Wahnsinn*), in dem er, von der Welt ignoriert, die Weltlage kommentiert, betätigt sich als DJ in Kneipen ohne Tanzfläche, bringt Romane im Selbstverlag »heraus« (sie stapeln sich in seiner Wohnung), schreibt Gedichte, die in ihrer, sagen wir mal: Schlichtheit manchmal geradezu verblüffend sind, und macht zudem noch Fotos, die er auch öfter ausstellt – allerdings ohne Publikumsinteresse. Wenn ich es richtig verstanden habe, gibt es eine Dame, die das alles finanziert. Ob es sich um seine Freundin oder Frau handelt oder gar um eine Mäzenin, weiß ich nicht. Er hat nie über sie gesprochen.

Ein interessanter Typ, könnte man also sagen. Er selbst würde sich wohl als »unangepasst« charakterisieren. Ben würde sagen, er sei »gewöhnungsbedürftig, wmasowill«. Ich bewundere Rainer insgeheim ein bisschen. Nicht unbedingt für sein künstlerisches Talent, eher vielleicht für seine Chuzpe und die Fähigkeit, die Meinung anderer vollkommen zu ignorieren. Er fragt zwar immer, was man von seinen neuesten Werken hält, doch hat mal jemand einen Einwand, wendet er die Kritik gleich gegen den Kritiker selbst und entgegnet: »Weißte, das ist dein Problem, du zerdenkst immer alles«, »Warum kann man denn nicht einfach mal machen« oder, stupide, aber bestimmt, »Find ich überhaupt nicht«.

Ben hatte mir die Einladung zu einer Ausstellung mit dem Titel *Rainer's Televisionen* gezeigt, aus der hervorging, dass der Vielbegabte nun auch unter die Maler gegangen war. Wir fanden beide, die Eröffnungsfeierlichkeit wäre eine willkommene und vermutlich amüsante Abwechslung zu den weinseligen Küchenabenden, und beschlossen also, Rainer und seinen Gemälden in einem leeren Ladenlokal an der Frauenstraße einen Besuch abzustatten.

Als Ben gegen acht Uhr abends von der Arbeit kam, machten wir uns zu Fuß auf den Weg. Immer wenn ich durch die Stadt lief, hoffte ich, Shirley zu begegnen, denn seit ihrer nächtlichen shortest message hatte ich nichts mehr von ihr gehört. Zugleich hatte ich Angst, ihr Neuer, über den ich damals noch nichts wusste, würde sie begleiten. Was mochte das für einer sein? Was hatte er, was ich nicht hatte? War er jünger als ich? Oder viel älter? War er erfolgreicher? Sah er besser aus?

Sobald ich das Haus verließ, versuchte ich möglichst gutgelaunt und glücklich zu wirken. Damit Shirley im Fall der Fälle einer Begegnung nicht den Eindruck bekäme, ich wäre ein gebrochener Mann. An der frischen Luft lachte ich daher viel – es war allerdings ein sehr nervöses, fast hysterisches Lachen.

Die Luft war feuchtkalt an diesem Abend, und es hatte angefangen zu schneien. München sieht bei Schneefall ja noch pittoresker aus als so schon. Wir liefen also durch eine puderzuckrige Lebkuchenwelt. Auch der Glühwein vom Nachmittag wird seinen Teil zu dieser wohligen Wahrnehmung beigetragen haben.

Die großen Fenster des Ladens waren hell erleuchtet, so dass man die wenigen Vernissage-Besucher schon von weitem sah. Ein DJ – war es Rainer persönlich? – stand, den Kopfhörer ans linke Ohr gepresst, an einem Tisch mitten im Raum. Es lief irgendwas Altes von Moby. Als wir eintraten, dudelte der Song gerade seinem Ende zu, und wir hörten den Heizlüfter wummern. Rainer, im weißen Anzug, mit weißem Hemd, die schlaksige Gestalt über die Musikanlage gebeugt, drehte hektisch und irgendwie nervösmachend unrhythmisch eine Vinylscheibe auf dem Plattenteller hin und her, ohne dass die Nadel sie berührte. Dann ertönte der nächste Moby-Song. Rainer strich sich die strähnigen dunkelblonden Haare aus dem Gesicht und blickte auf – mit immer noch hochkonzentriert gekräuselter Stirn.

»Ah, schön, dass ihr gekommen seid. Wie geht's? Fein. Schaut euch um, nehmt euch was zu trinken. Becher sind hier vorne, Getränke gibt's dahinten in der Ecke.«

Eine Kiste Bier stand dort vereinsamt und vermutlich stark heizlüftererhitzt unter einem Tapeziertisch. Darauf ein großer Topf mit – ging doch – Glühwein. Ich schöpfte mit der Kelle zwei Becher voll und gab einen an Ben weiter. Dann war es an der Zeit für Rainers Kunst. Die Werke schienen mir geradezu naiv. Wie der Versuch eines Kindes, realistische Abbilder zu schaffen. Ein Mann mit einem Gewehr, eine Straße mit Autos von oben, eine Frau im Bikini mit einem Glas in der Hand ...

Nach fünf Bildern musste ich meinen Becher wieder füllen, der Wein war nicht mehr sehr heiß, ließ sich schnell trinken. Ben hatte noch nicht mal genippt. Als ich mir das nächste Werk ansah, einen Fußballer des Hamburger SV in Aktion, bemerkte ich erst, dass Rainer um jedes seiner Bilder eine Art Rahmen gemalt hatte. Ich hatte keine Ahnung, was das bedeuten sollte. Mein kunsttheoretisches Wissen ist wie mein philosophisches eher rudimentär. Einige Versatzstücke waren aus irgendeiner Recherche für einen Magazinartikel hängengeblieben und vom Kurz- ins Langzeitgedächtnis gewandert, wo ich sie bei Bedarf in ihrer kümmerlichen Form abrufen konnte und im Smalltalk per Zufallsprinzip zu neuen, eigenen Theorien zusammensetzte. So murmelte ich im Angesicht von Rainers Malerei irgendwas von »Framing«.

Der Künstler, der sich, ohne dass ich es bemerkt hatte,

hinter mich geschlichen hatte, fragte daraufhin etwas zu laut:

»Was hast du gesagt?«

Ich erschrak und biss mir auf die Zunge, Glühwein schwappte über den Becherrand, meine rechte Hand, auf den Boden und an die weiße Wand. Reflexartig nahm ich den Becher in die linke Hand und schüttelte mir den Glühwein von den Fingern, so dass ein paar rote Spritzer auf Rainers Anzug landeten, was der aber nicht zu bemerken schien.

»Also, äh … Framing. Ähm, da sind ja überall so Rahmen drumrum.«

»Wie? Was? Rahmen?«

»Ja, hier.« Ich fuhr mit dem Finger die schwarze Umrahmung nach.

»Ja, Mensch, siehst du das denn nicht? Das is'n Fernseher.«

»Häh? Was?«

»Na, das ist doch das Konzept. Rainer's Televisionen. Steht doch auf der Einladung!«

»Ach so, ja.«

»Ich hab das alles abgemalt! Vom Fernseher!«

»Ah! *The medium is the message!* Marshall McLuhan! Du bist unter die Konzeptkünstler gegangen.«

»Weißte, das ist dein Problem, du zerdenkst immer gleich alles.«

»Ist ja jetzt nichts Außergewöhnliches, dass man sich Gedanken macht, wenn man vor einem Kunstwerk steht, oder? Heute ist es nun mal so, dass es bei Kunst nicht reicht, einfach nur hinzugucken.«

»Find ich überhaupt nicht.«

»Da muss man doch mal drüber nachdenken. Das Bild entsteht nicht mehr im Auge, sondern eigentlich im … nun ja … im Hirn des Betrachters. Also, Kunst ist heute nicht mehr sichtbar, sondern nur noch denkbar. Man könnte das Erhabenheit nennen oder so. Schon der alte Kant hat das Erhabene ja ein Geistesgefühl genannt.«

Ben lachte, ich trank meinen Becher aus, Rainer schüttelte den Kopf.

»Warum kann man denn nicht einfach mal so bauchmäßig was machen? Immer musst du in deinem Sophismus alles auf so ein Kopfding reduzieren.«

Ein Pärchen, das ein paar Bilder weiter stand, schaute amüsiert zu uns herüber. Sie war vielleicht Ende zwanzig, hatte einen Kurzhaarschnitt, der aussah, als sei ein Kleinkind mit einer stumpfen Schere Amok gelaufen, und trug orangefarbene Strümpfe zu einem neongrünen Kleidchen. Er war wohl ein bisschen älter, obenrum kurzrasiert, hatte einen Schnauzer und trug ein weißes Hemd zum dunkelbraunen Kordanzug.

»Studierst du auch Kunst?«, fragte er mich, nahm – wie aus Verlegenheit – einen Schluck von seinem Bier, verzog leicht das Gesicht und streckte seine Hand in meine Richtung.

»Ich bin Mitja. Das hier ist Veronika.«

Auch sie gab mir die Hand.

»Hallo. Na ja, also, nein, nicht ... nicht an der Universität oder so.«

»Aber kunstinteressiert?«

»Ja, also, was heißt kunst... also, ja ... natürlich. Auf jeden Fall bin ich kunstinteressiert.«

»Irgendwelche interessanten Sachen gesehen in letzter Zeit?«

»Hm, tja ... also ... ich war in letzter Zeit etwas, sagen wir: indisponiert. Ich fange gerade erst wieder an mit der ... mit der Kunst.«

Mir war die ganze Szene ein bisschen unangenehm. Mit ein paar Phrasen aus meinem Kunsttheoriesetzkasten hatte ich Kennerschaft vorgetäuscht, und jetzt stand ich da und hatte keine Ahnung. Vor allem Veronikas interessierte Blicke machten mich ein bisschen nervös. Ihr Äußeres hatte mich visuell herausgefordert und gefiel mir von Sekunde zu Sekunde besser. Ben brachte mir – offensichtlich hochamüsiert über diese Peinlichkeit – Glühweinnachschub.

»Welche Entwicklung hat dich denn als Letztes besonders interessiert?«, bohrte Mitja weiter nach.

»Entwicklung? Also, du meinst, so…«

»Ja, neue Trends, oder so. Findste das noch gut, was der Meese macht?«

»Puh …«

»Ich auch nicht. Degoutant finde ich das.«

»Ja, also …«

Zur Beruhigung nahm ich den nächsten Schluck.

»Was hältst du denn von dieser neuen Mode des Antikapitalismus gerade? Das finde ich ganz spannend.«

»Immer spannend, ja.«

»Auch wenn die meisten Ansätze da ja ziemlich unsubtil sind, oder?«

»Na ja, Antikapitalismus auf dem Kunstmarkt, also … äh …«

»Gibt's jemanden, der dich technisch überzeugt?«

»Äh, technisch … Dennis Bergkamp früher … oder das Kurzpassspiel …«

»Das was?«

»Das Kurzpassspiel.«

»Hab ich noch nie von gehört.«

Rainer schwieg die ganze Zeit. Ben mischte sich ein.

»Er meint sozagn beim Fußball, wmasowill.«

»Beim Fußball? Ich dachte, wir reden über Kunst?«

Ben, der ja schon einige angetrunkene Abende mit mir verbracht hatte und ahnte, was für ein windschiefes Gedankengebäude ich jetzt wieder vor aller Augen zu errichten versuchen würde, schüttelte den Kopf und seufzte.

»Erklär's ihm.«

»Was? Ich? Ach so. Also, na ja, es ist ja so, dass der moderne Fußball nicht mehr von den Einzelspielern lebt, sondern vom System. Eine Mannschaft funktioniert quasi wie ein einziger Organismus. Oder besser, wie ein Computer vielleicht, oder so. So wie der Ball sich hin und her bewegt und die Spieler sich dazu in Relation stellen, werden immer wieder neue potenzielle Schaltkreise eröffnet. Der ballführende Spieler muss nun das Spielgerät so schnell wie möglich weiterleiten und damit eine dieser Schaltverbindungen schließen. Das muss so zack, zack, zack gehen. In drei, vier, fünf Stationen, Doppelpass, bis zum Tor. Also, so funktioniert das. Man kennt das auch aus Unternehmen. Flache Hierarchien, kurze Wege, schneller Erfolg. Die ganze Gesell... ummp, 'tschuldige, muss kurz mal aufstoßen ... Die ganze Gesellschaft ist eigentlich so aufgebaut. Verstehste?«

»Na ja, so ungefähr. Aber was hat das mit Kunst zu tun?«

»Also, wenn Kunst von Können kommt, sehr viel. Aber das mein ich gar nicht. Um das Spielfeld drumrum sitzen ja jetzt die ganzen Fans und VIPs und Werbepartner und Familien. Quasi ein Spiegelbild unserer Gesellschaft. Und die sitzen da und schauen quasi diesem System beim Schalten zu. Sie sitzen da und schauen zu und können nichts tun. Außer jubeln oder leiden. Und ist das nicht ... ummp ... ah, menno ... hab einen nervösen Magen ... ist das nicht ein genaues Abbild des Lebens? Ist das nicht, was wir alle ... also wir stehen da und schauen uns an, wie das Leben so schaltet und waltet, und wir können nur zuschauen und jubeln und ... oder ... leiden? Wir können den Fernseher einschalten und uns die Bilder, die da zu sehen sind ... die können wir uns anschauen. Meinetwegen können wir sie auch abmalen und an die Wand hängen, so wie ... unser gem... ummp ... gemeinsamer Freund hier, aber wir können sie nicht verändern. Wir können nur jubeln oder leiden. Dieses Kurzpassspiel ist die reine Mimesis, der pure Realismus.

»Schon gut, aber ...«

»Warte, warte ... Es kommt noch besser ... ummp ... Entschuldigung, das muss dieses Tiroler Gröstl sein, das ich eben ... jedenfalls ... Also, in diese Technik ist ihre ... ihre Überschreitung schon ... wie sagt man ... eingeschrieben.«

»Aha.«

»Lukas Podolski!«

»Wer?«

»Lukas Podolski, 1. FC Köln.«

»Sitzt der nicht seit letztem Jahr bei den Bayern nur auf der Ersatzbank?«

»Rainer! Das spielt absolut keine Rolle.«

»Find ich überhaupt nicht.«

»Aber der ist wirklich bei Bayern jetzt, oder?«

»Ben! Ja! Nein! Herrgott! ... Also ... Lukas Podolski – Heimatverein 1. FC Köln! Der holt sich den Ball in der eigenen Hälfte, und der haut damit ab. Den interessieren diese ganzen Schaltkreise nicht die Bohne. Der läuft und läuft und läuft, immer weiter nach vorne. Ganz alleine ... meinetwegen. Der umspielt, ummp ... 'tschuldijung ... umkurvt zwei, drei Abwehrspieler und dann schießt er oder gibt an einen besser postierten Kollegen. Das ist ... der hebt dieses System aus den Angeln. Seine Laufwege, wenn man die aufzeichnen würde, die sähen aus wie ein abstraktes Bild, verstehste? Das ist ein echter Künstler. Sein Werk ist ... abstrakt, aber schön – und es erfüllt eine gesellschaftlich höchst wichtije Funktion.«

»Nämlich?«

»Tore, Punkte, Meisserschaft!«

Mitja schaute seine Freundin ein bisschen ratlos an. Die allerdings hatte mir schon die ganze Zeit aufmunternd zugelächelt, noch eine Etage draufzusetzen auf dieses Gedankenkartenhaus.

Rainer hatte sich längst beleidigt hinter seine Musikanlage zurückgezogen. Es lief aber immer noch dieselbe Platte. Ben stand strahlend neben uns und nickte anerkennend. Sonst war niemand mehr da. Auch Veronika und Mitja verabschiedeten sich nun.

»Hat mich sehr gefreut«, lachte Veronika und gab mir die Hand. »Vielleicht sehen wir uns ja mal wieder.«

Auch Mitja verabschiedete sich, holte zwei Mäntel vom Garderobenständer direkt neben dem DJ-Tisch, und die beiden gingen Arm in Arm in den kalten, schneebedeckten Abend.

Sechs

Von Bens Sofa zog ich weiter auf das von Anne. Anne kenne ich, weil sie die einzige Frau in meinem Leben ist, die ich mal in einem Club angesprochen habe. Das ist schon ein paar Jahre her. Ich sah sie an der Tanzfläche stehen – groß, schlank, kurze dunkle Haare, ein irgendwie porzellanartiges, blässliches Gesicht, eine Zigarette in der linken Hand. Sie war offensichtlich gerade von einem kleinen muskulösen Mann im *Fred-Perry*-Shirt angesprochen worden, der – wie mir schien – überhaupt nicht zu ihr passte. Ich bildete mir ein, sie verdrehe entnervt die Augen. Also ging ich auf sie zu und sagte:

»Ach, da biste ja. Ich habe dich schon überall gesucht.«

Ich gebe zu, das war nicht besonders originell. Aber ein in Flirtdingen immer sehr erfolgreicher Freund hat mir mal erklärt, es sei völlig egal, was man in so einer Situation sage, Hauptsache, man sage überhaupt irgendwas. Er selbst zum Beispiel habe zu späterer Stunde bereits einmal erfolgreich eine Konversation mit den Worten »Eins, zwei, drei, vier, Test, und du?« begonnen. So gesehen ging meine Anrede völlig in Ordnung und hatte – wie ich finde – sogar einen gewissen Pfiff, weil sie eine Vertrautheit herstellte, aus der die andere Person nur sehr schwer wieder herauskommen sollte.

Anne schien jedenfalls ob meiner Worte überhaupt nicht überrascht, musterte mich nur von oben bis unten und ging mit mir an die Bar. Wir unterhielten uns einige Zeit, und als ich dachte, nun sei der Moment gekommen, bewegte ich meine gespitzten Lippen auf ihr schmales Mündchen zu.

Doch sie schüttelte nur den Kopf und entgegnete belustigt in ihrem norddeutsch gefärbten Akzent:

»Nee, nee, das lass ma schön sein.«

Wir trafen uns danach öfter. Gingen ins Kino oder auf Konzerte. Eines Abends brachte sie Shirley mit. Eine Freundin, sagte sie. Heimlichtuerisch steckte sie mir zu später Stunde:

»Die wäre was für dich. Hat gerade 'ne schwere Enttäuschung hinter sich. Ich glaub, du würdest ihr gut tun – und sie dir auch.«

Ich dachte an die Frau mit der geplatzten Einkaufstüte und war begeistert. Tja, so kam es dann, wie es kommen musste. Und lange Zeit dachte ich, Anne hätte recht gehabt mit ihrer Einschätzung. Als dann doch alles anders ausgegangen war, hatte sie keinen Moment gezögert und mir für ein paar Tage ihr Sofa angeboten. Bestimmt nicht, weil sie sich schuldig fühlte, für ein schlechtes Gewissen war Anne nämlich viel zu pragmatisch. Das spiegelte sich auch in ihrer Wohnung wider. Ein großes Bett, ein Sofa, ein Fernseher und ein Regal mit einigen Leitz-Ordnern. Mehr stand nicht in ihrem Schlaf- und Wohnzimmer. An der Wand über dem Bett hing die Schwarzweiß-Fotografie einer nackten Frau.

Ich habe Anne in der Zeit, die ich bei ihr wohnte, nicht oft gesehen und weiß bis heute nicht, womit sie eigentlich ihr Geld verdient. Sie scheint jedenfalls genug davon zu haben. Sie schlief lange, ging dann aus dem Haus und kam erst spätabends zurück. Oft, wenn sie über irgendeine Online-Community oder -Partnerbörse ein Date klargemacht hatte und sich dieses als sexuell attraktiv erwies, sie war da nicht besonders wählerisch, schrieb sie mir ein Telefontelegramm, dass sie ihr Apartment für einige Stunden alleine bräuchte. Dann musste ich durch die Stadt flanieren, bis das Date versorgt und wieder heimgeschickt war.

Bald begann ich dann notgedrungen selbst, mir die Nächte in Clubs um die Ohren zu schlagen. Eine seltsame

Form der Einsamkeit ist das. Zunächst ist man ganz für sich allein euphorisch, dann fällt man ganz für sich allein in eine tiefe Melancholie. Eine Sehnsucht nach Nähe überkommt einen, die von niemandem gestillt werden kann. Man weiß das auch, und doch sucht man nach jemandem, der das Unmögliche schaffen soll. Wie Dock Boggs schon sang: *Oh I've got no sugar baby now / All I can do is to seek peace with you.*

Man sucht am unmöglichsten Ort. An der Theke. Und irgendwann geht man dann mit der oder der oder der nach Hause, schaut noch mal aufs Klingelschild, wie sie heißt, damit man nachher den richtigen Namen stöhnt, wenn man Ekstase vortäuscht, und damit man sich zur Not am nächsten Morgen einigermaßen vernünftig verabschieden kann.

Wenn ich dann neben einer fremden Frau aufwachte, kam es mir jedes Mal vor, als hätten all meine Probleme, Unzulänglichkeiten und Fehler in diesem fremden nackten Körper Gestalt angenommen. Ich drehte mich angewidert weg und wünschte, dieser Fleischhaufen möge schnell verschwinden. Bis mir einfiel, dass ja ich zu verschwinden hatte. Das tat ich dann, nicht ohne dass mich auf dem langen Weg vom fremden Bett ins fremde Bad, weiter in den fremden Flur und durch die Tür nach draußen eine Angst plagte, die Person, die eben noch neben mir gelegen hatte, könnte aufwachen, mich sehen, ansprechen oder gar mit mir frühstücken wollen. Das kam aber glücklicherweise nur sehr selten vor und war dann von quälender Sprachlosigkeit. Nur einmal kam eine Art Gespräch zustande.

Sie hieß Christiane, nannte sich aber Kiki und war zwei Jahre älter als ich. Sie trug einen blonden kurzen Jungshaarschnitt und hatte einen schneeweißen, irgendwie sportlichen Körper. Von der Statur eher knabenhaft, waren ihre Oberschenkel ziemlich durchtrainiert.

»Ich fahr viel Rad«, erklärte sie lachend.

Sie arbeitete für die Pressestelle eines Filmverleihs. In ihrer engen Einzimmerwohnung hing alles voller Filmplakate, vor allem von Blockbustern, deren Titel ich zwar kannte, von denen ich aber nicht mehr wusste, ob ich sie je gesehen hatte.

Sie war wohl früher wach geworden und schon angezogen, als ich die Augen öffnete, was ich zum ersten Mal in einer sehr langen Zeit bedauerte.

»Willst du Frühstück? Dann solltest du jetzt aufstehen, ich muss später noch ins Kino.«

Sie stand in der Kochnische und war dabei, einige Löffel Kaffee in den Filter zu geben. Tatsächlich eine altmodische Filtermaschine. So eine hatte ich auch noch irgendwo im Keller unserer … also, der Wohnung, aus der ich geflohen war. Ich stand auf, lief nackt ins Bad und las auf dem Weg dorthin meine Klamotten auf, sprang kurz unter die Dusche, zog mich an und setzte mich an den kleinen Tisch, an dem eigentlich nur eine Person Platz hatte. Es war sehr eng mit zwei Tellern und zwei Tassen. Sie schaute mir in die Augen. Ihre waren ziemlich blau.

»Versteh das jetzt nicht falsch, aber ich möchte dich nie mehr wiedersehen.«

»Was? Hab ich irgendwas falsch gemacht?«

»Nee, ich mein ja nur, nicht dass daraus jetzt was Ernstes wird.«

»Wie kommste denn darauf?«

»Ich sag's nur. Ich möchte die Unabhängigkeit meines Single-Daseins nun mal nicht missen.«

»Klingt sehr überzeugend.«

»Was?«

»Na … ›Ich möchte die Unabhängigkeit meines Single-Daseins nun mal nicht missen.‹ Das klingt, als hättest du's dir vorher aufgeschrieben und auswendig gelernt, damit du's jedem vor den Kopf knallen kannst, der es wagt, sich an deinen Frühstückstisch zu setzen. Kikis Halbpension – Sex, Kaffee, O-Saft, 'ne Stulle, aber dann Arrivederci, damit die Dame die Unabhängigkeit ihres Single-Daseins weiter genießen kann.«

»Hör mal zu, ja, wir kennen uns überhaupt nicht, und du tust, als seist du mein Therapeut oder so …«

»Schon gut, schon gut. Reg dich ab. So war's nicht gemeint, 'tschuldige.«

»Will ich meinen. Entschuldigung angenommen.«

»Hast du denn einen?«

»Einen was?«

»Na, Therapeuten.«

»Nee. Du?«

»Ich? Nein. Keinen Therapeuten.«

»Ich hatte aber tatsächlich mal einen. Nach meiner letzten richtigen Beziehung.«

»Wie lange ist das her?«

»Fünf Jahre.«

»Jesus Christus. Und seitdem unabhängiger Single?«

»Du machst dich lustig, stimmt's?«

»Nein, es interessiert mich, wirklich. Wie lang ging die Beziehung?«

»Acht Jahre.«

»Und? War schlimm?«

»Am Ende ja. Ich fühlte mich so … so … unter Druck gesetzt.«

»Von ihm?«

»Weiß nicht, irgendwie so generell. Wenn man acht Jahre zusammen ist, muss doch irgendwas passieren. Hochzeit, Kind oder so. Er wollte das auch – glaube ich. Jedenfalls hat mir das Angst gemacht, und ich wäre beinahe verrückt geworden.«

»Und dann hast du Schluss gemacht?«

»Nee. So einfach nicht. Ich hab mir erst noch jemand anders gesucht und dann gesagt, ich hätte mich in den verliebt.«

»Haste aber gar nicht?«

»Nein, das war nur einfacher so. Ich war ja acht Jahre lang nicht mehr allein gewesen, da konnte ich doch nicht von heut auf morgen …«

»Wie lange ging diese Entzugsbeziehung dann?«

»Na ja, so vier, fünf Monate.«

»Und dann?«

»Dann Magersucht, oder vielmehr … Achtung, Fremdsprache … Anorexia athletica …«

»Anowas?«

»Anorexia athletica. Ich hab zu wenig gegessen und zu viel Sport getrieben.«

»Klingt wie ein Fitness-Studio im alten Rom. Citius, altius, fortius in Anorexia athletica oder so.«

»Ich versteh kein Wort.«

»Egal. Was für'n Sport?«

»Laufen. Ich bin nur noch gelaufen.«

»Weggelaufen?«

»Ja … vermutlich.«

»Und eingelaufen.«

»Sehr komisch.«

»Und dann Therapie?«

»Ja.«

»Und unabhängiger Single?«

»Jjjj… Ja.«

»Glückwunsch!«

»Ach komm, hör auf.«

Sie lachte und schaute verschämt auf ihren Teller.

*

Als wir die Wohnung gemeinsam verlassen und uns vor der Haustür getrennt hatten, wurde mir klar, dass ich mich in Kiki verliebt hatte. Es war nicht der Sex gewesen, an den konnte ich mich, ehrlich gesagt, schon nicht mehr richtig erinnern. Vielmehr hatte dieses kurze Gespräch eine Nähe erzeugt, die mir in den letzten Wochen gefehlt hatte.

Mir war ein bisschen übel bei dem Gedanken, wieder verliebt zu sein. Außerdem war mir natürlich klar, dass daraus – bei ihrer Geschichte und bei meiner – nichts, wie sie gesagt hatte, »Ernstes« werden konnte. Und trotzdem änderte diese flüchtige Begegnung alles. In Annes Wohnung konnte ich nun auf keinen Fall noch länger bleiben. Denn es wäre mir wie ein Betrug an Kiki vorgekommen, am nächsten oder übernächsten Abend wieder mit jemand anderem nach Hause zu gehen, nur um meiner Gastgeberin nicht bei ihrer eigenen Abend- und Nachtplanung in die Quere zu kommen.

An der Straßenecke saß ein Blinder mit einer Blechdose.

Ich steckte einen Fünfeuroschein hinein. Sein Gesicht sprang von gespannter Erwartung auf Enttäuschung um, weil er es nicht rappeln hörte in seiner Büchse. Ich ging an der Ampel über die Kreuzung, als mein Telefon klingelte.

»Dudek.«

»Was ist los? Man erreicht dich ja nie zu Hause. Und Shirley geht auch nicht ran.«

»Hallo Mama, was …«

»Oma ist gestorben.«

Ihre Stimme klang gefasst, fast nüchtern.

»Was? … Wann?«

»Heute Nacht. Sie ist einfach eingeschlafen. Ich meine, sie hat ja eh den ganzen Tag geschlafen, aber jetzt ist sie … nicht wieder … aufgewacht.«

»…«

»Ist vielleicht für alle das Beste so.«

»Ja, hm …«

»Kommst du zur Beerdigung? Die ist übermorgen.«

»Ich … ich kann nicht.«

»Was sollen denn die Leute denken, wenn du bei der Beerdigung deiner eigenen Großmutter nicht dabei bist?«

»Ja, ja, ich weiß …«

»Na dann ist ja gut. Und Shirley?«

»Was ist mit der?«

»Kommt die auch mit?«

»Tja, also … Das ist … wir sind nicht mehr … sie hat sich …«

»Ist sie krank?«

»Nein, sie hat sich von mir getrennt.«

»…«

»…«

»Was hast du getan?«

»Ich? SIE hat sich getrennt, also ich meine, sie ist … sie hat 'nen anderen.«

»Einfach so?«

»Ja, wie? Einfach so? Was weiß denn ich, ich war nicht …«

»Und wann?«

»Naja, vor ein paar Tagen, ich …«

»Und warum erzählst du uns das nicht?«

»Ich wollte warten, bis … bis … ich hatte so viel um die Ohren. Hab erstmal nach 'ner anderen Bleibe gucken müssen und …«

»Und wo wohnst du jetzt?«

»Bei Freunden.«

»Willst du nicht lieber nach Hause kommen?«

»Ich habe kein … ich brauch ein bisschen Zeit.«

»Aber Weihnachten kommst du doch, oder?«

»Jjjjjja … Weihnachten bin ich da.«

»Bevor du irgendwelche Dummheiten machst, ruf an!«

»Mach ich.«

»Wir sind für dich da, das weißt du.«

»Ja, ich weiß.«

»Ich bin noch zu nichts gekommen, seit wir aus dem Altersheim zurück sind, und gleich kommt der Bestatter. Ich muss vorher noch ein bisschen saubermachen. Ruf die Tage mal an, damit wir uns keine Sorgen machen müssen.«

»Okay, ich …«

*

Die Nachricht vom Tod meiner Großmutter erreichte mich damals nicht. Eigentlich ist sie nie richtig angekommen. An diesem sonnigen Tag Ende November war ich viel zu sehr hin und her gerissen zwischen der Euphorie, die mich packte, wenn ich mich an das Frühstück mit Kiki erinnerte – an ihre Augen, ihren sprechenden, kauenden, lachenden Mund –, und dem flauen Gefühl im Magen, wenn ich an den freien Fall dachte, in dem sich mein Leben gerade befand.

Sieben

Selbst auf einem Satellitenbild hätte man mich vermutlich als den Punkt identifizieren können, der falsch ist in diesem Areal. Die Männer trugen entweder schwarze Kapuzenshirts, enge schwarze Röhrenjeans und Kinnbart oder bunte Gewänder und alberne Mützen oder gar Narrenkappen. Selbsteinsicht ist ein erster Schritt. Die teils sehr anmutigen Mädchen und Frauen trugen Korsagen oder Wallegewänder und hoben ihre weiten, aufgebauschten Röcke beim Gehen ein wenig an, denn es hatte getaut, und der Boden glich eher einer Sumpflandschaft als einem Marktplatz. Kerzen blakten in den klammen Abend. Eine Drehleier leierte.

Anne hatte mir erzählt, dass Shirleys Neuer einen Kaufmannsladen namens *Govannon* besaß, in dem er wohl allerlei mediävalen Plunder feilbot. An Wochenenden verkaufte er auf Märkten wie jenem, den ich an diesem nasskalten Dezemberabend unweit von Regensburg besuchte.

Es war gar nicht so einfach herzufinden. Der Zug fuhr nur bis Geiselhöring, von da an musste ich laufen. Ich fragte eine alte Dame mit einem Dachshund am Bahnhof nach dem Weg. Die musterte mich von oben bis unten, schaute mir halb zweifelnd, halb mitleidig in die Augen und schüttelte den Kopf.

»Hauptstroß könnens net gehen. Des is a Himmelfahrtskommando.«

»Aha.«

Sie schaute auf ihre Uhr.

»Wartens.«

Dann zog sie ihr Mobiltelefon aus der Tasche, wählte eine

recht kurze Nummer, drehte sich von mir weg, flüsterte wenige Worte in den Hörer, legte auf und wandte sich zu mir.

»Kommens mit. I zeig eana wie's hiekomma.«

Ich folgte Dame und Dachshund. Wir sprachen kein Wort. Irgendwann blieb sie stehen.

»Weiter geh i ned. Des is mira zu unhoamlich. Sie müassa durrrch den Wold da vorn, wenn's rauskomma sehens scho de Barkblotz.«

Ich bedankte mich, Dame und Dachshund verschwanden, und ich setzte meinen Weg mit mulmigem Gefühl fort. Es war wirklich ein sehr dunkler, sehr unheimlicher Wald. Eine Stille, die all die Märchen und Gruselgeschichten meiner Kindheit erzählte. Irgendwann sah ich das sprichwörtliche Licht am Ende des Tunnels, das in diesem Fall ja vermutlich eher ein entgegenkommender Zug war. Denn irgendwo da draußen war Marco, der meine Zukunft überrollt hatte. Als ich nach einer halben Stunde endlich den Waldrand erreichte, ragte vor mir ein von allen Seiten angestrahltes Gemäuer auf, halb Burganlage, halb Vierkanthof. Am Tor standen bewaffnete, strumpfbehoste Wachen in drolliger Tracht. Der Weg in den Innenhof kostete einen Zoll von fünf Euro. Zudem musste man mindestens zehn Euro in Schekel – so hieß die offizielle Währung in diesem fernen Land in unserer Zeit – eintauschen. Ein hölzernes Schild begrüßte die Besucher:

»Seyd willkommen Ihr Wanderer auf unserem mittelalterlichen Markt.«

Es war ein ziemliches Gewimmel aus Händlern und Freaks. Die einzelnen Stände unterschieden sich kaum voneinander. Ob ich diesen Marco hier finden würde?

Es hatte während meines Wegs durch den Wald angefangen zu nieseln. Nun wurde der Regen stärker, und viele der hier versammelten Wesen versuchten, unter den Überdachungen der Stände Schutz zu finden. Doch auch eine der von Fackeln beleuchteten Scheunen schien ein möglicher Unterschlupf. Aus einem Kellereingang kamen mir schwarz gekleidete Halbwüchsige mit mühsam kultivierten Kinnbärten entgegen. Der ganze Gang schien unter einem dunklen Wummern zu erzittern. Eine Art mittelalterliche Geisterbahn, vermutete ich und stieg hinab. Das Wummern wurde immer lauter, düsterer, schauriger.

Auf der gegenüberliegenden Seite des riesigen Kellergewölbes waberte auf einer Erhöhung ein dichter, von Scheinwerfern beleuchteter Nebel. Immer wenn er sich lichtete, sah man ein riesiges Schlagzeug, hinter dem allem Anschein nach eine langmähnige Kreatur Platz genommen hatte und eine mächtige Basstrommel betätigte – die Quelle des Wummerns.

»Bumm … bubum …. bubum … bubububumm … bumm … bumm.«

Gaaanz langsam. Wie der unregelmäßige Herzschlag eines schlafenden Riesen. Ein zweiter Typ wurde sichtbar. Er hatte ein dunkles X mit einem langen Stiel um seinen Hals geschnallt, das wohl der Bass war, und begann leicht versetzt den gleichen Rhythmus zu donnern. Ein dritter aus den Schwaden auftauchender Musiker fiel ebenfalls in den Rhythmus ein, allerdings ein bisschen höher und schneller. Er trug ein Ypsilon. Nun betraten zwei sehr kuriose Gestalten die Bühne. Ein Mann mit einer Art Falkenhaube auf dem Kopf, gefolgt von einer blonden Matrone in schwarzem Rüschenkleid, die den Orientierungslosen zum Mikro geleitete und ihm ein dunkelrotes Ypsilon umhängte, das er gleich unter großem Getöse anschlug, während der andere Gitarrist begann, das Kinn auf die breite Brust gestützt, seine Mähne durch kettenkarussellhaftes Kopfkreisen in Wallung zu bringen. Der Haubenmann grunzte dazu in tiefsten Lauten etwas ins Mikrofon. Kein Wort war zu verstehen. Ich ging zur Theke und bestellte ein normales Bier. Die Thekenkraft sah mich amüsiert an.

»Wos hat di denn hierher verschlogn?«, schrie sie gegen das Getöse an.

Sie war vermutlich Ende dreißig, ihre Lippen waren

schwarz geschminkt und auch die grauen Augenringe wohl nur aufgemalt. Hennarote Haare mit schwarzen Strähnen hingen ihr ins Gesicht.

»Äh, wieso?«

»Ja mei, des sieht ma jo aus hundert Meda Entfernung, dass du hier net hinkhörst.«

»Ach, wirklich?«

»Eh klar.«

Sie stellte ein mehr oder weniger frisches Bier auf den Tresen. Keine Blume, dafür war der Plastikbecher randvoll.

»Trinkst du 'nen Schnaps mit mir?«

»Wenn's meinst.«

Sie stellte uns zwei Gläser hin und füllte sie mit einer klaren Flüssigkeit. Wir stießen an und kippten weg.

»Wer isn das da vorn?«

»Des? Ja mei, nit amol dos weißt? Des sin *Falconhood*.«

»Aha. Sind die berühmt?«

»A bisserl, jo. Mei Mo is dera Mänädscha.«

»Dera was?«

»Mänädscha.«

»Manager? Dein Mann?«

»Sag i jo.«

»Was ... was singt denn der da?«

»Jetzt grod?«

»Na ja, so überhaupt.«

»Ja mei, 's geht halt um'm Tod. Is halt eher a weng traurig.«

»Traurig? Mir kommt es eher vor, als sei der da vorne ziemlich böse.«

»Iwo. Des is a ganz Liaba, der Toni.«

»Mhm.«

»Seit ihr oft auf solchen ... Veranstaltungen?«

»Jo mei, freilich.«

»Kennst du auch die Leute da draußen, auf dem Markt?«

»Jo, klar. Des is a große Familje, weißt. Mia reisn of zsamma.«

»Und äh – kennst du einen Laden, der *Govannon* heißt?«

»Vom Marco, sicha.«
»Was is denn das für einer?«
»Der Marco? A echta Wummenaiser.«
»Wumme?«
»Ja, mit die Madel.«
»Ach so, ja, verstehe.
»O Bild von eina Mo.«
»Aha.«
»Kennst du seine Freundin?«
»Der hat a neie, oda? Hab i nur oimal gsehn.«
»Ist die denn heute Abend hier?«
»I woaß ned.«
»Wie finde ich denn diesen *Govannon*-Stand?«
»Wenns hier rausgehst, musst di links an der Mauer holtn. Do siehst da scho des Feia.«
»Feia?«
»Jo, der Marco tut do jo orbeitn.«
»Mit Feuer? Ist das ein Feuerschlucker?«
»Hahaha, du bist a rechta Witzbold, gä? Der mocht Woffn.«
»Waffeln?«
»Woffn! Schwerta! Speer! Des is a Schmied.«
»Ein …? Ach so … Na, danke jedenfalls.«
»Jo mei. I helf wo i ko.«

Neben mir nahm gerade ein recht massiger Typ mit blondem Pferdeschwanz von einer anderen Thekenkraft seine Bestellung entgegen. Fünf Biere, allesamt ähnlich gepanscht wie meins eben. Er bedankte sich, indem er seine ungeübte Stimme in einen viel zu hohen Singsang erhob.

»Viiiielen Dank für die Bluuuhuumen.«

Ich wagte mich ein paar Meter weiter nach vorn, um endlich zu hören, was genau der Toni da grunzte. Ich meinte etwas wie »mortal life« verstanden zu haben, und das reimte sich wohl auf »afterlife« – na ja, es klingt tatsächlich sehr ähnlich.

Nach jedem Song strichen sich alle Musiker ihre Mähnen

wieder in Form. Der Sänger nahm irgendwann seine Haube ab und öffnete eine Bierdose, deren Inhalt sich in einer großen Fontäne über die Bühne ergoss. Ob es dem Tod wohl missfiel, ständig angegrunzt und mit Dosenbier bespritzt zu werden?

Ich stieg die Treppen wieder hinauf, um endlich Marco zu finden. Und in der Tat loderte ein Feuer unweit des Scheuneneingangs. Daneben, hinter einem Baumstumpf, stand ein Mann mit Lederschürze über dem ansonsten freien, ziemlich muskulösen Oberkörper. War er das? Er war mindestens so groß wie ich und schleuderte einen riesigen Hammer auf ein glühendes Stück Metall. Seine mächtigen, von Tätowierungen verzierten Arme glänzten vor Schweiß im Fackellicht. Das war doch so gar nicht Shirleys Typ. Wenn doch, was war dann mit mir? Seine Haare hingen ihm ins von prägnanten Kieferknochen aufgespannte Gesicht. Um ihn herum stand ein Kreis von Schaulustigen. Die meisten weiblich. Ein Schild mit der Aufschrift *Govannon* konnte ich nirgends entdecken. Ein weiteres Feuer war in dem wirren Treiben auch nicht auszumachen. Vielleicht musste ich nach Shirley suchen. Ihr hatte ich mindestens so sehr begegnen wollen wie diesem Marco. Denn obwohl ich sie vor gerade mal drei Wochen zum letzten Mal gesehen hatte, war unser gemeinsames Leben schon in unendlich weite Ferne gerückt. Es lag so viel zwischen uns. Luigi und Wittgenstein, der Weg ins Dunkel der verzweifelten Tage und berauschten Nächte, die One-Night-Stands, schließlich Kiki – und nicht zuletzt der Tod meiner Großmutter. Eine Lebensspanne von siebenundachtzig Jahren hatte sich erschöpft zwischen unser vereintes Wir und mein vereinsamtes Ich gelegt. Ich fühlte den Schmerz, aber an die Ursache konnte ich mich nicht mehr erinnern. Zwei Fragen hatten mich an diesem Abend ins Mittelbayrische geführt. Was hatte ich verloren? Und an wen? Die Möglichkeit, dass dieser Hüne hinter dem Amboss die Antwort auf meine zweite Frage sein könnte, deprimierte mich so sehr, dass ich das Weite suchte.

Acht

Ein paar Tage später traf ich – nachdem ich schon ein bisschen gegen die Kälte angetrunken hatte – bei einem meiner einsamen spätabendlichen Spaziergänge entlang der Isar zufällig auf Peter, einen alten Bekannten. Wir hatten uns im Zug kennengelernt, beide auf dem Weg von Hamburg nach München. Er hatte im Alten Land seine Schwester besucht, und ich kam, glaube ich, von einem Interview mit einem Schriftsteller aus Eppendorf. Jedenfalls saß Peter mir die ganze Fahrt lang gegenüber, und ich musste ihn immer wieder anschauen, weil irgendwas mit seinem Gesicht nicht zu stimmen schien. Ich brauchte einige Zeit, bis ich darauf kam. Es sah so aus, als wären seine Augen nicht wie üblich vorne, sondern an der Seite seines Quadratschädels angebracht. Wie bei einem Fisch oder, genauer gesagt, einem Wal, einem Pottwal. Man kann also nicht wirklich sagen, dass unsere Blicke sich trafen, aber ein Gespräch kam trotzdem zustande.

Am Ende der Fahrt tauschten wir Telefonnummern aus und sahen uns dann eine Zeitlang häufiger. Irgendwann verloren wir uns aber aus den Augen, was in Peters Fall zugegebenermaßen ein etwas schiefes Bild bleibt.

Nun jedenfalls stand er da fröstelnd am Isarufer, größer und massiver, als ich ihn in Erinnerung hatte, den in eine dicke Fellmütze gut verpackten Kopf Richtung Fluss, die Augen Gott weiß wohin gerichtet.

»'n Abend Peter!«

»Thomas! Das ist ja 'ne Überraschung! Wie lange haben wir uns nicht gesehen?«

»Lange, sehr, sehr lange. Was machst du denn hier um diese Zeit?«

»Och, ich geh grad einige meiner liebsten Orte in München ab.«

»Soso. Ziehst du weg hier, oder was?«

»Nee, bin nur ein bisschen melancholisch drauf heute. Kannst du dich noch an Janine erinnern?«

»Äh, so 'ne kleine Schwarzhaarige? Deine Freundin, oder?«

»Ja. Ex-Freundin seit ein paar Wochen.«

»Oh, das tut mir leid.«

»Na ja, kommt vor. Und du?«

»Frag nicht.«

»Wieso?«

»Shirley hat mich auch verlassen ...«

»Au ha.«

»Kommt vor, sagste ja selbst. Was ist bei euch passiert?«

»Irgendwann hat Janine so einen Job bei einer Unternehmensberatung bekommen. Weiß nicht, ob du das noch mitgekriegt hast. Jedenfalls war die nur noch unterwegs. Und dann hat sie sich 'ne Zweitwohnung in Berlin genommen, weil sie da eh dauernd hinmusste.«

»Aha.«

»Ich wollte aber nicht weg aus München. Du weißt ja, der Kleine lebt bei Steffi in Dachau, und ich hol ihn jedes zweite Wochenende zu mir. Außerdem macht mir mein Job ja Spaß.«

»Immer noch ...«

»Ich fahr Taxi, ja. Ich meine, ich kann den ganzen Tag rumgurken, mit Leuten reden. Hab genügend Kohle für 'ne kleine Wohnung, kann Urlaub machen und mir ab und zu die neuesten Musicals in London angucken.«

In meinem Kopf lief nun einiges durcheinander. Erstens versuchte ich mir vorzustellen, wie die Fahrgäste reagierten, wenn sie zu Peter in den Wagen stiegen und feststellten, dass er vorne quasi keine Augen hatte. Und zweitens sah ich ihn vor mir, wie er im Theater mit äußerst ungelenken Halsdrehungen versuchte, einen 3-D-Blick von der Bühne zu erhaschen. Hätte er gesagt, er arbeite als Schwimmlehrer und schaue in seiner Freizeit gerne Tennis, hätte das in diesem Moment mehr Sinn ergeben. Aber stimmt, Taxis und Musicals, wie hatte ich das vergessen können!

»Also eigentlich alles beim Alten, bis auf …«

»Ja, klar. Also, mir fehlte eigentlich nix …«

»Aber?«

»Aber Janine meinte, ich würde nicht genug für unsere gemeinsame Zukunft tun.«

»Zum Beispiel?«

»Mich mal um einen gescheiten Job kümmern, mit geregelten Arbeitszeiten und Einkommen.«

»Und?«

»Ich fühl mich ja wohl, so wie es ist. Ich glaube nur nicht mehr daran, jemals eine Familie zu haben. Gut, ich hab den Kleinen, aber der lebt ja bei Steffi, und die hat Gott sei Dank jetzt wieder einen Freund … Frauen kennenlernen ist ja eigentlich kein Problem. Aber die bleiben nicht lange. Wenn ich denen erzähle, dass ich mein Leben lang Taxi fahren will, dann sind die schnell wieder weg.«

»Tja.«

»Ja …«

»Hm …«

»…«

»Meine Güte, Peter, wir sind schon zwei Strategen.«

»Wieso?«

»Na, kommt dir das hier nicht alles ungeheuer komisch vor? Treffen sich zwei wehleidige Typen nachts am Fluss und jammern sich was vor über die Flüchtigkeit der Liebe in spätkapitalistischen Zeiten oderwasweißich. Ich komm mir schon vor wie in einem dieser neuen deutschen Beziehungsdramen.«

»Ach so, klar, stimmt. Vielleicht sollten wir ein Drehbuch draus machen. Wir können's ja so'n bisschen indiemäßig aufziehen. Rein äußerlich würd ich sagen, dich spielt August Diehl und mich spielt …«

»Hm … oder der junge Peter Sattmann.«

»Wer?«

»Peter Sattmann. Kennste nicht? 'ne Zeit lang war der mal häufiger im Fernsehen. War in den Neunzigern mit Katja Riemann verheiratet. Das heißt, in Deutschland war die Ehe nicht rechtskräftig, weil … wie war das noch? Sie haben sich auf Mauritius von einem indischen Priester trauen lassen, oder so ähnlich.«

»Du weißt ja Sachen … Sag mal, ich wohn hier in der Nähe. Wollen wir vielleicht noch ein Bier bei mir trinken? Ist ein bisschen kalt hier zum Unterhalten, und so oft sehen wir uns ja auch nicht.«

»Klar. Warum nicht …«

Ich war erleichtert, dass das Gespräch eine schnelle Wendung nahm, sonst hätten wir am Ende noch überlegen müssen, welcher Schauspieler Peters Part hätte übernehmen können in der Filmversion unseres Lebens. Ich hätte ihm wohl sagen müssen, er sei womöglich eher ein Fall für die in unserer heutigen Zeit ja schon sehr lebensechte Animationstechnologie.

*

Peter hauste in einer ziemlich winzigen Wohnung im Industriegebiet um die Thalkirchner Straße. Schlafcouch, Schreibtisch, ein Riesencomputer, der, wenn man ihn anstellte, vermutlich sofort die gesamte Luft aus dem Zimmer absog. An den Wänden hingen Musical-Poster – *Westside Story*, *My Fair Lady* … Früher hatte ich mal geglaubt, Peter sei schwul, wegen dieser seltsamen Leidenschaft. Das hatte so was Camphaftes. Aber so viel ich weiß, hatte er nie was mit 'nem Mann, und das mit den Musicals meinte er vollkommen ernst. Er war ein richtiger Connaisseur, wenn man so sagen will.

Als er die Fellmütze abnahm, sah er aus wie ein Vogel in

der Mauser. Sein blondes Haar war recht dünn geworden und stand wie elektrisiert in alle Richtungen ab.

Unter dem Fernseher hinter der Schlafcouch, ich hatte ihn erst gar nicht gesehen, befand sich ein Kühlschrank. Peter holte zwei Dosen Bier heraus, öffnete sie zischend. Sie standen offensichtlich ziemlich unter Druck. Ein großer Schwall spritzte auf seinen Norwegerpullover, einiges tropfte auf den Laminatboden. Er leckte sich beide Hände ab.

»Ach, scheiße. Hier.«

»Danke.«

»Und warum sind Shirley und du auseinander?«

»Sie hat 'nen anderen kennengelernt.«

»Auweia. Kanntest du den?«

»Nee, aber ich hab ihn mir mal angeschaut.«

»Du hast was?«

»Tu doch nicht so. Da wärst du auch neugierig gewesen.«

»Ja, stimmt wohl. Und, äh ... wie war's?«

»Ums mit Baudelaire zu sagen: *Ich spürte, wie ein Wehen von den Flügeln der Verblödung über mich hinstrich.*«

»Äh?«

»Naja, einerseits kam ich mir selbst total dämlich vor, so stalkermäßig. Eine wirklich bescheuerte Situation. Und, ich meine, da stand halt dieser Typ, von dem ich natürlich gar nicht wusste, ob er überhaupt der ... äh Richtige war, an seinem Amboss und ...«

»An seinem Amboss?«

»Ja, er soll Schmied sein. So mittelalterliches Zeugs.«

»Auha, das ist hart.«

»Ja, hart wie Kruppstahl.«

»Kannst du denn so überhaupt arbeiten oder biste krankgeschrieben?«

»Ich bin arbeitslos.«

»Ach, haben sie bei euch im Verlag auch Leute gekündigt?«

»Das auch. Aber davon war ich nicht betroffen. Ich hab selbst gekündigt. Ich will was Eigenes machen.«

»Was denn?«

»Noch nicht spruchreif. Irgendwas … ach, kann ich nicht sagen, ich weiß es selbst nicht mehr so genau nach all dem Scheiß, der da passiert ist.«

»Wie lange wart ihr zusammen?«

»Ziemlich genau vier Jahre. Von einem Tag auf den andern Schluss. Dabei hab ich sogar versucht, ihr 'nen Heiratsantrag zu machen.«

»Tja, da wird dann alles noch mal auf den Prüfstand gestellt.«

»Und ich hab auf ganzer Linie versagt.«

»Versagt?«

»Na, oder wie sagt man da – untauglich, nicht belastungsfähig oder was. Jedenfalls hab ich nicht – wie man so sagt – den starken Mann markiert.«

»Meinst du, das hat Shirley von dir erwartet?«

»So explizit vielleicht nicht. Es gibt halt An-sich-Glauber und An-sich-Zweifler. Die einen suchen das Abenteuer, und die anderen, die sind ängstlich und klammern sich an das, was sie haben. Und wenn man als Frau denkt, der bleibt nur bei mir, weil er Angst vor Veränderungen hat, ist das vielleicht nicht die optimale Ausgangsposition. So wie in *Ein fliehendes Pferd* von Martin Walser der eine Typ, Lehrer oder was …«

»Hab ich nicht gelesen.«

»Ich auch nicht. Hab nur den Film gesehen … mit Ulrich Noethen, Ulrich Tukur und … äh … Katja Riemann.«

»Schon wieder die Riemann! Hast du da irgendwie 'ne Obsession oder so?«

»Ach Quatsch. Nein. Überhaupt nicht … Jedenfalls … es war so: Ich hatte damals gerade eine ziemlich stressige Zeit bei diesem Magazin, *Lebensräume* hieß das, so Bio-Bürgerlichkeits-Zeugs. Der Laden lief nicht, man musste alles selbst schreiben, war ständig unterwegs, weil das Geld für freie Autoren knapp geworden war, und so weiter. Und dann bekam ich einen Anruf von Dietrich George, der war damals noch bei der *Zeit*. Und der hat mich gefragt, ob ich nicht für die nächste Ausgabe eine Buchbesprechung schreiben wolle.«

»Ist doch super. Das wolltest du doch schon immer.«

»Ja, schon. Das schien mir damals die Lösung aller Probleme zu sein. *Zeit*-Autor! Aber, wie gesagt, ich hatte kaum äh ... Zeit, kannte den Schriftsteller nicht, über den ich da schreiben sollte, hatte Angst, dass die etwas von mir verlangen, was ich gar nicht leisten kann – und dann wurde ich natürlich nervös.«

»Und hast abgelehnt.«

»Quatsch! Viel schlimmer: Ich habe zugesagt! Ich dachte echt, ich muss das jetzt machen. Nicht für meine Karriere oder so, sondern für Shirley. Ich muss ihr zeigen, dass ich sie verdient habe oder so. Ich habe nachts die Bücher von diesem Typen gelesen – Dietmar Dath hieß der – und dann um sechs Uhr morgens versucht, den Text zu schreiben. Natürlich hab ich gleich gemerkt, dass das nix wird. Ich hab ihn dann aber trotzdem weggeschickt.«

»Und dann?«

»Dann hat sich der George gemeldet und meinte, so richtig gefalle ihm das noch nicht, ob ich das wohl noch mal überarbeiten könnte. Hab ich dann gemacht ...«

»Und?«

»Ich hab nie wieder was von ihm gehört. Ich glaub, der zweite Versuch war noch verheerender als der erste. Da passte dann gar nichts mehr zusammen.«

»Ach, du grüne Neune.«

»Ja, und als ich dann nach den Stresswochen ein paar Tage Urlaub hatte, hat mich das alles in eine ziemlich große Sinnkrise gestürzt. Kam auch noch so eine Vorstufe von Burnout dazu, glaube ich, innere Unruhe, konnte mich auf nix mehr konzentrieren und so. Diese scheiß Selbstverwirklichung. Ich war vollkommen fertig davon, der zu werden, der ich für Shirley sein wollte. Ich hab dann nur noch auf dem Sofa gesessen und ›Ich kann nicht mehr, ich kann nicht mehr‹ gemurmelt.«

»Meine Güte. Und Shirley?«

»Shirley? Die meinte, sie hätte die Achtung vor mir verloren.«

»Waaas?!«

»Ja. Als sie mich da wie ein Häufchen Elend sitzen sah, hat sie mich verachtet. Ich weiß nicht, vielleicht auch verständlich, soviel wie die gearbeitet hat, und erfolgreich war sie ja auch noch.«

»Was hat die noch mal gemacht?«

»Die war in der Personalabteilung bei *Siemens*.«

»Ach, stimmt.«

»Die konnte ziemlich tough sein, wenn es um die Karriere ging, und hatte kein Verständnis für Leute, die verpassten Chancen hinterhertrauern und mit dem Leben oder dem Schicksal oder was hadern.«

»Ja, ich hab die eh nie gemocht.«

»Haha, was?«

»Echt nicht. Ich hab sie ja nicht oft gesehen. Mir kam sie immer kalt und distanziert vor, keine Ahnung. Hab nie verstanden, was du an der gefunden hast.«

»Ehrlich? Aber die war eigentlich ganz anders. Zumindest, wenn wir alleine waren.«

»Schon komisch, diese Frauen.«

»Wem sagste das …«

»Was wollen die eigentlich von uns? Warum müssen wir was darstellen, nur damit sie bei uns bleiben?«

»Na ja, sie suchen halt einen potenten Ernährer für ihre Brut.«

»Hihihi. Willste noch 'n Bier?«

»Gerne. Danke.«

»Mein Vater hat mir mal gesagt: Weißt du, Junge, eine Frau ist für einen Mann auch ein Statussymbol.«

»Ehrlich? Is' ja hart.«

»Mir kommt's jetzt eher so vor, als seien wir hier die Statussymbole.«

»Fällt mir gerade ein – neulich im Fernsehen bei der

Schrowange hieß es, Frauen würden quasi ihr Beuteschema ändern, wenn sie die Pille abgesetzt haben.«

»Äh, ja – und?«

»Ja, mein Gott, ist doch klar! Die Hormone haben mir meine Freundin weggenommen!«

»Häh?«

»Naja, ihr Neuer ist vermutlich ein richtiger Mann. Sieht jedenfalls so aus – wenn er es war.«

»Aber hatte sie denn die Pille abgesetzt?«

»Weiß ich nicht, kann doch sein.«

»Aber warum sollte sie das getan haben?«

»Weil sie ein Kind von mir wollte, ganz einfach.«

»Moment, sie wollte ein Kind von dir, dann hat sie die Pille abgesetzt, und ihre Hormone haben ihr gesagt, dass du der Falsche bist?«

»Exakt. Ich hab neulich irgendwo gelesen, dass läufige Homo-sapiens-Weibchen es besonders gerne mit Neandertalern getrieben haben.«

»Ach, komm. Hör auf.«

»Nein, wirklich. Die so genannte Vermischungshypothese. Damals in der auch nicht besseren Mittleren Steinzeit.«

»Und was willste damit sagen?«

»Ich will damit sagen, dass … dass … ähm … jetzt hab ich den Faden verloren … Ach nee, richtig, dass moderne Frauen und moderne Männer, wenn's dann ernst wird, einfach nicht zusammenpassen. Verliebtsein ist super. Dieses ganze Ding mit der Romantik und so. Da sind wir alle irgendwie gleichgeschaltet. Aber jenseits der Romantik, wenn die Natur ruft und die dünne kulturelle Schicht, die über allem liegt, durchbrochen wird … da knirscht es dann, weil Männer und Frauen zwei Chemiebaukästen von unterschiedlichen Firmen sind. Man kann sich noch so gut verstehen, spätestens wenn das mit den Kindern losgeht, geht alles den Bach runter. Am besten wäre wohl, in gleichgeschlechtlichen Liebesbeziehungen zu leben und sich nur zur

Paarung mit dem anderen Geschlecht zu treffen. So wie die Lachse …«

»Hihihi. Machen die das?«

»Ich glaub schon. Hab ich mal irgendwo gelesen.«

»Sterben die nicht auch nach dem Akt? An Erschöpfung oder so?«

»Man muss es ja nicht übertreiben mit den Analogien.«

»Aber es gibt doch schon auch glückliche Beziehungen.«

»Ich kenn keine. Kannste dich noch an Ben erinnern?«

»Ben … war das der …«

»Der Herr Doktor.«

»Ja, doch, klar. Der seine Promotion über diesen schwarzen Blues-Typen geschrieben hat.«

»Der war nicht schwarz.«

»Klar war der schwarz. Noch 'n Bier?«

»Gerne. Er hat über Emmett Miller und den Minstrel-Song geschrieben. Der Miller hat sich sein Gesicht nur schwarz geschminkt und in seinen schwarzen Songs Blues und Jazz und weißen Country vermischt. Der hat den Blues quasi gejodelt. *I got a feeling called the blu-hu-hues*. So irgendwie. Jimmie Rodgers und Hank Williams … ach, das würde jetzt zu weit führen. Jedenfalls, Ben ist verheiratet, hat zwei, bald drei Kinder, ist beruflich erfolgreich – und todunglücklich.«

»Jetzt übertreibste aber.«

»Nee. Is so. Ehrlich. Er sagt, er und seine Frau – Johanna heißt die, weiß nicht, ob du die kennst, so 'ne Rothaarige –, also, die streiten sich nur noch. Immer gibt's irgendeine Aufregung. Wegen der Kinder, wegen der Wohnung, die sie kaufen wollen … Er hat mir erzählt, die Liebe und Zuneigung, die er früher von Johanna bekommen hat, die kriegt er jetzt allerhöchstens noch von seinen Kindern. Zumindest manchmal von dem Jungen. Der is' jetzt drei oder so und vollkommen auf ihn fixiert.«

»Das is' ja echt krass. Steffi und ich waren ja schon nicht mehr zusammen, als das Kind kam, deswegen hab ich das natürlich ganz anders erlebt. Obwohl, eigentlich war's ja ähnlich. Mit Steffi hab ich mich nur noch um Unterhalt und so Kram gezofft, und der Kleine war mein Ein und Alles.«

»Das, was wir Familie nennen, dieses komische Konstrukt, das uns unsere Eltern und Großeltern vorgelebt haben, weil sie aufgrund gesellschaftlicher Konventionen nicht anders konnten, das funktioniert nicht mehr. Ja, das hat noch nie funktioniert.«

»Uiuiui … jetzt aber.«

»Is doch wahr. Ich meine, ich will hier nicht mit Nietzsche ankommen und so, aber wenn wir immer die gleichen Fehler machen wie die Generationen vor uns, dann kommen wir nie weiter. Da fehlt doch die … also die … Vertikalspannung.«

»Die was?«

»Na ja, wir versuchen nicht, die vorigen Generationen zu übertreffen oder aus den Fehlern zu lernen oder was. Wir machen sie einfach nur nach.«

»Aber es gibt doch durchaus Rebellionen gegen die Eltern und …«

»Ja? Wo denn? Wie denn? Ich kann mich an die Strategien erinnern, mit denen die damals bei uns in der Stufe rebelliert haben. Die einen haben Bands gegründet und Rockmusik gespielt – wie ihre Ollen. Und die anderen haben sich – um ihre Hippie-Eltern zu schocken – beim Bund verpflichtet und Krieg gespielt. Quasi auf den Spuren ihrer Großeltern. Jedenfalls in der guten alten Familientradition.«

»Du bist betrunken. Noch 'n Bier?«

»Puh, ja, eins geht wohl noch. Rebellion ist eine Erfindung der Werbeindustrie, um Jeans zu verkaufen, das sag ich dir.«

»Wenn ich mich recht erinnere, warst du da aber auch vorne mit dabei damals, oder? Hast du nicht immer erzählt, wie *Nirvana* dein Leben verändert hätten? Dieser wehleidige Sänger in den zerschlissenen Jeans, der sich da umgebracht hat? Ich hab das ja nie verstanden. Für mich war das auch nur ein James Taylor für Schwerhörige.«

»Da hast du vollkommen recht! Aber ich war damals jung und brauchte den Selbsthass.«

»Was schlägt der schärfste Kritiker der Menschheit also vor?«

»Wasweißich ... Scheint ja keinen Ausweg zu geben. Die westliche Kultur, also ... äh ... Pop... Popkultur, hat sich ja die Fähigkeit zum Widerspruch selbst genommen. Erstens, weil sie alle gesellell... gesellellschaflichen Bereiche selbst übernommen hat und ihre Werte da installiert hat. Und zweitens, weil sie Ernsthaftigkeit nicht mehr zulässt. Diese ganze Ironisierung, Camp und so, die Auflösung der ganzen vermeintlichen ... Eindeutigkeiten ... Wenn man sich beschwert über die Werbung oder die zynischen Medien und über den Verlust von ... h-ck ... ah, scheiße, Schluckauf ... den Verlust von Echtheit, Eigentlichkeit, Authenti-h-ck- ...Authentizi-h-ck!... Authentizifität dann ... h-ck ... dann gilt man gleich als putziger Alt-68er, als dummer Prolo-Rebell oder Gutmensch oder so was.«

»Ist doch nix Schlimmes, ein Gutmensch, oder?«

»Das kannst du ... h-ck ... nur sagen, weil du nicht in den Medien arbeitest. Da gilt das als Schimpfwort.«

»Ach, wirklich ...«

»Ye...h-ck...Yep.«

»Denkst du über das alles nur nach, wenn du betrunken bist, oder auch sonst?«

»Häh?«

»Na ja, diese Predigt gerade – ist das wirklich deine Meinung?«

»Ja. Schon. Wieso?«

»Wenn du so an der Welt leidest, wundert's mich nicht, dass du auch privat alles so schwarz siehst.«

»Wir leiden alle an der Welt, falls dir ... h-ck ... also das sollte dir doch auch schon aufgefallen sein. Dieser ... h-ck ... Druck, von dem wir eben gesprochen haben. Weißte noch – die Frauen und so, also, dass man erst in die Vertikale … h-ck … aufsteigen muss, um sie in die Horizontale zu bekommen …«

»Was?«

»Na, hast du doch selbst gesagt, das mit der Familie … h-ck … klappt nicht, weil die Frauen immer zu viel von dir erwarten.«

»Ach so, ja.«

»Jedenfalls … wo war ich stehengeblieben? Ach … h-ck … ja. Also, wir spüren da so einen … einen Druck und all diese Erwartungen, und anstatt dagegen zu rebellieren …«

»Mach ich doch. Ich fahr weiter Taxi.«

»Na gut. Also, so im Kleinen mag das … h-ck … Aber, jetzt zum Beispiel, diese ganze Krise gerade … Wirtschaft, Import-Export-Immobilienoderwiedasallesheißt … h-ck … und die Unzufriedenheit, die wirtschaftliche und psychische Depression … h-ck … und so … Niemand sagt, okay, das System ist scheiße, wenn da so was passieren kann. Alle fressen ihren Ärger in sich rein … Das muss doch irgendwann mal irgendwie raus. Doch anstatt Geiseln zu nehmen, Banken anzuzünden … äh … auszurauben … h-ck … und so, kriegen die Leute Magengeschwüre, fühlen sich als Opfer – von was genau wissen sie aber nicht. Dabei ist das doch ein…h-ck…deutig. Die lassen sich strangulieren von der unsichtbaren Hand des … h-ck … Marktes. Aber die rallen das nich! Die rennen weiter zum Therapeuten, gucken Filme, in denen Leute vor…hck…vorkommen, die genauso elende Vers…h-ck…ager sind wie sie selbst, hören so weiner…h-ck…liche Erbauungselegien von traurigen jungen … h-ck … Jungmännern und lesen Zeitschriften mit Claims wie *Eigentlich sollten wir erwachsen werden* oder so. Aber wer ist denn heute schon … heute schon erwachsen?«

»Wie meinste das denn?«

»Na, uns hat doch keiner vorgemacht, wie das eigentlich geht, mit dem Erwachsensein. Guck sie dir doch alle an, die … die … h-ck … ganzen alten Säcke, die immer noch so tun, als … als wären sie unsere Geschwister.«

»Dabei ist es gar nicht so schön, jugendlich zu sein. Ich hab ja meinen Zivi in so ’nem Heim für Schwererziehbare gemacht. Ich sage dir, das war kein Spaß. Und nur die Spitze des Eisbergs. Die stecken ja alle in ’ner Krise …«

»Klar, weil sich ihre Körper und ihre Gefühle, also Emotionen und so … die verändern sich ja ständig. Und wenn der Körper endlich fertig ist, und sie erwachsen – oder besser: in die Welt hineingewachsen sind wie in einen alten Anzug vom Vater oder was, dann stellen sie fest, dass die Welt oder der Anzug oder was schon wieder viel, viel größer geworden ist, also, dass sie immer weiterwachsen müssen. Da baut das ja alles drauf auf, auf dem ewigen Wachstum.«

»Heißt ja auch, man muss immer bereit sein weiterzulernen. Und man soll sich die kindliche Neugier bewahren und so Zeugs …«

»Genau! Man hält uns unmündig! So gesehen ist dieser Spruch, also dieses *Eigentlich sollten wir erwachsen werden* – das ist eigentlich systemkritisch, so gesehen. Wir wären gern erwachsen, aber wir dürfen nicht. Früher haben sie dafür gekämpft, jung bleiben zu dürfen, wir müssen dafür kämpfen, erwachsen werden zu dürfen.«

»Dein Schluckauf ist weg.«

»…? Tatsächlich!«

»Die Probleme der Welt kannst du doch eh nicht lösen. Denk doch mal an dich selbst.«

»Das ist geeenau falsch gedacht. Du klingst nämlich auch schon wie einer dieser Therapeuten.«

»Was ich meine, ist, wenn man von Augenblick zu Augenblick lebt, anstatt sich immer mit allem verrückt zu machen, hat man’s leichter, zufrieden zu sein.«

»Bist du so ’n beschiss… h-ck … ah, Scheiße … wieder da … ewige Wiederkehr … beschissener Buddhist, oder was?«

»Ich sage nur, man ist glücklicher, wenn man so lebt.«

»Und ich sage dir: Inner Natur ist so was wie Glück gar nicht vorgesehen. Also … h-ck … es gibt natürlich Glücksmomente, aber das ist homo… hormoell, nich wahr? Das ist kein Zustand, das ist … h-ck … eben ein Moment. Die Werbung, also … h-ck … die macht uns nur vor, dass man das erreichen kann … Glück … Glück ist der MacGuffin des … h-ck … Kapitalismus.«

»Der was?«

»MacGuffin! Wie bei … h-ck … Hitchcock … ein bedeutungsloses Nichts, das die Handlung in Gang setzt. Wenn die Leute nicht ans … Glück-h-ck-Glücksversprechen … glauben würden … also dann … dann … würdense nich auf jeden Scheiß reinfallen. Wennse den angeblichen Glückskoffer gekauft haben und aufmachen, ist nix drin. Und sie müssen den nächsten kaufen. Das Leben isn … h-ck … Hütchenspiel. Man kann nur verliern.«

»Aber man kann's doch wenigstens versuchen … das Glück zu finden, meine ich.«

»Der Versuch is der ersse Schritt zum … h-ck … Scheitern. Hat Homer Simpson gesagt, glaub ich.«

»Aber der ist doch auch irgendwie glücklich verheiratet …«

»Dabei hatter gar kein'n Ringfinger …«

»Was?«

»Na, hassu Homer Simpson schonma mitm Ehering gesehen?«

»Nö.«

»Eben. Und warum? Weiler nur vier Finger hat. Es fehlt der … h-ck … Ringfinger. Ohne Ringfinger ist man … h-ck … unschterblich … oder die Liebe oder was.«

»Quatschkopf. Wo wohnst du jetzt eigentlich?«

»Ich penn bei Anne – mit der hassu glaub ich … h-ck … auch schomma geknutscht auf … meim Geburtstag irgendwann.«

»Ich erinnere mich dunkel. Und, läuft da was?«

»Quatsch. Die hat doch einen an der …h-ck … Marmel.«

»Wie meinen?«

»Na, die is nich ganz dicht. Hattn … h-ck … Knall. Halloknallo. Einen an der Marmel halt. Marme…h-ck …linchen. Die hat das mit der Flatrate nicht verstandn und lässt sich von irgendwelchen Internet-Typen flachlegen. Voll nervig. Kannauchnich … h-ck … erwachsn werdn.«

»Kannst heut Nacht auch gerne hier pennen. Ich hab noch 'ne Matratze im Flur. Dann mach ich dir noch ein Gute-Nacht-Bier auf. Ist ja schon spät, und ich will morgen noch joggen.«

»Dscho…h-ck…Dschoggn?«

»Ja, so ein bisschen fit bleiben. Wenn man den ganzen Tag nur sitzt …«

»Deswjegen hassu so wjenig ge…h-ck…trunkn heue Amnd? Ich fasses nich!«

»Das würde dir auch mal gut tun. Ich nehm dich morgen einfach mit.«

»Unnerschteh dich!«

»Wir werden sehen. Ich leg zum Einschlafen noch eine Platte auf. Was willste hören?«

»Ähm … wie wär's mitter drittn Sümfo…h-ck…nie vom Mahler?«

»Sehr lustig. So was hab ich nicht.«

»*Die Welt is tief, und tiefer … h-ck … als der Tag gedacht …*«

»Was?«

»Ach, nichts. Was … hasse 'n da?«

»Gestern hab ich eine tolle Aufnahme von Sondheims *Sweeney Todd* bekommen. Und *Candide* von Bernstein, mit dem Meister selbst am Pult, ist auch sehr fein.«

»Dann … *Candide. Candide* h-ck … is jetzt genau dis Richtje.«

*

Als am Morgen die ersten Lichtstrahlen gegen meinen Schädel prallten und ich kurz unter langem Stöhnen die Augen öffnete, sah ich Peter in vollem Jogging-Ornat durch die Wohnung hüpfen.

»Oha … Was machst du denn da?«

»Ich mach mich warm. Kommste mit?«

»Ach, nee, mir ist warm genug.«

»Okay, einen Tag Schonfrist wegen der vielen Biere gestern. Morgen hol ich dich bei Anne ab, und dann geht's los.«

»Nee, nee, nee … «

»Was denn? Du hast doch früher sogar mal für ein Fitness-Magazin geschrieben, wenn ich mich nicht irre.«

»Brian Wilson von den Beach Boys hat auch Lieder übers Surfen geschrieben, obwohl er Angst vor dem Wasser hatte. Und Dennis Hopper hat Motorräder gehasst.«

»Ach, komm.«

Neun

Ich wusste nicht, ob ich Peter bewundern oder mir Sorgen machen sollte. Ich meine, diese asketische Lebensweise, und zugleich die Leidenschaft für diesen Musicalkitsch … Das hat irgendwie was beunruhigend Katholisches. Oder war er gar einer noch schlimmeren Sekte verfallen? Scientology oder so? Nehmen die überhaupt Taxifahrer? Was verheimlichte er mir?

In meinem Wahn dachte ich, ich müsste sein seltsames Leben mal genauer unter die Lupe nehmen und ihn wieder auf den rechten Weg führen. Gerade ich, der ich mich selbst in vollkommen unerschlossenem Gelände bewegte. Ich zog jedenfalls bei ihm ein, und er wehrte sich nicht dagegen. Die Abende verbrachten wir auf meinen Vorschlag hin meist im urbayerischen *Korbinianstüberl*, das nur wenig größer war als der Verschlag, den Peter »Wohnung« nannte. Und jeden Morgen stand er hüpfend vor meiner Matratze, um mich zum Frühsport zu animieren.

*

Wir liefen stadtauswärts, am Westufer der Isar entlang. Es war derselbe Weg, den ich in jener schicksalhaften Nacht ein paar Wochen zuvor gegangen war. Peter bewegte sich in einem irren Tempo, und ich versuchte, in leichtem Trab meine Atmung unter Kontrolle zu bringen, um das Seitenstechen wieder loszuwerden, das bereits nach etwa hundert Metern eingesetzt hatte.

Kalter Schweiß stand mir auf der Stirn, was bestimmt nicht daran lag, dass es kalt war und ich schwitzte. Das, was da aus mir heraussuppte, war kein natürliches Produkt meiner Anstrengung, sondern eher ein krankheitsbedingter Ausfluss. Auf meiner Haut erblühten rote Pusteln – bildete ich mir jedenfalls ein. Ich überlegte, wann ich mir zum letzten Mal dieses Körpers, der mich da umschloss, bewusst gewesen war. Er schien mir ein entfernter Bekannter aus Kindertagen, den ich später nicht mehr so besonders gemocht hatte. Vor dem es mich hin und wieder sogar ein bisschen ekelte.

Peter war längst über alle Berge. Und ich war froh, aufgeben zu können, ohne dass er es sehen konnte. Ich drehte um, lief zurück zur Wohnung. Die Panik, mich zu verkühlen und mir unter Umständen sogar eine schwere Grippe einzufangen, ließ mich den Rückweg um einiges zügiger bewältigen. Da die Strecke zur Wohnung nur wenige hundert Meter betrug, ereilte mich die totale Erschöpfung erst auf den Treppenstufen zwischen erstem und zweitem Stock. Ich japste und stützte mich auf ein Geländer, das ein knarzendes Geräusch von sich gab, als würde es mich auslachen. Eine alte Dame ächzte an mir vorbei.

»Ja mei, des is gsund, gell?«

»Jaja … hch … hch … hch … ganz … hchhch … bestimmt … hch … hch …«

Schwindel überkam mich, und mir wurde schwarz vor Augen. Das heißt, es war nicht ausschließlich schwarz, da tänzelten noch einige pulsierende bunte Punkte herum. Und als ich wieder ein störungsfreies Bild hatte, war die alte Dame verschwunden. Ich zog mich am Treppengeländer rauf bis zu Peters Wohnung im vierten Stock, fischte ein Bier aus dem Kühlschrank und sank auf die Matratze. Nach einem kräftigen Schluck fiel ich einfach hintenüber – ob in den Schlaf oder in eine Ohnmacht, ich weiß es nicht.

Ich erwachte erst, als Peter frisch geduscht und nur mit einem Handtuch bekleidet an seinem Kleiderschrank im engen Flur stand. Er schien meine Blicke zu bemerken, drehte sich zu mir und grinste.

»Für den Stadtmarathon reicht's noch nicht, was?«

»Wir leben im Medienzeitalter, es gibt keinen Grund mehr, nach Marathon zu laufen.«

»Häh?«

»Hat Herakleides da nie ein Musical draus gemacht? Die Griechen gegen die Perser und so?«

»Was? Wovon redest du?«

»Ach, vergiss es.«

*

Frühsport war nach diesem Morgen kein Thema mehr. Egal, ob er ein Sektierer war oder nicht, Peter versuchte einem seine Überzeugungen zumindest nicht aufzudrängen. Und wenn ich jetzt mal genauer nachdenke über seine Situation, das Kind, das Taxifahren, die Musicals, das Joggen, dann glaube ich auch gar nicht, dass Peter irgendwas zu schaffen hat mit Religion und Spiritualität. Er ist wohl eher ein Typ wie der Wenders. Einer, der einfach macht, seine Welt nach seiner Seele gestaltet und dabei einsam ist, weil die Seele die Einsamkeit vielleicht sogar braucht.

Kann sein, dass ich es deshalb in seiner Anwesenheit endlich schaffte, mich um eine neue Bleibe zu kümmern, die ja quasi Vorbedingung war für die eigenständige Einsamkeit.

Zehn

Er hatte eine Kette vor der Tür, wie man sie sonst nur aus Krimis kennt, und da nützen sie meistens nichts. Angstgeweitete Augen im Türspalt, ein atemloses »Ja?«, ein Schrei, dann Schnitt auf den Kommissar, der ratlos um die auf dem Teppich liegende Leiche herumstromert, ein paar Leute von der Spurensicherung zu seinen Füßen.

Auch Herr Humbert hatte seine Augenbrauen alarmiert gehoben wie ein verschrecktes Tier. Ich musste nur meinen Namen sagen, und er nickte stumm. Er zog die Kette mit einem klackernden Zittern aus der Schiene.

Die Blüten der Tulpen auf der Flurtapete hätten eigentlich geschlossen sein müssen, so dunkel war es dort. Ein fahles Grau lag über dem Fußboden. Er deutete auf die Garderobe, die hinter ihm als schwarzer Schemen zum Vorschein kam. Ich legte ab und folgte ihm durch die Tür linkerhand in einen kleinen, ebenfalls dunklen Raum. Nur der Fernseher flackerte.

Er machte Licht. Ich schaute auf eine besonders hässliche, an der Decke angeschraubte Lampe – eine von einer Plastikhalterung eingefasste Milchglaskuppel, wie man sie im Baumarkt vermutlich für fünf Euro bekommt. Herr Humbert war etwa Mitte vierzig, nicht größer als ein Meter siebzig, kurzrasierter Schädel, der ohne Absatz über ein wulstiges, von Bartstoppeln übersätes Doppelkinn in den untersetzten Körper überging. Er trug ein rotes Jeanshemd, Bluejeans, unter dem vorgewölbten Bauch kämpfte einsam ein dunkelbrauner Gürtel um eine Taille. Die kleinen knubbligen Füße steckten in grauen Tennissocken. Er sah aus wie mit vielen Strichen und Punkten von Robert Crumb gezeichnet. Nur die Müffellinien fehlten. Aber man konnte sie riechen. Ein Aroma von Schweiß und Zwiebeln, das eindeutig aus diesem Körper strömte, lag in der Luft.

»Tja«, sagte er, kratzte sich am Hinterkopf, dass man es hören konnte, und kam mir ein paar Schritte entgegen. Er deutete auf einen braunen Zweisitzer mit Lederbezug. Auf einer Sitzfläche lag eine zerwühlte, dreckige Decke, als habe vor kurzem noch ein Hund daraufgelegen. Ich sah mich um, doch da war kein Hund, überhaupt kein Tier. Die Zimmerwände waren von Regalen verdeckt. Überall stapelten sich Zeitschriften und Bücher, am Fenster stand ein altes Fahrrad ohne Vorderreifen und schaute hinaus. Wenn es ein Film wäre, wäre es vielleicht ein fassbinderscher Realismus, dachte ich. Ich setzte mich auf den freien Platz neben die Decke. In einem roten Klappaschenbecher qualmte auf dem schwarzen Couchtisch eine zur Hälfte aufgerauchte Zigarette. Daneben stand ein Schuhkarton voller Fotos. Unter dem Sofa lugte ein blauer Birkenstock hervor, als läge er auf der Lauer. Der andere hatte sich unter dem Tisch versteckt.

Der Fernseher an der gegenüberliegenden Wand flackerte immer noch, der Ton war sehr leise. Es lief Wintersport. Man sah Biathleten laufen und schießen. Man hörte, wie ihre Skier auf den Schnee trafen – oder waren das die Schüsse aus den schallgedämpften Gewehren? Es klang, als ob etwas Hartes auf etwas Weiches stieß. Ein Bolzenschussgerät auf einen Kuhkopf, dachte ich. Ein gleichmäßiges »flapp, flapp, flapp«. Ein Amokläufer mit Taktgefühl. Ansonsten eine Stille, als wenn hier gerade einer gestorben wäre.

Der Mann war im Nebenraum verschwunden. Vermutlich die Küche. Aber sicher war ich mir nicht. Denn ich hatte beim Eintreten dort, wo sich das Wohnzimmer befand, die Toilette vermutet. Ich fühlte mich unwohl und fragte mich, was wohl unangenehmer wäre, ein Fremder in der eigenen Wohnung oder Fremdsein in der Wohnung eines anderen.

Er hatte etwas gesagt, nein, gerufen. Mit einer belegten dunklen Stimme, die mit zunehmender Lautstärke heller wurde, bis sie brach. Er rief noch einmal. Mein Puls ging schneller. Was wollte er? Er steckte seinen Kopf durch einen Türrahmen, etwa zwei Meter entfernt von dem, durch den wir eingetreten waren. Jetzt verstand ich ihn.

»Möch-ten Sie et-was trin-ken?«

Er schien gereizt. Ob ich ihn bei irgendwas gestört hatte?

»Nein, danke. Aber wo ist denn die Toilette?«

Er war schon wieder verschwunden, und ich verstand seine Antwort nicht.

Ich kreuzte den Flur zur ersten Tür rechts des Eingangs. Ein enges Zimmer mit kleinem Blechschrank, Blechkommode, schmaler Matratze in der Mitte, zerwühltes Bettzeug darauf. Das Fenster stand offen. Die orangefarbenen Vorhänge wehten wie im Film, wenn ein Verdächtiger geflüchtet war. Ich zog sie beiseite, schaute hinab auf den regennassen Innenhof. Niemand zu sehen. Als ich den Vorhang wieder schloss, stand mein Gastgeber in der Tür, die Augenbrauen fragend hochgezogen.

»Äh, Schlafzimmer zum Hof, das ist … das ist … schön ruhig, oder?«

Er nickte stumm.

»Die … äh … Toilette?«

»Nebenan.«

Die Badezimmertür hatte ein kleines Sichtfenster mit weißer Gardine davor, so dass es eher ein dekoratives Nicht-Sichtfenster war. Das Bad war schmal und länglich. Auf der rechten Seite Toilette und Badewanne, auf der linken Waschbecken und Wäschesack. Im Badewannenabfluss lagen Haare. Da er auf dem Kopf keine hatte, mussten es Schamhaare sein. In der Wanne waren auch noch ein paar. Viel zu lang für Schamhaare eigentlich. Vielleicht doch ein Hund. Oder eine Frau? Aber nein, er wirkte einsam. Einsamer noch als ich.

Auf dem Wannenrand lag eine Zeitschrift. Der *New Mu-*

sical Express, zwei Monate alt. Auf dem Cover eine junge Frau und zwei Typen, die auf einem Tisch hockend in ein altes Mikrofon schrien. *Underground Railroad* hieß die Band. Anscheinend aus Frankreich – »young revolutionaries« stand da. Ich erhob mich, zog die Hose hoch und die Spülschnur herunter, wusch mir die Hände. Am Alibert klebte ein *Freddy-Krueger*-Aufkleber.

Als ich aus dem Badezimmer kam, öffnete ich die Tür am Ende des Flures, die – wie ich vermutet hatte – in die Küche führte. Mein Blick fiel auf eine Lampe, die auf dem Boden lag. Links von ihr ein umgefallener Stuhl, über dem Stuhl ein Paar Beine, das zappelte. Ein bisschen wie ein Fisch in einem Netz, musste ich denken. Die Hosenbeine schlugen gegeneinander. Und es war das gleiche Geräusch wie zuvor im Wohnzimmer, nur hektisch, unregelmäßig – »flapp flappflapp flapp flapp flappflapp«.

Hinter dem sich windenden Körper konnte man durch das Fenster in den dunklen Abend schauen. Es hatte angefangen zu schneien.

Ein kalter Schauer lief mir über den Rücken. Es war ein sehr ungemütlicher Tag gewesen. Mit einem bald aufgeweichten Stadtplan voller Kulikreuze war ich durch die Stadt gelaufen, fast zehn Stunden lang. Die Zeit war sehr langsam vergangen, und ich war immer hungriger und gereizter geworden von Termin zu Termin. Mit Maklern, Mietern, Hauseigentümern. Ich hatte Zettel ausgefüllt mit »alleinstehend«, »Nichtraucher«, »keine Haustiere«, »selbständig«, »ca. 1000 Euro«. Neben mir andere Interessenten – wohlhabender, mit mehr Sicherheiten, wie sie behaupteten. Ich hatte leergeräumte Wohnungen gesehen, teilmöblierte und noch bewohnte. Hatte vergeblich versucht, mir vorzustellen, wie die Menschen in ihnen gelebt hatten und wie ich in ihnen leben würde. Darüber hatten sich erst meine Gedanken, dann die Umwelt verdunkelt, als Rainer mich anrief.

»Ein Freund von mir wohnt da in diesem Haus im Westend, und der neben ihm muss da bald raus. Ich hab den mal angerufen. Komischer Typ. Aber du kannst da heute noch vorbeigehen, wenn du magst. Guck dir die Wohnung mal an. Wenn du schnell bist – vielleicht spart sich der Vermieter den Makler und gibt sie dir direkt.« Es schien die letzte Hoffnung an diesem verdrießlichen Tag.

»Flapp flappflapp flapp« – da war es wieder. Nur dumpfer, näher. Sie waren schwer, die Hosenbeine.

Das Gehirn oder Bewusstsein oder was ist häufig schon ein ziemlich träger Klumpen. Vermutlich haben die Wissenschaftler recht, wenn sie sagen, wir hätten unsere Entscheidungen nicht unter Kontrolle. Denn während es so vor sich hindachte und erinnerte und die Sekunden in die Breite zog, damit auch all die Gedanken in die kurze Zeit hineinpassten, hatte ich längst Humberts Beine mit beiden Armen gefasst, mit dem Fuß den Stuhl aufgerichtet, um daraufzusteigen und den zappelnden Körper anzuheben, damit die Schlinge ihm nicht den Hals zuschnürte.

Was hatte dieser Mann vor? Nun, das war wohl offensichtlich – aber warum? Hatte es was mit dem langen Haar im Bad zu tun? Als ich, auf dem Stuhl balancierend, die Schlinge von seinem Hals gelöst hatte und er röchelnd in meinen Armen lag wie ein besonders schwerer Kartoffelsack, bemerkte ich einen äußerst üblen Geruch, und meine Hände fühlten sich auf einmal feucht an. Er hatte sich tatsächlich entleert da oben. Ich gab ihm ein, zwei Ohrfeigen, weil ich mal im Fernsehen gesehen hatte, dass man das so macht, um jemanden bei Bewusstsein zu halten.

»Alles okay?«

Er nickte benommen.

Ich stieg vorsichtig, den Körper stützend, vom Stuhl. Er stand nun – etwas wacklig noch – von allein und schaute mich von oben herab halb schamvoll, halb vorwurfsvoll an.

Im Topf auf dem Herd blubberte eine rote Flüssigkeit. Daneben auf der Arbeitsplatte stand ein Foto, das einen Hund zeigte. Einen Beagle wohl. Die hatten eher kurze Haare. Ich ging zur Spüle, wusch mir die Hände, zog den

Pullover aus, der auch einiges abbekommen hatte, und schaute an die Decke. Herr Humbert hatte einen kräftigen Haken hineingedreht. Direkt neben einer Deckenleuchte der gleichen Bauart wie im Wohnzimmer.

Als ich die Küche verließ, hörte ich wieder dieses »Flapp flapp flapp« – und erst jetzt merkte ich, dass es aus der Ecke hinter dem Sofa kam. Dort stand ein Plattenspieler, und eine LP drehte sich auf der Auslaufrille. »Flapp flapp flapp«. Auf einem Sessel lag die Plattenhülle. Sie zeigte einen schwarzen Jungen in Uniform mit einer Trommel, dahinter eine weiße Blaskapelle. »Songs Of The Civil War« stand in roter Schrift auf Brusthöhe über dem Jungen. Ich nahm den Tonarm, legte die Nadel auf den Anfang der Platte. Es knisterte. Eine akustische Gitarre wurde angeschlagen, eine Stimme erhob sich:

When the sun come up and the first quail calls,
Follow the drinkin' God
For the old man's waiting for to carry you to freedom
If you follow the drinkin' God.

Ich nahm die Plattenhülle vom Sessel, um mich zu setzen. Darunter lag ein Brief. Schon dem gräulichen Papier nach ein behördliches Schreiben.

Sehr geehrter Herr Humbert,
bereits zum 01.08.2010 hatten wir Sie gemäß § 22 I SGB II aufgefordert, Ihre Mietkosten durch Untervermietung zu senken. Da Sie dieser Forderung nicht nachgekommen sind, sind wir nach o.g. Paragraphen berechtigt, Sie zum Umzug in eine kostengünstigere Wohnung aufzufordern. Bitte setzen Sie sich umgehend mit der wohnortnahen Vertretung des JobCenters München im Sozialbürgerhaus Laim – Schwanthalerhöhe (SBH-LS) in Verbindung …

Untervermietung? Das mickrige Schlafzimmer etwa? Na, das war ja wohl unmöglich. Deshalb also musste er hier raus.

Er hatte dafür allerdings einen Weg gewählt, der ihm kein Zurück ließ. Dieses Umzugsunternehmen kam mit schwarzem Wagen und einem einzigen länglichen Karton. War diese Wohnung alles gewesen, was ihm geblieben war, nachdem der Hund fort war und das lange Haar?

Auf der Rückseite des Schreibens stand mit Bleistift in einer eckigen, schwer lesbaren Schrift, die mich an ein karges Gebirge oder eine Ruine erinnerte, eine Notiz.

Der Hand an sich legt, hat keine Chance mehr, noch anderes zu ergreifen als gestorbene Zeit, anderswo hinzugelangen als zum Trümmerfeld der Eigengeschichtlichkeit, die desto gegenstandsloser ist, je mehr Gegenstände, Ruinen von Gegenständen sich aufhäufen. Diese bilden keinen

Da riss das Schreiben ab. Hatte mein Läuten ihn unterbrochen? Hatten ihm der flackernde Fernseher und das Display der Musikanlage genügend Licht gespendet für diesen, nun ja, Abschiedsbrief? Oder hatte er das irgendwo abgeschrieben? Klang altmodisch: »Hand an sich legen«, »Eigengeschichtlichkeit«. Ich legte das Blatt beiseite, erhob mich, legte den Tonarm nochmals auf den Anfang der Platte, denn mich ließ die Frage nicht los, warum man ausgerechnet einem trinkenden Gott folgen und wie gerade der einen in die Freiheit bringen sollte.

When the sun come up and the first quail calls,
Follow the drinkin' God
For the old man's waiting for to carry you to freedom
If you follow the drinkin' God.

Wann hatte Gott angefangen mit dem Trinken? Womöglich schon während der ersten sieben Erdentage? Oder gar davor? Dann wäre natürlich das leibnizsche Postulat, dies sei die beste aller Welten, nicht mehr zu halten. Hätte Gott aber dann nicht – gemäß der vom alten Augustinus ausgerufenen *creatio continua* – in nüchternem Zustand noch mal nachbessern können? Welche Promillegrenze gilt eigentlich für einen Schöpfer? Ist ein größeres Koordinationsgeschick erforderlich als, sagen wir: beim Autofahren? Und falls Gott die Toleranzgrenze überschritten hatte, war die Schöpfung dann anfechtbar? Hatte Herr Humbert also sozusagen folgerichtig gehandelt, nachdem er von dem trinkenden Gott erfahren hatte?

Die Lektüre der Plattenhülle machte dem kurzen Ausflug in die Theodizeeproblematik ein jähes Ende. Der Sänger sang nicht vom »drinkin' God«, sondern vom »drinkin' gourd«, einer Art Schöpfkelle, die von den Sklaven und der ländlichen Bevölkerung in den Vereinigten Staaten zu Zeiten des Bürgerkriegs benutzt worden war. Zugleich sei »drinkin' gourd« aber auch ein Code-Name für das Sternbild des »big dippers« gewesen – was, soviel ich wusste, die englische Bezeichnung für den Großen Wagen war, der wiederum Teil des Großen Bären war, oder genauer gesagt: der Großen Bärin, denn das war die korrekte Übersetzung des lateinischen *ursa major*.

Die »drinkin' gourd«, hieß es auf der Plattenhülle weiter, zeige den Weg zum Polarstern. Nach Norden also, heraus aus der Sklaverei. Das nächste Lied auf der Platte kannte ich: *Swing Low Sweet Chariot*. Das drehte sich im Prinzip um das gleiche Thema. Der große Wagen sollte den Sklaven heimführen, über den Jordan. Aber »über den Jordan gehen«, also der Übertritt ins gelobte Land, war hier keine Allegorie für den Tod – vielleicht hatte Herr Humbert das falsch verstanden –, sondern wiederum eine Chiffre für die Flucht über den Mississippi oder Ohio River in den sklavenfreien Norden.

Als ich den Song gerade zum dritten Mal aufgelegt hatte, ruckelte ein Schlüssel in der Haustür, sie wurde aufgedrückt, und ich hörte einen großen Schlüsselbund am Türholz klackern.

»Ich bin wieder da-ha. Daniel?!«

Eine Frauenstimme. Dann das Kläffen eines Hundes. Er kam ins Wohnzimmer gewetzt, baute sich vor mir auf. Der Beagle vom Foto. Eine kräftige Frau, Anfang fünfzig, mit langen braun-grauen Haaren und einem beigefarbenen Mantel stand im Türrahmen und sah mich fragend an.

»Was machen Sie denn hier?«

»Ich … ich höre gerade diesen Song …«

Ich hob die Plattenhülle in die Höhe, als ob das eine Erklärung wäre.

»Nein, ich meine, was machen Sie in dieser Wohnung?

»Ich …«

Ich erhob mich, ging auf die Frau zu und streckte ihr die Hand entgegen.

»Mein Name ist Thomas Dudek. Ich bin auf Wohnungssuche, und man sagte mir, dass die Wohnung von ihrem … von Herrn Humbert eventuell frei würde.«

»Da ist das letzte Wort noch nicht gesprochen. Hat Sie dieses Jobcenter geschickt?«

»Nein, nein … ein Freund … also ein Nachbar von ihrem … von Herrn Humbert.«

»Wo ist mein Bruder eigentlich?«

»Ihr … ? Im Bad, glaube ich. Es ist ein kleines Malheur passiert.«

»Was ist denn geschehen?«

»Also, er hat … ach, eigentlich ist nichts. Ich habe ihm aus Versehen meinen Tee auf die Hose gegossen.«

»Ach – mir hat er gesagt, er hätte den letzten Beutel heute Nachmittag aufgebrüht. Ich hab extra neuen mitgebracht.«

Erst jetzt sah ich in ihrer Hand eine Einkaufstasche, die sie zur Demonstration leicht anhob.

Sie ging zurück in den Flur.

»Daniel?! Daniel?!«

Ich schlich in die Küche, steckte meinen Pullover, der immer noch in der Spüle lag, in eine Plastiktüte, die ich unter dem Tisch gefunden hatte, und packte auch die Schlinge ein, die noch immer über der Stuhllehne hing. Dann öffnete ich das Fenster und ging durch den Flur zur Garderobe. Die Frau stand vor der Badezimmertür, versuchte durch das Sichtfenster zu lugen, klopfte.

»Daniel?! Daniel! Was ist denn los? Alles in Ordnung? Jetzt sperr halt auf.«

Dann zu mir:

»Gehen Sie schon?«

»Ich … ich hab noch einen Termin. Hab ja auch eigentlich alles gesehen.«

Ich zog mir meine Jacke über, die Frau klopfte erneut an die Badezimmertür.

»Nun ja, dann auf Wiedersehen. Grüßen Sie mir Herrn Humbert, wenn er … wenn er wieder herauskommt.«

Die Frau hörte mich nicht, rief und klopfte stetig weiter. Ich verließ die Wohnung, ging am Aufzug vorbei die vier Stockwerke durchs Treppenhaus hinab. Es hatte schon wieder aufgehört zu schneien, doch der Himmel war bewölkt. Kein einziger Stern zu sehen.

*

Daniel Humbert zog schließlich – soviel ich weiß – zu seiner Schwester, und ich übernahm die Wohnung zum 1. Januar. Mit dem Umzug wollte ich nichts zu tun haben und engagierte für den 3. Januar übers Internet die günstigste Firma.

Elf

Für den 22. Dezember hatte ich mir einen Termin bei einem Friseur unweit von Peters Wohnung geben lassen. Ich wollte mir, bevor ich zu meinen Eltern ins Westfälische aufbrach, die Haare trimmen lassen, wieder der werden, der ich war, als ich das Kaff damals verlassen hatte – und vor allem der sein, den meine Eltern in mir sehen wollten. Den Musterschüler mit dem »gepflegten Kurzhaarschnitt«. Wenigstens eine der Erwartungen, die sie an mich stellten, konnte ich so erfüllen.

Ich hatte nach dem Tod meiner Großmutter noch einige Male mit ihnen telefoniert, doch so sehr sie sich über meinen Zustand sorgten, so sehr vermieden sie, über die Trennung von Shirley zu sprechen. Sie reduzierten immer alles auf das Einfachste, Kreatürlichste. »Schläfst du gut?« »Isst du auch?« »Trink nicht so viel! Nimm keine Drogen!«

Ein penibles Äußeres würde bei der direkten Konfrontation helfen – meine Deeskalationsstrategie für die Feiertage.

Der Laden hieß *Kopfraum*. Früher hatte – vermutlich in Anlehnung an Deleuze/Guattaris Wunschmaschinen – jedes junge innovative Unternehmen irgendwas mit »Maschine« geheißen, jetzt, in Zeiten des sogenannten »spatial turn«, wo Räume nicht länger begrenzende Behälter sind, sondern irgendwie offene virtuelle Formationen, hießen hippe Läden »Raum«.

In dem minimalistisch eingerichteten, durch und durch orangefarbenen und so im Wintergrau extrem einladend wirkenden Salon saß hinter einem kleinen Pult ein allem Anschein nach gelangweiltes Mädchen auf einem Barhocker, baumelte mit den in schweren Sneakers steckenden Beinchen und blätterte in einer Umsonst-Musikzeitschrift. Sie sah ein bisschen aus wie die junge Audrey Hepburn. Auch wenn sie ihren Pagenschnitt blondiert hatte. An den Wurzeln erkannte man die dunkle Naturfarbe. Sie schaute mich an und deutete mit dem Köpfchen in den hinteren, dunklen Teil des Salons Richtung Waschbecken. Ich setzte mich, sie drückte sanft meinen Kopf nach hinten und fühlte die Wassertemperatur, quetschte einen Shampoorest aus der prustenden Plastikflasche und wusch mir ordentlich den Kopf. Dabei sprach sie nicht ein Wort. Ich hörte nur die halblaute elektronische Musik, die hier als akustische Tapete diente. Das Mädchen band mir einen Handtuchturban, geleitete mich zum Frisierstuhl und hob die Augenbrauen in Erwartung eines Auftrags.

»Ja, also, ähm, kurz soll's werden. Vor allem kurz.«

»Mhm.«

Sie nahm mit ihrer Linken eine Strähne, hob sie in die Höhe und deutete mit den Fingern der Rechten auf halber Länge einen Scherenschnitt an.

»Mehr, mehr. Ja, so, noch ein bisschen vielleicht. Okay, das müsste reichen.«

Also begann sie mit der Arbeit. Sagte jedoch noch immer kein Wort. Irgendwie musste ich dieses coole Stück doch zum Reden bringen können. Dieses Rehleinhafte, Unnahbare gefiel mir. Andererseits, was sollte ein Wesen wie dieses mit einem Frühvergreisten und Geschiedenen wie mir anfangen?

»Schmeißt du den Laden hier allein?«

Sie schüttelte den Kopf.

»Der Winter war dieses Jahr ganz schön früh dran, was?«

»Mhm.«

Vielleicht würde ich ihr am besten gefallen, wenn ich nichts sagte und ein bisschen geheimnisvoll guckte. Ich checkte meinen Blick im Spiegel. Nein, so ging es nicht. Die Augenbrauen ein bisschen runter vielleicht, die Stirn leicht in Falten legen und bloß nicht den Anschein erwecken, ich würde sie beobachten. Einmal noch sie anschauen, nur kurz, um zu sehen, ob es Wirkung zeigt. Nein, sie ist zu beschäftigt. Hab ich da gerade ihren Magen knurren hören? Wenn ich sie nachher einfach zum Essen einlade? Nein, zu offensiv. Außerdem geht in anderthalb Stunden mein Zug. Ich könnte ihr was vom Bäcker holen. Sie schaut immer noch nicht. Ach, ich gebe auf. Was soll der ganze Quatsch.

Da drang ein vertrautes Saxophonmotiv an mein Ohr. Nur die Beats, die darunterlagen, kamen mir fremd vor. Schien ein Remix zu sein. Nur von was? Noch einmal das gleiche Motiv. Oh, klar, das war *Bird's Lament* von Moondog. Ein Geschenk Amors – oder zumindest eine Ermutigung, es doch noch mal zu versuchen.

»Oh, das Lied kenne ich. Der Komponist war mal mein Nachbar.«

»Mhm.«

»Ja, damals war er schon ein alter Mann. Ich hab ihn zwei, drei Jahre vor seinem Tod kennengelernt.«

»Mhm.«

»In den Fünfzigern hat er auf den Straßen von New York musiziert. Er hat immer so eine Wikingerkluft getragen damals und 'nen langen Bart. Ach ja, und er war blind.«

»Mhm.«

»Der hat so zeitgenössische klassische Musik gemacht. Man nannte ihn auch den Hüter des Kontrapunktes. Irgendwann ist er dann in Deutschland hängengeblieben. In der Heimat seines musikalischen Vorfahren ... Bach.«

»Hie-hie-hier in Mü-mü-mü-münchen?«

Jetzt hatte ich sie. Aber was war das? Sie stotterte. Armes Ding.

»Nee. In Oer-Erkenschick, das liegt im Ruhrgebiet. Da habe ich in den Semesterferien mal in der Lokalredaktion gejobbt. Und der alte Herr war dort im Ort eine Art Sehenswürdigkeit. Moondog hieß der.«

»Ha-ha-hab ich n-n-n-nochnievongehört, v-v-vonddem-Typen.«

»Ah … Vorsicht! Er trug auch im Alter noch diesen langen grauen Ba… hart.«

Sie fuchtelte mit ihrer Schere sehr nah an meinem rechten Ohr. Während ihre Aussprache hakte, schien sie auch die Kontrolle über das Schneidwerkzeug zu verlieren. Jedenfalls kam es mir so vor, als habe sie mit der Scherenspitze ein, zwei Mal mein Außenohr berührt. Meine Augen weiteten sich im Spiegel, die Brauen waren nun nicht mehr geheimnisvoll gesenkt, sondern in Alarmstellung gehoben. Hätte ich doch bloß die Klappe gehalten. Aber jetzt, da das Eis gebrochen war, war sie nicht mehr zu stoppen.

»W-w-w-weiß. D-d-d-derBartwar w-w-w-weiß.«

»Mhm?«

»D-d-d-derBartwarweiß. W-w-weil graugibt's n-n-nämlichnicht. D-d-d-das isne o-o-o-optischeTäuschung. H-h-hier k-k-k-kuck.«

Sie zeigte mir ein graues beziehungsweise nicht graues Haar, das sie mir gerade zu Demonstrationszwecken vom Kopf geschnitten hatte und nun zwischen linkem Daumen und Zeigefinger hielt. Ein Memento mori.

»W-w-w-weiß.«

»Aha.«

Sie schnitt weiter, immer noch gefährlich nah an meinem Ohr. Man hatte mir schon einmal mit einer Schere daran herumoperiert. Als ich etwa zwölf war, hatte mein Vater darauf bestanden, meine Ohrmuscheln chirurgisch anlegen zu lassen. Er hatte wohl geglaubt, meine Mitschüler hänselten mich wegen meiner Ohren, die im Wind standen wie zwei fachkundig gesetzte Gaffelsegel an einem stürmischen Herbsttag. Doch die hatten sich viel weichere Ziele ausgesucht – und ich spreche hier nicht von Organen.

»K-k-k-kurze Haare kommen b-b-be-bestimmtbaldwieder. M-m-m-mün-chchch-chen isdaimmeretwasla-la-langsamer.«

»Mhm.«

»H-h-hi-hier isimmernoch B-b-b-britpop. W-w-w-weißauchnichtwarum.«

Jedenfalls hatte ich große Angst vor dieser Operation gehabt, die in der Tat in mehrfacher Hinsicht zu schmerzhaften Ergebnissen führte. Vier Wochen lang pochte, zog und stach es danach an den extrem schmerzempfindlichen Operationsnähten. Und was noch viel schlimmer war: Ich musste in dieser Zeit Ohrenklappen tragen. Die waren aus einem schwarzen dünnen Stoff gefertigt. Ich meine, eine Augenklappe wäre natürlich cool gewesen, aber Ohrenklappen? Um die zu befestigen, hatte man mir Schnüre unterm Kinn und über meinen Kopf verlegt. Entwürdigend.

»Ey, Dudek, zu tief getaucht?«

»Lauschangriff, oder was?«

»Kastrierter Hase? Untenrum auch?«

»Komma her Quax, alter Bruchpilot.«

»Haste dir inner Zone 'nen Walkman gekauft?«

»S-s-s-o, f-f-f-fertig.«

Die Atropos-Adeptin hatte ihr Werk beendet.

»Oh, das ist … das ist … ähm … kurz.«

»D-d-du wolltestdasso.«

»Stimmt, ja, ist gut geworden. Dankeschön.«

»K-k-k-keineursache.«

Ich weiß nicht, ob es der Schock über die verlorene Haarpracht oder die Erinnerung an das traumatische Kindheitserlebnis war, was meinen Fluchtinstinkt weckte. Jedenfalls gab ich dem Mädchen eilig ein viel zu hohes Trinkgeld, riss meine Jacke vom Garderobenständer, der hin und her taumelte, aber nicht fiel, und hetzte aus dem *Kopfraum* in die Kälte. Erst auf der anderen Straßenseite bemerkte ich, dass ich noch immer meine Jacke in der Hand und das braune Handtuch auf den Schultern trug. Doch ich lief weiter, bis der Laden außer Sichtweite war. Dann warf ich das Handtuch irgendwo über einen Bauzaun, zog die Jacke an und merkte, wie sich mein Puls langsam beruhigte.

Ich holte meine Sachen aus Peters Wohnung, ohne noch einmal in den Spiegel zu schauen. Wie verheerend mein Anblick gewesen sein musste, wurde mir allerdings klar, als mir auf dem Weg zum Bahnhof eine alte Dame in der Tram ihren Sitzplatz anbot.

Zwölf

Der Zug war vollkommen leer, als ich einstieg. Es dauerte noch fast eine Viertelstunde bis zur Abfahrt. Auf einem der Tische im Großraumwagen lag eine britische Zeitung. Ich setzte mich und überflog die erste Seite, die aktuellen Meldungen klangen allesamt wie schlechte Reproduktionen früherer Nachrichten. Ich wühlte mich durch Politik und Wirtschaft und blieb schließlich im Feuilleton bei einem Artikel über Salman Rushdie hängen, der von der Arbeit an seinem neuen Roman und der Scheidung vom indisch-amerikanischen Supermodel Padma Lakshmi berichtete.

He says there was a period, after Lakshmi left him, that he worked eight or nine hours a day for six weeks and produced »about three pages«. But at the end of this block, he refound the story, »And from then the book saved my life really. It just wrote itself. Voom. I would go to my desk every day and I was having more fun in there than I was having outside.«

Als ich aufschaute, dachte ich kurz, der Zug hätte sich schon in Bewegung gesetzt. Aber dann merkte ich, dass stattdessen die Wagen am gegenüberliegenden Bahnsteig anrollten. Unser Hirn geht ja immer von einem reglosen Horizont aus. So ist es konstruiert. Wir erleben das Glück, ein anderer werden zu können, während die Umgebung gleichbleibt.

So, wie der Zug fünf Minuten später langsam aus dem Bahnhof fuhr, stark beschleunigte und mich kurzzeitig sogar in den Sitz drückte, beschleunigt auch die Zeit, wird immer schneller, rast förmlich, und ich kann – wenn ich mich konzentriere – ihre Beschleunigung spüren. Doch immer, wenn ich aus meinem Daseinsfenster schaue, hat sich, genau genommen, fast nichts verändert. Nur manchmal wird das Alte durch etwas Neues ersetzt, das sich dann doch wieder als das Alte herausstellt. Im Grunde ist alles eine Wiederholung, dachte ich.

Vom Zugfenster konnte ich kurz hinter der Donnersberger Brücke zwischen Kränen das Haus erkennen, in dem sich meine neue Bleibe befand. Das war mein fünfter Wohnsitz in München. Zunächst in Schwabing, erst allein, dann mit Aurelie, bis wir die Wohnung kündigten, um in etwas Größeres in Maxvorstadt zu ziehen. Die Ehe scheiterte, ich bezog die Wohnung allein, vermietete aufgrund der hohen Kosten ein Zimmer unter, kündigte erneut, um zwischen Galerien und Biomärkten im Glockenbachviertel endgültig bürgerlich zu werden. Schließlich die Wohnung mit Shirley auf der anderen Seite der Isar und jetzt diese hier. Ein kleiner, blondgelockter Junge hoppelte durch den Gang, die zeternde Mutter im Schlepptau.

»Paulchen! Jetzt bleib schon stehen!«

Das tat er kurz darauf auch, aber nur, um mit einem kleinen gelben Plastikball nach ihr zu werfen und dann, noch halb in der Wendebewegung, glucksend weiterzulaufen, wobei er jedoch über seine eigenen Beinchen stolperte und fiel. Er guckte verdutzt. Als er sah, dass seine Mutter ihn, nachdem sie den Ball aufgehoben hatte, anschaute, heulte er laut auf. Die Mutter hob den weinenden Kerl hoch und ging mit ihm genervt in Richtung nächster Waggon.

Ins Leben geworfen, dachte ich, im Zug sitzend. Wie war das noch? Heidegger, oder? Das Dasein wird ins Da-Sein geworfen, oder so ähnlich. Der Mensch wird in die Welt, also in das Sein hineingeworfen und hat keine andere Wahl, als genau an dieser Stelle, in diesem Da, in das er geworfen wurde, zu … sein. Und wenn er dann da liegt, in diesem Da … kann er beziehungsweise muss er quasi seine Entscheidungen selbst treffen, wählen, wie es weitergeht ... bis zum Tod. Aber geht das überhaupt? Hat man eine Wahl? Ich konnte mich nicht erinnern, an einer der Weichen gewählt zu haben, die ich jetzt in die entgegengesetzte Richtung passierte. Auf dem Weg zu meinem Ursprungsort, an den ich einst geworfen wurde. Es ist doch wohl eher wie bei einem Stein – wenn man den irgendwo hinwirft, prallt er auf dem Boden auf und rollt oder springt, je nach Untergrund, weiter. Von einem Da zum nächsten. *With no direction home, like a complete unknown, like a rolling stone* heißt es doch in dem Lied. Und irgendwann bleibt der Stein irgendwo liegen. Wegen der Schwerkraft oder Trägheit oder was.

Ich schaute aus dem Fenster und ärgerte mich – wie schon ein paar Wochen zuvor im *Flametti* –, dass ich so wenig wusste über die Philosophie und das Leben und überhaupt. Wir sind alle geworfen ins Da-Da-Da-Sein, dachte ich. Vielleicht, weil das Rattern des Zuges auf den Gleisen zu einer inneren Stimme wurde:

Da-da da-da da-da

Wohin man geworfen wird, ist die eine Sache, doch entscheidend ist, wie oft man aufprallt, bis man liegen bleibt, dachte ich. Die Frage, was Sein bedeutet, verändert sich für jeden von uns mit der durch den jeweiligen Aufprall erlittenen Deformation.

Da-da da-da da-da

Ein Schneetreiben hatte den Zug umhüllt. Eines wie an diesem Tag im harten Winter 95/96, irgendwann Ende Januar in Köln. Da war das Gestöber einmal so dicht gewesen, dass keine Busse und Bahnen mehr fuhren. Ich kam aus der Mensa an der Zülpicher Straße und war auf dem Weg zur Straßenbahn gewesen. Doch an der Litfaßsäule vor der Stauderstraße muss ich zuckend zu Boden gefallen sein.

Da-da da-da da-da

Meine Erinnerung setzt erst einige Tage später wieder ein. Mir wurde erzählt, man hätte mir über das Rückenmark

Hirnwasser entnommen. Sie hatten darin Blut gefunden, und das hatte sich wohl auch in den Raum zwischen Schädeldecke und Hirn gedrückt und einen epileptischen Anfall ausgelöst. Daraufhin war ich, so erklärte mir ein Arzt, schwer gestürzt. Alles, was ich über diesen Zwischenfall weiß, weiß ich von anderen, die mir meine eigene Geschichte erzählten. Die Bilder, die ich aus dieser Zeit im Kopf habe, sind allein aus den Berichten derjenigen konstruiert, denen ich in diesen Tagen begegnete. Ich kann mich auf diesen Bildern lebhaft sehen – stürzend, zappelnd, angeschnallt auf einer Bahre liegend. Wie einen Fremden.

Da-da da-da da-da

Seit damals nehme ich meine Vergangenheit oft als eine Erzählung anderer wahr. Es sind immer noch fremde Stimmen, die da von mir berichten. Immer öfter treten sie in Dialog mit meiner eigenen Erinnerung oder dem, was ich dafür halte. Manchmal kann ich all diese Geschichten kaum glauben. Weißt du noch, wie du dir mit neunzehn die Haare schlohweiß färbtest, weil du nicht länger jung sein wolltest? Weißt du noch, wie du eines Nachts abgehauen bist, mit nichts als einem Buch von Richard Brautigan und einer Mundharmonika, die du nicht spielen konntest? Wie du dir unter dem Sternenhimmel deine Zukunft ausmaltest, in abstrakten Bildern und Free-Jazz-Tönen? Wie du am nächsten Morgen frierend heimgekehrt bist, und niemand hatte deine Abwesenheit bemerkt? Weißt du noch, was für ein Gefühl das war, als du nachts am Rhein entlangliefst, ein ungelesenes Reclam-Heft mit Trakl-Gedichten in der Innentasche deines uralten, viel zu engen Jacketts? Weißt du noch, wie du darauf gehofft hast, ein Mädchen käme dir entgegen, wie in dem Song, den du auf einer knisternden LP gefunden hattest, auf deren Cover der Sänger posierte wie James Joyce? Weißt du noch, dass diese LP *Danger In The Past* hieß? Weißt du noch, wie wir im *Chlodwig Eck* in der Südstadt saßen und in der Jukebox immer wieder *Ring Of Fire* von Johnny Cash drückten, weil wir überzeugt waren, dies sei der größte Song, der je geschrieben wurde? Weißt du noch, wie dir nach deiner Hochzeit klar wurde, dass man sich an der Liebe nicht verbrennen, sondern nur in ihr ertrinken kann?

Da-da da-da da-da

Weißt du noch, wie du Aurelie drei Monate nachdem ihr euch kennengelernt hattet einen Heiratsantrag machtest, weil du der festen Überzeugung warst, sie wäre die Frau deines Lebens? Und wie du kurz nach eurer Hochzeitsreise in die Normandie bei einem Spaziergang durch München feststelltest, dass das alles ein großes Missverständnis war?

Da-da da-da da-da

Ich kam aus dem englischen Buchladen am Salvatorplatz und setzte mich mit meinem Kauf – *Whores For Gloria* von William T. Vollmann – vor dem Hotel *Bayerischer Hof* auf eine Bank, als mein Körper sich daran erinnerte, knapp zehn Jahre zuvor schon einmal auf derselben Bank gesessen zu haben. In dem Hotelgebäude befindet sich nämlich ein sogenanntes Boulevardtheater. Als wir in der zehnten Klasse München besuchten, wurden meine Klassenkameraden dort hineingepfercht, um sich eine Komödie mit Corinna Genest anzuschauen. Die hat mal die Sekretärin in *Liebling Kreuzberg* gespielt. Nicht die mit dem Bart, die andere, ältere. Und wegen der waren alle in dieses Stück gegangen, weil sie die aus dem Fernsehen kannten. Mich hatte das Alternativprogramm in den *Münchner Kammerspielen* mehr interessiert. Einerseits, weil ich gehört hatte, dass es in dem dort zeitgleich aufgeführten Stück um eine Wette zwischen Gott und dem Teufel ging, und andererseits, weil ich so meine geliebte Deutschlehrerin, Frau Thorbeke, fast drei Stunden für mich allein hatte. Die musste mich nämlich als Aufsichtsperson begleiten. Anschließend hatten wir uns alle auf dem Platz vor dem *Hotel Bayerischer Hof* wiedergetroffen, um auf den Bus zu warten.

Da-da da-da da-da

Ich weiß noch genau, wie ich dort auf dieser Bank saß und

krampfhaft auf die zertretene, von Yksel Erdal und Ludger Holtkötter umkämpfte Cola-Dose starrte, um nicht zuschauen zu müssen, wie der immer nach Pickelwasser müffelnde Cornelius Donnermeyer mit Kopfbewegungen, die mich irgendwie an einen nestbauenden Vogel erinnerten, zu meiner Linken versuchte, Kerstin Hohlkamp abzuknutschen. Doch während ich genant auf die Dose starrte, verfolgte ich nicht etwa das Spiel oder dachte an Donners ungelenke Balz, selbst Frau Thorbeke fiel mir im Traum nicht ein, nein, ich dachte nur: Katja Riemann.

Diesen Namen hatte ich auf dem Theaterplakat vor den Kammerspielen gelesen, und er schien die einzig mögliche Bezeichnung dessen, was ich an diesem Abend dort auf der Bühne gesehen hatte: einen nackten schneeweißen Frauenkörper. In diesem Moment war meine gesamte Kindheit zusammengestürzt, während sich etwas Neues … nun ja … in die Höhe reckte. Katja Riemann war die erste Frau, die ich in meiner Eigenschaft als männliches Wesen nackt gesehen habe. Seit diesem Tag sehe ich, wenn ich das Wort »Frau« höre oder denke, automatisch Katja Riemann vor mir. Nicht das Bild des nackten Körpers aus dem Theater, das hat die Zeit mit anderen Katja-Riemann-Bildern überdeckt. Aber eindeutig Katja Riemann. Dabei bin ich mir nicht einmal sicher, ob es überhaupt Katja Riemann war, die ich auf der Bühne der Münchner Kammerspiele nackt sah. Spätere Recherchen ergaben sogar, dass es ziemlich sicher nicht Katja Riemann war. Katja Riemann hatte zwar mitgespielt in diesem Stück, aber nackt gewesen war eine andere, nicht Katja Riemann. Doch in meiner Erinnerung geht eben nur der Name Katja Riemann mit dieser Erweckung meiner Männlichkeit zusammen. Fragen Sie mich nicht, warum das so ist. Ich sah einen Körper, ich las diesen Namen, ich war ein Mann. Katja Riemann war die Frau, die ich heiraten musste, das war mir in diesem Moment klar geworden.

Da-da da-da da-da

Und dann fiel mir, mit Mitte zwanzig erneut vor dem

Hotel sitzend, auf, dass Aurelie und Katja Riemann sich nicht nur ähnelten, nein, dass Aurelie tatsächlich eine Wiedergängerin von Katja Riemann war. Hatte ich ihr den Heiratsantrag nur gemacht, weil ihr Bild übereingestimmt hatte mit dem, das in meinem Kopf gespeichert war, wenn ich das Wort »Frau« dachte oder hörte? Liebte ich sie also gar nicht? Ich fühlte mich ertappt, stand unter Schock. Der Gedanke quälte mich die folgenden Tage, und Aurelie musste zusehen, wie ich immer abweisender und wortkarger wurde. Irgendwas hatte sich durch diese Einsicht verschoben in unserer Beziehung und ließ sich nicht wieder geraderücken. Ich weiß, dass das lächerlich klingt, aber der einzige Ausweg war die Scheidung.

Da-da da-da da-da

Hätte der auf dem Platz vor dem *Bayerischen Hof* sitzende Fünfzehnjährige seinen Blick leicht gehoben, statt auf die zertretene Cola-Dose und die Füße von Yksel Erdal und Ludger Holtkötter zu starren, so hätte er sogar in die Straße hineinschauen können, in der die Scheidung elf Jahre später vollzogen werden sollte. Denn dort befindet sich das Amtsgericht. Kein Wunder also, dass ich fühlte, wie der Zehntklässler, der ich einst war, mich mit spöttischem Lächeln beobachtete, als ich vor Familienrichter Huber stand.

Da-da da-da da-da

Erinnerst du dich noch, wie es schneite, als du zum ersten Mal in Shirleys Einzimmerwohnung aufwachtest? Wie sie die Vorhänge öffnete und alles weiß war – der Balkon, der Innenhof, die Dächer? Wie ihr euch kaum schnell genug ankleiden konntet, die Treppen hinunterstürmtet und euch in die weiße Welt stürztet, die unberührt vor euch lag wie ein unbeschriebenes Blatt?

Da-da da-da da-da

Das Zugfenster bildete den Rahmen für immer neue Bilder, die Räder des Zuges ratterten wie ein alter Filmprojektor.

Da-da da-da da-da

In unserem Dorfkino, wo man die Projektoren immer besonders laut rattern hörte, weil sie nicht in einer eigenen Kammer untergebracht waren, sondern hinten im Vorführraum standen, lernte ich in meiner Jugend, dass auf jede Filmspule etwa zwanzig Minuten Spielfilm passten und man sie während der Vorführung daher mehrmals wechseln musste. Deshalb arbeitete der Vorführer – um eine Unterbrechung zu vermeiden – mit zwei Projektoren. Es gab beim Übergang von einer Spule zur nächsten jeweils einen Moment, in dem beide liefen und die Bilder sich überlappten. Die des Projektors, der den vergehenden Teil des Films zeigte, der also, wie ein Geschichtenerzähler, von der Gegenwart auf die Vergangenheit schaute, und die des Projektors, der die nächste, gerade erst beginnende Spule abspielte und somit in die Zukunft sah. Wenn beide Projektoren liefen, ergab sich das perfekte Bild, weil Kratzer auf der einen Spule durch die Bilder auf der anderen überblendet wurden.

Da-da da-da da-da

Eines Abends hatte ich mir im Dorfkino, das keinen Namen hatte, weil der Raum normalerweise kein Kino, sondern einfach die Aula unseren Jugendheims war, mit Kathrin den Schmachtfetzen *When A Man Loves A Woman* angeschaut. Sie hatte den wegen Meg Ryan unbedingt sehen wollen, und ich hatte unbedingt sie sehen wollen. Nach fünfzehnminütigem innerlichem Kampf hatte ich es gewagt, ihre Hand zu berühren. Eine Ewigkeit später hielt ich sie fest in meiner. Dann brach, mitten in Meg Ryans Alkoholsucht, der Film ab. Der zweite Projektor streikte, und der junge Filmvorführer musste die Spule wechseln. Das Licht ging kurz an, damit wir uns ein Eis kaufen konnten. Kathrin entzog mir ihre Hand. Sie blieb in der Vergangenheit zurück.

Da-da da-da da-da

Das war der eigentliche Bruch gewesen, dachte ich. Von da an hatte ich nur noch herauswollen aus dem Kaff. Ein Jahr später war ich für immer gegangen. Zunächst fürs Studium ins heilige Köln, dann nach München. Doch ich hatte noch immer das Gefühl, diese Flucht vor meiner Vergangenheit rechtfertigen zu müssen, hatte jedes Mal eine Schuld verspürt, wenn ich zu Weihnachten nach Hause gefahren war und nach dem Kirchgang die alten Freunde angesehen hatte, als wären es Fremde. Dieses Mal würden sie mich ansehen wie einen Altbekannten. Was noch viel schlimmer war. Einen, der es nicht geschafft hatte, der immer noch alleine war und ohne Arbeit. Einen, der mit leeren Händen zurückkam.

Da-da da-da da-da

Ich dachte an den Traum, den ich eine Woche zuvor gehabt hatte und der mich bis heute verfolgt: Ich liege auf einem weißbezogenen Bett. Leblos. Die Schwester hat den Tropf abgeklemmt und den grünen Monitor, auf dem sich zwei parallele Linien gezeigt hatten, abgestellt. Sind das weiße Verbände um meine Handgelenke? Das Licht, das gleißend durchs große Fenster scheint, ist zu hell. Es reflektiert auf den Laken und lässt sie erstrahlen, als befände mein blasser Körper sich im Zentrum eines dieser Heiligenbildchen, die bei Beerdigungen in meinem Heimatdorf an die Trauernden verteilt werden. Dann treten meine Eltern auf. Meine Mutter, die vorangeht, zieht einen Stuhl vors Bett, setzt sich und nimmt meine Hand. Mir ist das unangenehm, ich will sie wegziehen, doch es will mir nicht gelingen, die Kontrolle über meinen dort unten liegenden leblosen Körper zu gewinnen. Ich fühle die Hilflosigkeit und die Enge, die mir den Kontakt zu meiner Mutter immer schwer machen.

»Warum hast du uns das angetan?«, schluchzt sie.

Mein Vater steht am Fenster. Stöhnt. Schüttelt nur den Kopf.

»Junge, Junge.«

Er öffnet die Balkontür und tritt hinaus. Auch aus meinem Blickfeld. Ein weißbekittelter Arzt mit zurückgegeltem dunklen Haar und randloser Brille lugt durch die Tür.

»Entschuldigen Sie bitte vielmals. Es tut mir wirklich leid, dass ich Sie stören muss, aber der Bestatter wäre dann jetzt da, und falls wir die Überführung heute noch gewährleisten wollen …«

Meine Mutter wimmert leise, nickt und erhebt sich. Ich spüre einen Stich in der Brust, Schweiß rinnt mir über die Stirn, meine Kehle schnürt sich zu. Habe ich überhaupt noch eine Kehle und eine Stirn?

Man will mich ins Kaff überführen. Begraben im Heimatboden. All die Nachbarn und Mitschüler und Bekannten von früher werden da sein. Werden gaffen. Und ich kann nichts tun. Sie werden reden über mich, über meinen Tod, vor allem aber über mein Leben. Werden mich bestrafen dafür, dass ich sie verlassen habe, um in einer großen Stadt mein Glück zu suchen.

»Das hat er nun davon«, werden sie sagen. »Hat sich immer für was Besseres gehalten. Und nun – liegt er da.«

Jedes Mal wache ich schweißnass auf. Zunächst in Panik, die für einen kurzen Moment in Erleichterung umschlägt, dann folgt eine schwarze Leere. Es ist, als stürze meine gesamte Existenz im Moment des Erwachens zusammen.

Da-da da-da da-da

Heute kann man dem Kaff genauso wenig entkommen wie damals, dachte ich und schaute aus dem Fenster. Ohne Zweifel die Landschaft meiner Kindheit, auch wenn ich mich nicht erinnern konnte, dass sie an dieser Stelle von einer Bahnlinie durchkreuzt wurde. Felder und Wiesen, dazwischen ein paar Bäume. Früher hatte ich diese Gegend oft auf dem Kindersitz am Fahrradlenker meines Großvaters durchquert.

Hinter mir, an der Abteilsschiebetür stand ein schlaksiger Junge, der sich im Fenster spiegelte, was den Anschein erweckte, man habe ihn in diese einsame ländliche Szenerie hineinkopiert. Eine seltsame Euphorie überkam mich.

Dreizehn

Mein Vater stand vor seinem Opel auf dem Bahnhofsplatz. Er schien noch grauer, noch gebückter, als ich ihn in Erinnerung hatte. Ich mag ihn sehr, obwohl ich mich selbst in ihm erkenne. Als ich jünger war, habe ich ihn dafür gehasst. Mich selbst aber noch viel mehr.

»Hallo. Schön, dass du da bist. Wie lange hast du gebraucht?«

Seine Stimme hat bis heute eine leicht polnische Melodie. Hatte ich noch gar nicht erwähnt, dass meine Vorfahren, seine Eltern, aus Breslau kamen – aber an meinem Namen hätten Sie es erraten können. Dudek heißt auf Polnisch so viel wie Dummkopf. Es kann aber auch – diese Deutung bevorzuge ich persönlich – der Wiedehopf damit gemeint sein. Da denkt man doch gleich an Sandie Shaw: »Oh Darling, es ist herrlich gefährlich mit dir/ Wenn du wiederkommst, dann sing ich, dann spring ich zur Tür/ Wie ein Wiedehopf im Maaaaaaaaai.« Mein letzter Hoppevogelmoment lag allerdings schon eine Weile zurück.

»So sieben Stunden.«

»Dann bistes aber auch leid, oder?«

»Ach ja, die Zeit wird einem schon lang.«

»Willst du fahren?«

»Nee, lass mal.«

»Mama hat extra Frikadellen mit Wurzelgemüse gemacht, weil du kommst.«

»Schön.«

»Ach ja, und ich hab gestern beim *Edeka* Stefan getroffen und ihm erzählt, dass du kommst. Sollst ihn mal anrufen.«

»Mach ich. Wohnt der denn wieder hier?«

»Ja, der ist vor ein paar Monaten zu seinen Eltern gezogen und hat oben ausgebaut.«

Ein Eigenheim zu besitzen gehört im Kaff zum guten Ton. Menschen, die zur Miete wohnen, gelten – zumindest in meiner Jugend war das so – als »asozial«. Nachdem die Großeltern- und die Elterngeneration den Ortskern mit ihren Bauten zugestellt hatten, zogen einige jüngere Bewohner in den Randgebieten neue Eigenheime hoch. Doch viele – oft die Letztgeborenen – setzten auch an die Häuser ihrer Eltern einen Seitenflügel an oder versuchten, im Obergeschoss zusätzlichen Platz zu schaffen, indem sie auf die charakteristischen Spitzdächer burgähnliche Aufbauten setzten. Wenn man ins Kaff hineinfuhr, hatte man den Eindruck, jedes zweite Haus sei von einem monströsen, vermutlich tödlichen Tumor befallen. Unser roter Spitzdachbau schien noch gesund. Zumindest von außen.

*

Jedes Mal, wenn ich über die Schwelle meines Elternhauses trete, werde ich ein anderer. Ich schrumpfe. Körperlich, geistig. Mein Horizont verengt sich. Es ist, als stünde mir plötzlich mein gesamtes Wissen nicht mehr zur Verfügung. Oder nein, anders. Alles, was ich weiß, und alles, was ich kann, ist einfach nutzlos in dieser Umgebung. Von Kindheit an hatte ich das Gefühl, das, was meine Eltern für lebensnotwendig hielten – das Praktische, Vernünftige, wie sie es nannten –, nicht zu beherrschen. Zu Hause war ich ein Blinder unter Tauben, denn meine Eltern hatten andererseits keinen Sinn für das, was ich tat und wurde. Mit Ausnahme meiner Ehe vielleicht. Dass sie scheiterte, muss für sie eine Bestätigung gewesen sein. Shirley war daher meine letzte Hoffnung gewesen. Nun hatte ich auch sie verloren.

»Hallo, mein Heimkehrer.«

»Hallo, Mama.«

»Alles gut bei dir?«

»Mhm.«

»Zieh mal gleich deine Schuhe aus, die müssen dringend geputzt werden. Ogottogottogott! Wie lange warst du nicht mehr hier? Wird Zeit, dass die mal wieder ordentlich gewienert werden.«

»Mhm.«

»Sag mal, Henryk, hast du eigentlich schon den Tannebaum geholt?«

»Der steht im Keller, ich muss den noch kürzer machen.«

»Dann sieh mal zu. Und, Thomas, dabei kannst du ihm ja eh nicht helfen … setz dich mal am besten in die Küche. Ich häng inzwischen deine Klamotten in den Schrank.«

»Aber das kann ich doch …«

»Lass mal. Ich bügle das erst mal über und häng es dann vernünftig auf. Wenn du das machst, ist es schon wieder knittrig, wenn es im Schrank hängt. Und du musst ja morgen mit in die Kirche, da kann man nicht so rumlaufen, als wär man in irgendeiner dieser verdreckten Städte, in denen du immer wohnst und wo einen eh keiner kennt. Das muss schon ordentlich aussehen. Was sollen denn sonst die Leute denken?«

*

Den nächsten Tag verbrachte ich in meinem früheren Jugendzimmer im ersten Stock, das mittlerweile eine Art zweites Wohnzimmer meiner Eltern geworden war. Ein Fernseher stand dort, ein Sofa mit buntem Muster und der alte Schreibtisch, in dem noch immer einige meiner Schulbücher eingeschlossen waren – ein Weltatlas, *Die Judenbuche*, *Stopfkuchen*, eine *Einführung in die Mengenlehre*, *Animal Farm*. Ich befreite sie und las den ganzen Tag darin herum, kam nur zu den Mahlzeiten in die Küche und aß stumm, während meine Eltern ihren alltäglichen Lästerschnack über das Kaff beziehungsweise die Leute im Kaff hielten.

Für den Abend verabredete ich mich mit Stefan im *Dorf-*

krug. Schon früher, als wir noch im Nachbarort zur Schule gingen, hatten wir oft in diesem alten Gasthaus am Kirchplatz gesessen, Bier getrunken und über Bücher, Musik und Filme geredet. Diese Runden waren kleine Fluchten gewesen, wir hatten versucht, das Kaff zumindest in Worten und Gedanken so weit wie möglich hinter uns zu lassen.

*

Die Leute auf den Straßen des Kaffs schienen den Pfaden ihrer Vorfahren zu folgen. Einige wichen plötzlich auf dem Fußweg einem Baum aus, der da vor hundert Jahren mal gestanden haben musste, andere bogen auf gerader Strecke unvermittelt ab, um einer alten Straße zu folgen, die es nicht mehr gab, und verschwanden in einer Hecke, einer Hauswand, einer unsichtbaren Tür.

*

Der *Dorfkrug* sah noch aus wie zu Kindertagen, als ich mit meinem Großvater regelmäßig dort eingekehrt war. Wir hatten lange Spaziergänge den Dortmund-Ems-Kanal entlang gemacht, waren im Winter durchgefroren, im Sommer verschwitzt durch die alte Holzschwingtür eingetreten. Der Wirt hatte zum Gruß genickt und Sekunden später bereits ein Gedeck für meinen Großvater und eine rote *Regina*-Brause für mich auf den Tisch am Fenster gestellt. Er war sicher schon an die siebzig, Alkohol und Zigarillos hatten aus seinem Gesicht eine Krater- und Furunkellandschaft geformt, die etwas Dickflüssigeres als Schweiß abzusondern schien. Darüber thronte eine glänzende graue Haartolle.

Ein fast zahnloses, Zigarrenstumpen rauchendes Geschöpf am Spielautomaten schenkte mir, wenn der Kasten euphorisch dudelte, oft einen schon gräulich aussehenden Schokoladenriegel, den ich angeekelt neben mich auf die Sitzbank legte und dort scheinbar vergaß.

Frauen gab es nicht im *Dorfkrug*. Männer werden mit dem Alter immer einsamer. Ich fing schon früh damit an.

Auch in meiner späteren Jugend hatte ich manchen Abend an einem der dunklen Holztische in diesem ansonsten schmucklosen Raum gesessen und von dort zur Theke, auf den hellblau gefliesten Fußboden oder die bunt bemalten Fenster gestarrt. Oft auf der Suche nach einem Punkt, den ich fixieren konnte, bis ich meine schwankende Wahrnehmung und einen hin- und herschlingernden Magen wieder unter Kontrolle hatte.

Der ursprüngliche Wirt war schon lange tot, und der Dorfkrug wurde nun von Fendt geführt, dem bulligen, fast kahlköpfigen Vetter von Puch, einem Gefährten aus meiner damaligen Clique, mit dem ich freitags oft auf einem Moped die zwanzig Kilometer zum *Rockpalast Albatross* geknattert war, um dort mit traurigen Augen zuzusehen, wie sich die älteren Jungs über die Mädchen aus unserer Klasse hermachten. An einem besonders schwarzen Abend war auch die von mir angehimmelte Kathrin an der Reihe gewesen.

Fendt hatte einmal mit bloßen Händen und einem Hanfseil einen Baum im Garten seiner Eltern ausgerissen, nachdem der alte, gastritische nachbarliche Traktor bei dieser Aufgabe das Zeitliche gesegnet hatte. In Amerika hätten sie aus dieser modernen Version der John-Henry-Legende gleich einen Folksong gemacht, hier beschränkte sich die mündliche Überlieferung lakonisch darauf, den Helden mit dem Markennamen der Maschine zu rufen, die er besiegt hatte (»Über-Fendt« wäre eigentlich logischer gewesen). Maulfaules Pack, diese Westfalen.

Fendt hatte jedenfalls seinen Job als Schreiner hingeworfen und nach dem Tod des vormaligen Wirts den *Dorfkrug* gepachtet. Zunächst hatte er noch den ganzen Laden allein geschmissen, doch nach einem Jahr engagierte er Rendel, die freitagabends um zehn den Thekendienst übernahm. Da war meist schon ein ganzer Batzen Umsatz in der alten Registrierkasse (man fing im Kaff freitags gleich nach Feierabend mit dem Trinken an). Fendt, im so genannten mittleren Alter und noch Junggeselle, was auf dem Land bedeutete, dass das nicht mehr zu ändern war und man den Rest seines Lebens als alleinstehender »Öhm« verbringen musste, öffnete dann mit Schwung die blecherne Geldlade, zählte in seine Pranken 250 Mark ab, verließ das Lokal, setzte sich in seinen Geländewagen und fuhr in die nächste größere Stadt. Erst zur Wir-um-30-Party – oder wie wir es nannten: zum Sommerschlussverkauf. Dann noch an einen geheimnisvollen anderen Ort. Mit fortschreitendem Alter tat er wohl immer häufiger den zweiten Schritt vor dem ersten. Irgendwann wurde er beim SSV überhaupt nicht mehr gesehen. Ob er das zulässige Alter überschritten hatte?

Noch immer saßen im *Dorfkrug* Jungs von fünfzehn aufwärts, die ihre ersten Kneipenbesuche als Mannbarkeitsrituale feierten und so lange dort sitzen blieben, bis sie durch ihre Zeugungskraft gezeigt hatten, dass sie tatsächlich zu Männern geworden waren. An der Theke verwitterten die Alten, die ihrer familiären Pflichten bereits ledig waren und sich, häufig mit Prostataleiden, auf dem Abstieg vom Mann zur bloßen Tresensitzerkreatur befanden.

Doch an diesem Abend hockten dort auch zwei junge Männer meines Alters. Sie grüßten, also ging ich nach ängstlichem Zögern, das eine ganz beiläufige erste Kontaktaufnahme mit meinem Heimatkaff schon fast unmöglich machte, auf sie zu. Natürlich kannte ich sie.

Dirk, der in der Grundschule in meiner Parallelklasse gewesen war, sah eigentlich aus wie immer. Hager, Igel-Kurzhaarschnitt, leicht verbissen grinsend. Seit er im trinkfähigen Alter war, hatte er spätestens nach dem zweiten Bier feuchte Flecken auf Hemd und Hose. Das musste an seinen schmalen Lippen liegen. Ein Dichtungsproblem.

Mit seinem Thekennachbarn, dem etwa zwei Jahre jüngeren Markus, hatte die Zeit dagegen üble Scherze getrieben. Sie hatte ihm die Haare ausgerupft und seinen Rücken zu einem angedeuteten Buckel gebogen. Bier und fettes Essen hatten an Kinn, Brust und Bauch gehörig angesetzt. Sein Körper steckte in einem speckigen Blaumann.

»Hallo.«

»Na, hat's dich auch mal wieder hierhinverschlagen?«

»Naja, ab und zu muss man sich ja mal sehen lassen.«

»Tschjo. Wo biste denn abgeblieben?«

»Ich wohn in München. Und ihr?«

»Ich hab hier gebaut. Aufe andern Seite von Kanal. 'ne Viertelstunde mitn Ratt von'n Alten wech. Weil … die wern ja auch nich jünger, nech? Da muss' dann schomma nachgucken.«

»Und du, Dirk?«

»Ich wohn jetzt in Kattenvenne. Bin da bei der Volksbank.«

»Also hast du's auch nicht so weit … hierher.«

»Nee, aber ich bin trotzdem nur noch selten hier, seit die anderen alle auf Familie machen.«

»Ja, so allmählich geht's los. Meine Freunde in Hamburg, München und Berlin sind auch gerade alle mit der Familienplanung beschäftigt.«

»Meine Freunde in Hamburg, München und Berlin« – wie du wieder auf die Sahne haust und dich wichtig machst, dachte ich. Markus ließ lautstark einen fahren und lachte dreckig. Recht hatte er.

»Berlin kenn ich gut«, sagte er, als er sich wieder beruhigt hatte, und schaute in sein halbvolles Glas.

»Aha … Woher?«

»Warn paarmal da. Letzten Sommer noch. Da hat uns der CDU-Typ vom Wahlkreis eingeladen. Reichstag gucken und so. Hat mir nich gefallen.«

»Und was hat dir da nicht gefallen?«

»Die Leute und so. Die hamse doch nicht ganz echt da inner Hauptstadt.«

»Was? Wieso?«

»Na, die reden doch wie im Fernsehen.«

»Häh?«

»Na, als wenn die das alles gar nicht ernst meinen.«

»Versteh ich nicht.«

»Ich dachte die ganze Zeit, ich bin in irgendson Film. Diese Häuser, diese Klamotten ... Und alle klabastern da rum, mit so Knöppn im Ohr oder wat. Und dann reden die alle nur noch mit sich selba. Dat is doch nix. Dat kann man doch alles nich ernst nehmen.«

Getroffen von dieser ungekünstelten Rede zerfiel meine gesamte Existenz zu Staub. Ich hatte befürchtet, dass es so kommen würde. Hatte nicht schon Balzac dem Provinzler bescheinigt, seine Berechnungen seien genauer und er komme schneller vom Gedanken zur Wirklichkeit? Weil er – wie meine Eltern ja auch – immer den unverstellten, einfachen, pragmatischen Blick auf die Dinge hat.

Man kennt diese Schilderungen von Leuten, die vom Dorf in die große Stadt gingen, um »es« dort zu schaffen. Schriftsteller, Manager, Fußballer, Musiker, Modemacher. Wenn sie sich zurückerinnern, tun sie es immer in einer Mischung aus Ironie und Ethnologie – versetzt mit einem Schuss Romantik. Leicht belustigt, aber auch wehmütig schauen sie auf Land und Leute.

Doch die Provinz erwidert diese Blicke nicht mit der gleichen liebevollen Sentimentalität. Wie sollte sie auch? In ihren Augen hatte die Sozagn-wmasowill-Welt, in der ich lebte, keinerlei Berechtigung. Anerkennung konnte ich nicht erwarten. Selbst aus den durch Alkohol, Bratwurst und Sportabstinenz schon leicht verquollenen Schweinsaugen von Markus Schaumann war der Blick der Provinz schonungslos.

Und ich glaubte ihm in diesem Moment jedes Wort. Hatte ich nicht mal irgendwo die These gelesen, Metropolen seien, im Gegensatz zu Dörfern und Kleinstädten, quasi naturgemäß aus Plastik, das sich jeder nach seinen eigenen Vorstellungen formen könnte? Wie sollte man als vernünftiger Mensch diese billige, unechte und giftige Welt ernst nehmen, in der ich lebte? Glich meine Existenz nicht der eines Jungen, der sich eine Plastiktüte über den Kopf zog, blind für die Realität den Kunststoff in sich hineinatmete und verreckte?

Dirk hatte mittlerweile einen Bierfleck von der Form und Größe Nordrhein-Westfalens auf seinem hellblauen Hemd. Markus beschwerte sich über die lange Wartezeit vor dem Reichstag, die einen geplanten Besuch des Olympiastadions zunichtegemacht hatte. Da kam Stefan zur Tür herein.

So vertraut wie vor der Einrichtung des Dorfkrugs war er mir lange nicht mehr vorgekommen. Seit dem vorletzten Weihnachtsfest, als wir am zweiten Feiertag bei seinen Eltern am Kamin gesessen hatten, hatte ich ihn nicht mehr gesehen. Auch er hatte ein paar Haare verloren. Die drahtige Figur aber war geblieben. Er leitete das Training des örtlichen Tischtennisvereins, das hielt ihn sichtlich in Form. Ich verabschiedete mich von Dirk und Markus und setzte mich mit Stefan an einen der Tische.

Er erzählte mir, wie es ihn wieder zurück ins Kaff verschlagen hatte. Nach einem Jahr in einer größeren Anwaltskanzlei in Hannover hatte er Überstunden und einen cholerischen Chef nicht mehr ertragen können und sich wieder nach der Zeit gesehnt, in der er seinem Vater bei der Bewirtschaftung des familieneigenen Bauernhofs geholfen hatte.

»Ich habe oft gedacht, die schönste Zeit war doch die, als ich mit dem Trecker über die Felder gegurkt bin. Schön langsam, dazu Radio oder 'ne Kassette hören und meine Spuren im Dreck hinterlassen. Rauf und runter.«

»Verwachsen mit der Scholle, hm?«

»Vielleicht. Und da war ich mein eigener Herr, und niemand kam mir in die Quere.«

»Kann ich gut verstehen. Ich bin ja jetzt auch selbständig.«

»Echt? Du warst doch bei diesem Verlag da als Redakteur für … Was war das noch gleich?«

»Lifestyle.«

»Oha.«

»Ja, genau.«

»Und jetzt?«

»Vielleicht Privatdetektiv.«

»Hahaha, ja, sicher.«

»Na, so wie Antoine Doinel in *Geraubte Küsse*, das wär doch super.«

»Ach, du immer mit deinem Truffaut.«

»Truffaut, Truffaut – Antoine Doinel! Der ist viel größer als Truffaut.«

»Truffaut selbst hat aber gesagt, er wär mit der Doinel-Reihe nie zufrieden gewesen, weil Antoine sich überhaupt nicht entwickelt hätte im Verlauf der Filme.«

»Na ja, Doinel war auch in dem Sinne keine Truffaut-Figur. Der hat ihm nicht gehorcht. Das war ganz allein die Figur von Jean-Pierre Léaud. Der hat dem Truffaut seine Geschichte gestohlen und ist damit ausgebüchst. Wie der das spielt! Mit so einer Blasiertheit. Einerseits spielt ... oder nein ... verkörpert! er diesen Doinel mit ... da fällt mir jetzt nur ein ganz altmodisches Wort ein ... mit großer Arglosigkeit. Aber andererseits scheint er die ganze Zeit gelangweilt neben ihm zu stehen. So als wollte er sagen: Egal, was mir hier auch Schreckliches widerfahren mag, es ist nur eine Rolle, die ich spiele. So müsste man durchs Leben gehen können!«

»Na, du hast ihm ja schon früh nachgeeifert mit deiner Scheidung von dieser hübschen Französin.«

»Ach komm, hör auf. Das ist doch lange her.«

»Aber dann hattest du doch diese Amerikanerin.«

»Amerikanerin?«

»Shirelle oder so?«

»Ach, nein, Quatsch. Shirley. Aus Brandenburg. Das ist aus.«

»Oh, tut mir leid.«

»Ja, es ist tragisch. Ich weiß nicht mehr, was ich noch tun soll. Alles hinüber irgendwie. Lebst du eigentlich allein?«

»Tja, die meisten Frauen hier auf dem Land sind ja längst vergeben. Und Möglichkeiten, hier wen kennenzulernen, hab ich auch selten. Höchstens mal durch die Arbeit. Ich hab jetzt mit Andreas Schmidt – müsstest du auch kennen, der war 'ne Stufe unter uns – 'ne Anwaltskanzlei in Huelsenbeck aufgemacht.«

»Ach.«

»Ja, und selbst hier häufen sich ja die Scheidungsfälle. Auch total junge Paare. Von daher lern ich eigentlich genügend potenzielle Partnerinnen kennen, hehehe.«

Eine fremde Hand legte sich auf meine Schulter. Mecki – Harald Meckmann, dreieinhalb Jahre älter als ich.

»Wat ham wa denn hier fürn seltenen Gast?«

»Mensch Mecki, wie geht's?«

Seine Augen strahlten – und das kam wohl nicht nur vom Alkohol.

»Danke, wieder ganz gut. Meine Eltern sind mittlerweile beide im Altenheim.«

»Oh, das tut mir leid!«

»Ging nicht mehr mit der Pflege. Wir arbeiten ja beide.«

»Wir? Beide?«

»Ja, ich bin jetzt verheiratet. Mit Yvonne.«

»Echt? Du als eingefleischter Single …«

»Als ich fünfunddreißig wurde und immer noch keine Freundin hatte, ham meine Arbeitskollegen mir ein Profil bei so 'ner Partnerbörse im Internet eingerichtet, und da hab ich sie kennengelernt.«

»Mensch, Glückwunsch! Und die kam hier aus der Ecke?«

»Ja, von Westerkappeln. Wir ham uns 'n paar Wochen hin und her geschrieben und uns dann mal getroffen.«

»Mensch, Mecki, da hast du als wahrer homme de lettres sie quasi schriftlich klargemacht.«

»Wat? Nee, ich hab nie auf Männer gestanden. Aber ist halt nicht so einfach, 'ne Frau kennenzulernen heutzutage. Sag mal, bist du nächste Woche noch da?«

»Weiß nicht, wieso?«

»Na, wir haben an Silvester unsere Einweihungsparty, und da gibt's bestimmt einige Leute, die dich gern mal wieder sehen würden.«

»Meinste?«

»Echt jetzt! Mattse und Jan ham oft von den lustigen Artikeln erzählt, die du 'ne Zeitlang im Internet geschrieben has. Und neulich aufer Weihnachtsfete vom Sportverein hab ich Kathrin getroffen. Die hat auch gefragt, ob wir ma was von dir gehört ham.«

»Ehrlich? Ach, dann guck ich mal rein. Falls ich noch da bin.«

»Ja, komm rum. Ich will auch nich länger störn, schön, dich ma wieder getroffn zu ham.«

»Ganz meinerseits.«

Mecki setzte sich wieder an einen der Tische, an denen sonst nur Jugendliche saßen, mindestens zwanzig Jahre jünger als er. Na klar, er war ja schon damals Jugendfußballtrainer, und wo stärkt man das Mannschaftsgefühl besser als im *Dorfkrug*?

»Siehste, Stefan, so wird's gemacht. Selbst die Hochzeitsvorbereitungen auf dem Lande sind mittlerweile vor der neuesten Technik nicht mehr sicher.«

»Ja, ja, ich überleg's mir.«

»Andererseits, du weißt, zu was für Verwicklungen so 'ne Kontaktanzeige in *Stadtgespräch* geführt hat.«

»*Stadtgespräch*? Ist das wieder einer deiner Riemann-Filme?«

»Äh, ja, stimmt, die spielt da auch mit, glaube ich.«

»Du bist echt 'ne treue Seele, Mann. Sollen wir da hingehen?«

»Wohin?«

»Zu dieser Silvester-Einweihungsparty.«

»Ach nee, ich weiß nicht. Ich glaub, das Weihnachtsfest im Kreis der arg reduzierten Familie wird schon deprimierend genug. Da muss ich nicht noch den ganzen Cast meiner Kindheit und Jugend wiedertreffen.«

»Interessiert dich denn nicht, wie ihre Geschichten ohne dich weitergegangen sind?«

»Wär Antoine Doinel auf eine solche Feier gegangen?«

»Hm, weiß nicht …«

»Wär er nicht, weil er sich nicht geschert hat um die Vergangenheit, sondern von einer Gegenwart in die nächste gestolpert ist.«

»Aber es gibt doch in *Liebe auf der Flucht* diese Rückblenden.«

»Das war die Idee von diesem sentimentalen Truffaut. Doinel hatte damit nichts zu tun!«

*

Es wurde ein sehr langer Abend, und Fendt hatte gut aufgepasst, dass unsere Biergläser nie leer herumstanden. Mit einem starken Schwindel verließen Stefan und ich die Kneipe, und ich fand, obwohl sich das Kaff um mich drehte wie ein Karussell, ohne Probleme den Weg zu meinem Elternhaus, das Haustürschlüsselloch, den Treppenaufgang und die Tür zu meinem Kinderzimmer. Ich warf die Klamotten in die Ecke, in der früher meine Musikanlage gestanden hatte, legte mich erschöpft aufs Sofa und versuchte, trotz Übelkeit einzuschlafen.

Vierzehn

Am nächsten Morgen besuchte ich ziemlich verkatert das Grab meiner Großmutter. Die Luft war kalt, und man konnte seinen Atem sehen. Meiner war vermutlich reiner Alkohol.

Der Weg durchs Kaff führte mich am Altersheim vorbei, in dem sie die letzten Jahre demenzkrank verbracht hatte. In meiner Schulzeit war etwa einhundert Meter entfernt an der Hauptstraße eine Bushaltestelle gewesen. Ich erinnere mich noch, wie die Alten aus dem Heim sich eines Sommers jeden Morgen dort trafen und warteten. Erst waren es nur zwei, die sich auf die Bank in dem kleinen Wartehäuschen setzten, später standen zehn, dann um die zwanzig von ihnen um den Laternenpfahl, an dem der kümmerliche Fahrplan angebracht war. Sie waren dort nicht wegzukriegen, bis die Kirchturmuhr fünf schlug. Bei Regen suchten die, die im Wartehäuschen keinen Platz fanden, unter dem Vordach eines Schuhgeschäfts neben der Haltestelle Schutz. Die Schwestern und Pfleger des Heims mussten Obst und Getränke mit Rollwagen vorfahren, um all die Ausgebüchsten zu versorgen. Wenn man die Alten fragte, auf was sie denn warteten, entgegneten die, die noch Sprache hatten: »Auf den Bus zur Arbeit.«

Bis in die frühen Achtziger hinein war von dieser Haltestelle tatsächlich ein Bus zur Landmaschinenfabrik im Nachbarort gefahren, in der fast das ganze Dorf arbeitete.

Schließlich wurde eine neue Haltestelle in einer Nebenstraße errichtet, das alte Wartehäuschen fand einen Platz im Garten des Seniorenheims. Dort konnten die Alten warten, so lange sie wollten. Na, vermutlich nicht ganz so lange …

Der Friedhof war menschenleer, alle wohl mit den Festvorbereitungen beschäftigt. Viele Gräber waren hinzugekommen seit meinem letzten Besuch.

Ein Areal, das früher einmal Wiese gewesen war, war nun für die zukünftigen Todesfälle präpariert. Eine Reihe entlang einer Buchsbaumhecke war bereits belegt. Am rechten Ende das Grab meiner Großmutter. Der Anblick des Steins, ein übergroßer Kiesel, auf dem in schwarzen Lettern ihr Name stand, berührte mich überhaupt nicht. Dort lag eine fremde Person. So richtig nahegekommen bin ich ihr nie, dachte ich. Auch sie hatte immer nur das Alltäglichste, Praktischste verfolgt. Wenn ich weinend, mit aufgerissenen Jeans und blutigen Knien aus der Schule kam, weil mich wieder einer der Klassenaggressoren in den Dreck getreten hatte, nähte sie kopfschüttelnd bunte Flicken über die Löcher in der Hose. Um die Wunden aber musste ich mich selbst kümmern. Komisch, was einem in so einem Moment einfällt: dieser alberne Reim von *Falconhood*: mortal life – afterlife. So was Bescheuertes.

Ich blieb lange vor ihrem Grab stehen in der Hoffnung, irgendwann etwas zu empfinden. Ich starrte auf den Stein und auf die Blumen davor, doch es rührte sich nichts in mir, nur das Blut pochte in stupidem Rhythmus in meinem trotz zweier Tabletten noch schmerzenden Schädel. Ich wandte mich ab, ging einige Schritte Richtung Friedhofstor, kehrte mit schlechtem Gewissen noch einmal zurück und versuchte erneut, etwas zu empfinden. Doch nicht einmal eine Träne ließ sich aus den Augen pressen. Auch nicht, als ich den zweiten Kiesel auf dem Grab, der den Namen meines geliebten Großvaters trug, in den Blick nahm.

Als ich mich erneut abwenden und gehen wollte, stand neben mir ein kleiner, buckliger Alter mit wirrem, weißem Haarkranz und versperrte mir den Weg. Er trug einen verschlissenen schwarzen Anzug, wirkte stark abgemagert und schaute mich mit blutunterlaufenen Augen an.

»Bete für mich mit«, meckerte er mit einer Stimme, in der mehr Spott lag als Alter. So als wüsste er um mein schlechtes Gewissen, nicht trauern zu können.

»Aber Sie leben doch noch.«

»Pssst! Leise.«

»Oh, Entschuldigung. Ich wusste nicht …«

»Ich hab dich hier noch nie gesehen.«

»Bin auch nur selten hier.«

»Du warst noch nie hier!«

»Also, ich meine, ich bin nur noch selten hier im Ka… im Dorf. Auf dem Friedhof war ich das letzte Mal vor, na ja, zwanzig Jahren etwa. Als mein Großvater hier beerdigt wurde.«

»Ahhh, doch … ich erinnere mich. Du warst der Junge, der sich nicht ans offene Grab traute, weil er Angst hatte hineinzufallen!«

»Das … das kann schon sein. Ich hab ein bisschen Höhenangst.«

»Du hast Todesangst.«

»Na ja, sicher … auch. Aber wer hat die nicht?«

»Du weißt schon, dass alle Lebewesen von den Totengöttern bewacht werden, oder?«

»Wie bitte?«

»Es muss ja immer ein Übergewicht an Toten geben. Wenn es auf einmal mehr Lebende gäbe als Verstorbene, dann wären die Götter des Todes zornig und würden, um ihre Macht nicht zu verlieren, das Ende der Welt einläuten. Armageddon. Um die Kontrolle zu behalten, setzen sie auf jeden Lebenden einen Mörder an.«

»Ach.«

»Und ich verstecke mich vor meinem an einem Ort, wo er mich nicht vermutet. Zwischen den Toten.«

»Das ist … nun ja … ziemlich schlau.«

»Nicht wahr?«

»Und was machen Sie hier so den ganzen Tag?«
»Ich rede mit den Toten.«
»Worüber?«
»Erinnerungen.«
»Erinnerungen?«
»Ja. Sie leben davon. Die Toten.«
»Davon, alles noch mal zu durch…äh…leben?«
»Ja, könnte man so sagen.«
»Totsein ist also wie Fernsehen im Sommer.«
»Wieso?«
»Nur Wiederholungen.«
»Ach so, ja, hehe. Ich hab hier keinen Fernseher.«
»Ach, klar, wie unaufmerksam von mir. Entschuldigung.«
»Schon gut. Ich glaube, ich verpass da nichts.«
»Sie haben ja die Erinnerungen.«
»Eben.«
»Was erzählen die denn so, die Toten. Wie isses … da … drüben?«
»Dazu sagen sie nichts. Schweigegelübde.«
»Was steht darauf, wenn sie's brechen? Die Todesstrafe ja wohl nicht.«
»Keine Ahnung, aber nach allem, was man so liest, sind die Götter ja absolute Experten, was Strafen angeht.«
»Das glaub ich sofort …«
»Besonders der katholische, der hier die regionale Aufsicht hat.«
»Interessant.«
»Ja, hier gilt das Subsidiaritätsprinzip.«
»Es gibt also mehrere Götter?«
»Ja, klar. Schon der hiesige ist ja zu dritt. Einer alleine kann sich all diese Grausamkeiten auch gar nicht ausdenken.«
»Klingt logisch. Und sonst? Spielen Sie Schach mit den Toten oder so?«
»Schach? Machst du Witze? Nein, das sind schlechte Verlierer.«

»Wieso?«

»Sie glauben nicht, dass es nur ein Spiel ist.«

»Ach … interessant. Nun ja, ich glaube, ich muss jetzt los …«

»Ich würde an deiner Stelle noch bleiben.«

»Wieso?«

»Na, du bist doch dem Tod schon mal von der Schippe gesprungen, oder?«

»Äh, ja, woher wissen Sie …«

»Das darf ich dir nicht sagen. Hör zu, du solltest dich gutstellen mit den Herrschaften hier. Du hast sie versetzt. Du schuldest ihnen einen Toten.«

»Bitte, was?«

»Na, durch deinen Dusel hast du die ganze Rechnung durcheinandergebracht. Du solltest den Göttern hier ein bisschen Achtung erweisen, meinst du nicht? Gib ihnen zumindest ein bisschen was von deiner Zeit. Schau dich um. Geh an der Buchsbaumhecke entlang und sieh dir die neuesten Zugänge an. Zeige ihnen deinen Respekt. Fange rechts an, beim frischesten Grab. Gehe von dort gegen die Zeit.«

Ich tat wie mir geheißen. Einerseits, um den Alten endlich loszuwerden, und andererseits – Angst hatte ich schon auch. Konnte nicht schaden, wenn ich ein bisschen gut Wetter machte im Totenreich.

Viele, die es bis ins Greisenalter geschafft hatten, lagen dort in der Reihe, aber auch ein paar Leute in meinem Alter oder sogar jünger. Ihre Namen waren mir vertraut, auch die Gesichter dazu fand ich schnell. Ich hatte allerdings keine Ahnung, worüber ich mit ihnen hätte reden sollen. Das fiel mir ja schon bei den Lebenden schwer.

Von den meisten wusste ich sogar die Todesursache. Vermutlich hatten meine Eltern mir davon erzählt. Zwei Unfälle, ein Herzinfarkt, zwei Krebserkrankungen – und ein Suizid. Das war Michael gewesen. Letzten Sommer. Zweiunddreißig Jahre alt war er geworden. Ein typisches Selbstmordalter, dachte ich. Hatte den Betrieb seines Vaters in den

Konkurs getrieben. Und jetzt lag er da. Wehrlos gegenüber den Blicken all der anderen. Gegenüber meinen Blicken. *Mortal life – afterlife*.

Als ich mich nach dem buckligen Männlein umdrehte, war es verschwunden. Hatte vermutlich noch eine Verabredung.

*

Es fiel mir schwer, mich in das Leben meiner Eltern einzufinden. Mich an all diese seltsamen Rituale und Empfindlichkeiten zu gewöhnen, das Reden über die anderen Leute aus dem Kaff, über ihre Krankheiten, was sie sich für teure Dinge angeschafft und was sie übereinander gesagt hatten. Ich kannte die meisten von ihnen, doch ich verstand nicht, warum es wichtig war, über sie zu reden.

Ich fühlte mich wie ein Eindringling in diesem Haus der Geschichte, in dieser Welt aus geteiltem Alltag und gemeinsamen Routinen, von der meine Eltern in einer Sprache erzählten, die ich nicht verstand. Diese Welt war ihr Zuhause. Ich war kein Teil davon.

Der Heilige Abend war schließlich zwangsläufig eine trostlose Veranstaltung. Ein Jahr zuvor waren wir noch zu fünft gewesen – Shirley, meine Großmutter, meine Eltern und ich. Jetzt nur noch zu dritt. Drei Stunden saßen wir missmutig im Wohnzimmer vor der Blautanne und schauten uns schweigend alte Fotos von früheren Weihnachtsfesten an. Jedes Jahr derselbe Christbaumschmuck, dasselbe Sofa, dieselben gerahmten Kalenderblätter an der Wand – nur wir veränderten uns. Wurden älter. Und weniger. Doch wir sprachen nicht darüber.

Um Mitternacht gingen wir in die Christmette. Die Kirche war höchstens halb voll und der Organist allem Anschein nach betrunken. Eine absurde Veranstaltung. Sie feierten die Geburt von einem, der tot vor ihnen hing. War mir früher nie so aufgefallen. Dafür gab's bestimmt eine Erklärung. Alpha und Omega, wir rufen dich Galaktika, oder was.

Der Priester, ein dicker, glatzköpfiger Mann mit mächtigem weißen Vollbart, sprach zu seiner Gemeinde wie zu einem ungezogenen Kind. Gott sei Mensch geworden, drohte er. Welche Konsequenzen das hatte, verschwieg er aber. Stattdessen sprach er vom Himmelreich, wo doch alles in dieser Kirche einen zu Boden drückte.

Die schonungslosen Blicke der Gläubigen lagen auf mir, dem Plastikjungen aus der Plastikstadt. Sie wogen ebenso schwer wie die Schuld, die jeder katholisch Erzogene als Kind auf sich lädt und zeit seines Lebens wie ein Kreuz mit sich herumschleppt, bis er am Ende unter ihr zusammenbricht. Die Schuld ist der Mörder, den die Totengötter auf uns angesetzt haben, dachte ich. Und vor ihr können wir uns nicht verstecken. Wenn sie uns schließlich niedergestreckt hat, werden wir verscharrt. Die Gräber für einige der in der Christmette Sitzenden waren schon ausgehoben.

*

An Silvester gingen meine Eltern zu einer Feier bei den Nachbarn, und ich blieb allein zu Hause. Meckis Einweihungsparty hatte ich nicht vergessen, aber es schien mir doch passender, die letzten Stunden dieses unheilvollen Jahres alleine zu verbringen. Ich saß im vom Christbaum beleuchteten Wohnzimmer vor der schweren Eichenschrankwand, die Standuhr mit dem Pendel, das meine Kindheit und Jugend stoisch in kleine Teile gehackt hatte, im Rücken, und durchstöberte die Videosammlung meines Vaters. Auf einigen Hüllen klebten noch die von mir vor über fünfzehn Jahren beschriebenen Etiketten. In einer kaum lesbaren Schrift, in der die Unentschlossenheit und das Unwohlsein der Pubertät deutlich zu erkennen waren, standen dort vertraute Titel. *Don't Look Back*, *Der Mittler*, *Wenn die Gondeln Trauer tragen*, *Meine Zeit mit Monika*. Doch die Filme waren von meinem Vater längst überspielt worden mit Sportschau und Krimi, Talkshow und Quiz. Trotzdem prüfte ich jedes einzelne Band. Spulte es im Suchlauf von vorn bis hinten durch, in der Hoffnung, zumindest ein kleiner Teil eines der geliebten Filme könnte die vielen Überspielungen unbeschadet überstanden haben.

Etwa um die neunzigste Minute der vierten oder fünften Kassette stoppte ich den Vorlauf, spulte das Band ein paar Sekunden zurück und startete dann die Wiedergabe. Tatsächlich eine vertraute Szene: Undeutlich sah ich einen alten Mann mit Hut und Schnauzbart hinter einer Fensterscheibe. Er verließ ein Haus und ging bei starkem Nebel durch ein Gartentor.

»Madonna, ist das neblig heute«, stöhnte er. »Man sieht wirklich nicht die Hand vor Augen. Ich werde mich hier an der Mauer langtasten. Das letzte Mal haben wir 1922 solchen Nebel gehabt.«

Ein Radfahrer mit einem großen Korb auf dem Rücken, ein bedrohlicher Schatten wie der Tod persönlich, fuhr ihn fast um. Klingelte.

»Uuauaua, Vorsicht! Sehen Sie sich doch vor, Mann, hier ist ein Fußgänger«, jammerte der Alte. »Vorsicht, uah, Vorsicht!«

Dann schrie er: »Gina! Gina!«

Schließlich, hilflos: »Wo bin ich hier nur? Es kommt mir vor, als ob ich nirgendwo wäre. Wenn der Tod auch so aussieht, dann kann ich gut darauf verzichten. Alles ist verschwunden. Die Menschen, die Bäume, die Vögel in der Luft, der Wein. Alles im Arsch!«

Ein Einspänner fuhr vorbei, das Geschirr rasselte und klingelte glockenhell. Der Alte wandte sich an den Mann auf dem Kutschbock.

»Tino!«

Das Fuhrwerk hielt an.

»Ich hab mich im Nebel verirrt, ich find nicht mehr nach Hause. Wo bin ich hier?«

»Was meinen Sie, wo Sie sind? Sie stehen genau vor Ihrem Haus. Da ist es doch.«

Der Alte schaute sich erstaunt um, lächelte, bedankte sich und ging zurück zum Gartentor. Mit einem »Hüh!« des

Kutschers fuhr der Einspänner an. Ein fröhlich pfeifend aus der Pforte stürmender Junge hätte den Alten fast umgerannt. Er trug einen Mantel, die Kapuze auf dem Kopf.

»Wo willst du denn hin, bei diesem Nebel?«

»Zur Schule. Ciao, Opa!«

Während ich auf dem Boden vor dem Recorder nach der Kassettenhülle suchte, um Hinweise auf den Titel des Films zu finden, klingelte das Telefon.

»Ja, Dudek.«

»Mensch, Thomas, du bist ja zu Hause.«

»Stefan?«

»Ja. Hab dich vermisst am zweiten Weihnachtstag beim Stephanussteinigen.«

»Ach, immer diese sinnlosen Besäufnisse. Die hab ich in letzter Zeit zu oft gehabt.«

»Sinnlos? Das ist 'ne alte Tradition, Mann.«

»Ja ja.«

»Du warst es doch, der immer gesagt hat, wie wichtig solche Bräuche sind. Karneval und so.«

»Der Karneval als triebhaftes Fest der Unterdrückten. Ich weiß. Aber das Stephanussteinigen scheint mir doch keine besonders subversive Angelegenheit zu sein. Die Leute haben eine Entschuldigung gesucht, nach zwei Tagen dem Familienweihnachtshorror zu entfliehen und sich mit Freunden ordentlich einen auf die Lampe zu gießen.«

»Ist ja auch nichts falsch dran. Was meinst du, wie viele Familientragödien so schon verhindert wurden.«

»Auch wieder wahr.«

»Weswegen ich aber eigentlich anrufe, kommst du mit zu Meckis Party?«

»Meinste echt?«

»Na klar. Besser, als zu Hause *Lachböller und Juxraketen* zu gucken, oder wie das heißt.«

»Also, ich weiß nicht.«

»Ich aber. Wir treffen uns in 'ner halben Stunde an der Kreuzung. Von da ist's nicht mehr weit.«

»Hier ist nie irgendwas weit. Weil die Welt hier ihren Arsch zusammenkneift.«

»Weiß ich doch. Bis gleich.«

*

Die Kreuzung, an der zwei Stunden später das halbe Kaff zündeln würde, war noch menschenleer, als Stefan und ich uns trafen. Wir gingen Richtung Norden, über die im Nebel liegende Kanalbrücke, und dann links in eine Neubausiedlung. Wir schauten in hell erleuchtete Fenster, sahen Weihnachtsbäume in vollem Bling, lachende und trinkende Menschen. Vor einem roten Backsteinbau blieben wir stehen. Der sandige Boden vor dem Haus war durch den Regen am Morgen komplett aufgeweicht. Nur eine schmale Planke führte zur Haustür. Das Thermometer an der Ziegelwand zeigte ein Grad über null an. Das Klingelschild schien aus Fimo oder Ähnlichem geformt. Seit dem Kindergarten hatte ich so was nicht mehr gesehen. Geschwungene und in sich verschlungene wurstartige Gebilde formten ein H und ein Y, darunter stand, etwas nüchterner, Meckmann. Stefan klingelte, und ein paar Sekunden später riss Mecki strahlend und weniger nüchtern die Tür auf.

»Mensch. Das is aber ma 'ne Überraschung, immer rin inne gute Stube. Das heißt ... sind eure Schuhe dreckig? Dann zieht se besser aus. Sonst krieg ich Ärger mit Yvonne.«

»Nee, nee. Alles okay. Blitziblank.«

Stefan und ich tauschten peinlich berührte Blicke aus. Über einer alten Anrichte rechts neben der Haustür hing ein *Pulp-Fiction*-Plakat. Linker Hand war ein Treppenaufgang.

Puch torkelte an uns vorbei. Er scheiterte – offenbar in ein Gespräch verwickelt – mehrmals am Wort Geschwindigkeitsbegrenzung. Alles noch wie früher, dachte ich.

Als Puch mich erkannte, fiel er mir um den Hals.

»Du hier? Nich in Woodstock?«

»Du meinst Hollywood.«

»Hollywood? Bissu jetz Schauspieler oder was?«

»Nee, nee. Schon gut.«

»Bier is inner Badewanne«, lallte er, als er stolpernd gegen eine auf der untersten Treppenstufe stehende Flasche stieß.

»Und aufm Fußboden«, ergänzte Stefan grinsend.

Durch die geöffnete Schiebetür gegenüber dem Eingang konnte man schon die Rücken einiger Gäste sehen. Als wir den Raum betraten, schoss mir der Möbelhauskatalogbegriff »Junges Wohnen« in den Kopf. Weiße Schränke mit im Schachbrettmuster lackierten Türen auf weißgefliestem Boden, Regale mit strategisch platzierten Figürchen und Modellautos darauf, ein niedriger weißer Glastisch auf einem schwarzen Teppich, dunkelblaue Stoffsessel und eine passende Couch, ein weißes HiFi-Schränkchen mit Flatscreen obendrauf, an der Wand dahinter der Siebdruck eines Audrey-Hepburn-Fotos. Aus den Boxentürmen rechts und links vom Fernseher dröhnte *Sternenhimmel* von Hubert Kah.

Links hinten in der Ecke des riesigen Raumes, der sich über die gesamte Hausbreite erstreckte, stand ein offenbar selbstgebauter Tresen, wie ich ihn in ähnlicher Ausführung aus dem Partykeller meiner Eltern kannte. Mecki hatte schon früher lange Abende damit verbracht, mit großem Aufwand Cocktails zu mischen, die dann niemand trinken wollte.

Das Licht der Deckenstrahler war viel zu hell, so wie neuerdings auch wieder in einigen Münchner Clubs oder in den türkischen Kulturzentren, wo die Männer Karten spielen und rauchen. Geraucht wurde hier auch. Am anderen Ende des vollkommen vernebelten Raumes konnte ich den dicken, Zigarre paffenden Heini erkennen, der eigentlich Michael heißt, aber aus irgendeinem Grund, den alle vergessen haben, mit dem Vornamen seines Vater gerufen wird. Er schob sich gerade am kalten Büffet, nur unterbrochen von einigen tiefen Zügen an seinem Stumpen, mehrere fetttriefende Frikadellen zwischen die Kiefer und wischte die Finger anschließend an seiner Jeans ab. Dann griff er nach seinem Bierhumpen, den er neben dem Frikadellenteller geparkt hatte. Irgendwer dimmte das Licht.

»Jetzt steht Thomas Dudek im Nebel der Vergangenheit und kann sein Zuhause nicht finden«, sagte eine der Stimmen in meinem Kopf. »Dabei ist er vermutlich genauso nah dran wie der alte Mann im Film eben.«

Was war das nur für ein Film gewesen? Den Namen der Figuren nach was Italienisches. De Sica? Antonioni? Fellini? Gleich mal Stefan fragen, der kennt sich da aus.

Doch ich konnte ihn nirgendwo entdecken. Ein paar Meter weiter stand Ute. Sah eigentlich noch genauso aus wie früher. Oder war es der Zigarrenqualm, der ihre Konturen hamiltonmäßig weichzeichnete und sie so wie einen Geist aus der Vergangenheit erscheinen ließ?

Von ihr hatten wir früher alle gedacht, sie würde es am weitesten bringen. Das »am weitesten« hatte ich dabei durchaus geografisch verstanden. Der schwungvoll um ihren Hals geworfene Batikschal verriet zumindest, dass sie ihre künstlerischen Ambitionen noch nicht ganz aufgegeben hatte. Sie war mit dreizehn oder vierzehn aus Hamburg hergezogen, weil man ihren Vater ins Westfälische versetzt hatte, um ihn das Fluggeschwader der Bundeswehr ein paar Dörfer weiter befehligen zu lassen. Vielleicht war sie deswegen immer ein bisschen übersteigert friedensbewegt und hippiesk aufgetreten. Als Mädchen aus der Großstadt hatte sie unglaublich erwachsen gewirkt zwischen uns Landpomeranzen und Bauerntölpeln. Sie war immer mit einem Fotoapparat rumgelaufen. Mit fünfzehn hatte sie in der *Volkszeitung* bereits eine eigene Rubrik gehabt. Unter dem Titel »Kennst du deine Heimat?« erschien dort jeden Samstag eine ihrer kunstvollen Schwarzweiß-Fotografien – Ausschnitte aus der tecklenburgischen Parklandschaft, versehen mit poetischen Texten aus ihrer Feder. Meistens ging es darin um Wolken und Regen. Viel mehr gab es hier ja auch nicht, was zu poetischen Höhenflügen hätte anregen können. Obwohl, einmal nach einer Party im katholischen

Zeltlager hatte sie sturzbetrunken an die Wand einer sauerländischen Schützenhalle in großen Lettern »Als ich das erste Mal mit einem Jungen im Bett lag, war es …« gesprayt. Dann war sie leider erwischt worden. Aber daraus hätte was werden können. Zumindest den Namen des Jungen hätte ich gern noch erfahren. Mit neunzehn war Ute schwanger geworden. Von einem aus der Stadt. Dann war ihre Mutter an Alzheimer erkrankt und musste gepflegt werden. Der Vater ihres Kindes war, das hatten meine Eltern berichtet, irgendwann abgehauen, ihre Mutter lebte noch.

Sie hatte mich auch entdeckt, schüttelte den Kopf, so dass sich ihr braunes, zum Pferdeschwanz gebundenes Haar aus dem Batikschal befreite, und kam auf mich zu.

»Tomaso, Tomaso, was ist nur mit uns passiert?«

»Äh, hallo. Wie meinen?«

»Na, schau uns doch an. Jetzt stehen wir hier in diesem Einfamilienhaus zwischen Knackwürsten und Kartoffelsalat und warten aufs neue Jahr.«

»Und draußen hat's angefangen zu regnen.«

»Ja, es regnet. Natürlich regnet es, weil es immer regnet.«

»Wie in *Blade Runner*.«

»Ja, genau.«

»Ich fühl mich auch wie ein Replikant.«

»Stimmt. Ich hab immer schon gedacht, dass irgendwas nicht stimmt mit dir, hahaha.«

»Schönen Dank auch.«

»Du *Paranoid Android*, du.«

»Hmpf.«

»Wie geht's dir denn, du Armer?«

»Armer?«

»Deine Freundin ist dir doch abgehauen, oder nicht?«

»Na ja, so würde ich … Woher weißt du das überhaupt?«

»Och, ich hab viel Zeit im Büro. Da googel ich schon mal so 'n paar Leutchen, die das Weite gesucht haben.«

»Du hast mich gegoogelt? Ich fühl mich geehrt.«

»Bild dir da bloß nix drauf ein. Wie ich schon andeutete, es ist seeeehr langweilig in der Redaktion.«

»Bist du noch bei der *Volkszeitung*?«

»Ja, wo denn sonst?«

»Ich stelle mir Lokaljournalismus ja eigentlich ganz interessant vor. Da ist man noch nicht so, na ja, entfremdet wie im Rest dieser Medienmaschine.«

»Interessant? Pah! Weißt du was? Es klingt wie ein Klischee, aber ich war diese Woche tatsächlich schon auf einer Kaninchenschau und bei den Taubenzüchtern. Außerdem beim Sportverein und bei zwei achtzigsten Geburtstagen im Altenheim. Das Highlight meiner Woche war ein umgefallener Baum an der Hauptstraße.«

»*Mein Freund der Baum ist tot* – nicht nur im deutschen Schlager, sondern auch an der Heinrich-Schaumann-Straße …«

»Schön wär's. Aber Originalität ist hier nicht gefragt. Ich überlege, mal eine Anthologie mit den nervigsten Lokalzeitungsphrasen rauszubringen. Weißt du, wie viele Treffer man bekommt, wenn man bei Google zum Beispiel ›Für das leibliche Wohl war gesorgt‹ eingibt?«

»Nee.«

»Weit über eine halbe Million.«

»Ähm, wie viel ist das in Fußballfeldern?«

»Spaßvogel.«

»Na ja, vielleicht lässt sich das ritualisierte Leben nur mit einer ritualisierten Sprache abbilden.«

»Eine niederschmetternde Theorie, Herr … ähm … Wie hieß noch der Medientheoretiker aus diesem Woody-Allen-Film, den du unbedingt mit mir gucken wolltest?«

»Marshall McLuhan.«

»Kann sein, ja. Also, niederschmetternde Theorie, Mister McLuhmann.«

»Luhan. Luhmann ist wieder ein anderer. Aber überleg doch mal. Also, wenn ich irgendwo lese ›für das leibliche Wohl war gesorgt‹ oder ›die rüstige Jubilarin kann nun schon auf acht Lebensjahrzehnte zurückblicken‹ oder so, dann hab ich gleich die passenden Bilder dazu im Kopf. Wie bei diesen alten Gemälden, auf denen immer die gleichen Gesten verwendet wurden, um bestimmte Gefühle zu symbolisieren.«

»Frustrierend ist es trotzdem.«

»Mal überlegt, woanders hinzugehen?«

»Ach, ich muss und will ja nah bei meiner Tochter sein, und meine Mutter braucht mich auch. Außerdem hab ich keinerlei Referenzen.«

»Na, in der Online-Recherche scheinst du ja 'ne Granate zu sein. Ich wüsste jedenfalls nicht, wo man im Internet nachlesen kann, dass jemand Unbekanntem wie mir, wie du's formulierst, die Frau abgehauen ist.«

»Das war nicht so schwierig. Erstens hast du neulich im Internet irgendwo ziemlich wehleidig über Trennungsplatten geschrieben. Ich kannte übrigens nur diese Marvin-Gaye-LP, aber die finde ich fürchterlich. Ach ja, und Fleetwood Mac natürlich auch. Aber egal. Außerdem hab ich online eine Pressemitteilung gelesen, in der stand, dass deine Freundin mit dem Ostnamen, die ich letztes Jahr auf Stephanussteinigen kennengelernt habe ... Shirley ... dass die zu irgendner Firma nach Bremen gegangen ist. Dann hab ich eins und eins zusammengezählt.«

Shirley arbeitete tatsächlich mittlerweile für eine Personalmanagementagentur in Bremen. Den Text über die Trennungsplatten hatte ich allerdings schon ein halbes Jahr vor dem Ende unserer Beziehung geschrieben. Eine Auftragsarbeit.

Jemand tippte mir auf die Schulter. Ich drehte mich um. Es war Kathrin. Sie hatte sich deutlicher verändert als all die anderen Leute aus dem Dorf, die ich bisher gesehen hatte. Nein, sie hatte nicht so zugelegt wie die meisten. Sie trug auch immer noch den gleichen Bubikopf und eine ähnliche John-Lennon-Brille wie damals. Das war es alles nicht. Auch nicht die paar Fältchen um die Augen. Die Veränderung bestand wohl ganz allein in der Zeit, die seit unserem letzten Treffen vor fünfzehn Jahren vergangen war. Damals war ich unglücklich in sie verliebt gewesen. Nun war ich unglücklich von einer anderen getrennt.

»Wie geht's dir, mein Armer?«

»Jetzt fang du nicht auch noch an. Alles ist gut, und für das leibliche Wohl ist auch gesorgt.«

»Was?«

Ich lachte und drehte mich zu Ute um, die war aber schon weitergezogen zu Knackwurst und Kartoffelsalat.

»Alles gut bei dir?«

»Ja, schon. Weißte ja wahrscheinlich. Familie, Kinder und so.«

»Ja, freut mich.«

»Ehrlich?«

»Ja, wieso denn nicht?«

»Ich dachte, so was sei dir zu spießig – heiraten und so. In den Städten heiratet doch niemand mehr, oder?«

»Weiß ich gar nicht. Das wird wieder mehr, glaube ich. Es geht ja auch nicht um das Sakrament oder um Gott oder die Lebensversicherung oder was. Es geht einfach darum, Teil von irgendwas zu sein.«

»Kann ich verstehen, ja. Ich hatte früher ja immer das Gefühl, aus uns hätte auch was werden können.«

»Aus uns?«

»Na, du wolltest doch auch. Tu nich so. Damals im Kino …«

»Daran erinnerst du dich noch?«

»Ja, klar. Natürlich. Ich hätte schon auch mehr gewollt, aber dann haben wir irgendwie beide die Gelegenheit verpasst. Ich war sogar ein bisschen wütend auf dich, weil du's nur so halbherzig versucht hast. Und kurz danach bin ich dann aus Trotz, nein, das wäre jetzt ein bisschen ungerecht, also, kurz danach bin ich dann ja mit Jürgen zusammengekommen.«

Sie lächelte versonnen.

»Tja, und jetzt haben wir zwei Kinder.«

Sie strahlte.

»Bist du glücklich?«

»Glücklich? Da habe ich nie drüber nachgedacht. Gar keine Zeit.«

Sie lachte.

»Ich werde hier gebraucht. Jürgen braucht mich, die Kinder brauchen mich, meine Eltern ... Das ist ein gutes Gefühl. Und ich mag die Leute hier. Also, je länger ich drüber nachdenke ... wahrscheinlich bin ich schon irgendwie glücklich. Was guckst du denn so komisch?«

Mir fiel das Gespräch mit Markus an der Theke wieder ein. Er schien zufrieden, Mecki auch irgendwie, Puch war betrunken wie immer und Kathrin war glücklich. Nur Ute sehnte sich nach der großen weiten Welt.

Ich erinnerte mich, wie ich Shirley vor drei Jahren zum ersten Mal das Kaff gezeigt hatte. Damals wollte ich unbedingt Kathrin über den Weg laufen. Sie sollte sehen, dass ich, obwohl sie damals im Kino die Hand weggezogen hatte, nach einigen Umwegen doch noch glücklich geworden war. Oder nein, ich hatte ihr zeigen wollen, dass SIE hätte glücklich werden können, wenn sie mit mir abgehauen wäre aus dem Kaff. Aber mit hoher Wahrscheinlichkeit stimmte das gar nicht.

Wir sprachen noch eine Weile über alte Zeiten, doch ich hörte mir selbst nicht mehr zu. Irgendwann fand ich glücklicherweise Stefan wieder. Wir setzten uns etwas abseits auf zwei Küchenstühle, und ich erzählte ihm von der Filmszene auf der alten Videokassette.

»Das ist aus *Amarcord* von Fellini.«

»Echt? Kann mich gar nicht erinnern, den mal ganz gesehen zu haben.«

»Dann solltest du ihn dir mal anschauen. Ich finde, das ist sein bester. Und ich hab viele seiner anderen Filme erst verstanden, nachdem ich diesen gesehen hatte. Da ist mir klar geworden, dass seine Vorliebe fürs Groteske biografische Gründe hat.«

»Tja, sollte ich wohl mal auffrischen, meinen Fellini. Durch diese Szene hab ich, glaub ich, erst verstanden, was Heimat bedeutet.«

»Dafür brauchst du einen Film?«

»Na ja, kommt dir das hier nicht auch alles wie ein Film vor? Auf mich wirkt dieser Abend schon sehr inszeniert. Dass ich Ute und Kathrin treffe und so. Kennst du *Synecdoche, New York* von Charlie Kaufman? Der ist in Deutschland nie angelaufen. Da geht's um einen Theaterregisseur, der von seiner Frau verlassen wird, weil sie das Gefühl hat, er habe sich bei der Inszenierung der Werke anderer selbst vollkommen aufgegeben. Daraufhin beschließt er, ein ganz und gar persönliches, wahrhaftiges Werk zu erschaffen. Er arbeitet mit einer riesigen Truppe, zu der auch Leute gehören, die in seinem Leben eine große Rolle spielten – und deren schauspielernde Doppelgänger. Siebzehn Jahre oder so verschanzt er sich mit denen in einer alten Lagerhalle und baut da Teile seines Lebens nach. Na ja, eigentlich baut er ganz New York nach. Und in dem nachgebauten New York steht natürlich dann auch wieder diese Lagerhalle. Und in der nachgebauten Lagerhalle muss sich natürlich wiederum ein nachgebautes New York mit Doppelgängern der Doppelgänger befinden. Und so weiter und so weiter.«

»Irre. Hab ich nie von gehört.«

»Tja, und das ist ziemlich verwirrend, weil man nie genau weiß, was Realität ist und was Simulation – oder besser: gedoppelte, gedrei-, gevierfachte Realität.«

»Hab heut im Radio gehört, dass es Physiker gibt, die ganz fest an ein Paralleluniversum glauben. Du weißt ja, die arbeiten immer noch daran, Quantentheorie und Relativitätstheorie zusammenzubringen. Und da haben sie nun eine Formel gefunden, die nicht nur dieses Universum beschreibt, sondern eine Vielheit von Universen. Und daraus schließen sie, dass es in einem anderen Raum, in einer anderen Zeit oder was noch Parallelwelten geben muss, die bis auf ein paar Winzigkeiten genauso sind wie unsere. Da kannst du deinen Doppelgänger finden.«

»Weißt du was? Genau das denke ich jedes Mal, wenn ich nach Hause zu meinen Eltern fahre.«

Als wir aufschauten, stellten wir fest, dass alle anderen längst nach draußen geeilt waren, um das neue Jahr zu feiern.

*

Als ich auf dem Heimweg auf mein Telefon schaute, hatte ich fünf entgangene Anrufe. Alle von Shirley. Ihr erstes Lebenszeichen seit fast zwei Monaten. Sie hatte eine Nachricht auf meiner Mailbox hinterlassen. Doch dort war nur ein wummerndes Geräusch zu hören. »Bumm ... bubum .... bubum ... bubububumm ... bumm ... bumm.« Wie der unregelmäßige Herzschlag eines schlafenden Riesen. Dahinter hörte man Stimmen, Menschen, die sich unterhielten, schrien, lachten. *Mortal life – afterlife*, dachte ich und lief mit einem Schlenker am Friedhof vorbei – sollte ich dem Männlein erzählen, dass sein Mörder schon längst auf seinem Buckel saß? – durch den Morgennebel nach Hause.

Fünfzehn

Als ich am Morgen des 3. Januar um sechs Uhr mit dem Rad zu unserer Wohnung fuhr, holte mich erneut die Vergangenheit ein. Eine jüngere allerdings als die im Kaff. Noch am Tag zuvor auf der Rückreise war die Trennung von Shirley weit weg gewesen. Doch durch das Viertel zu fahren, das einmal unser Zuhause gewesen war, trieb mir die Tränen in die Augen. *Round and round, up and down, through the streets of your town.*

Ein Lkw mit Berliner Kennzeichen stand vor der Haustür. Die Umzugshelfer hatten am Vortag eine komplette Wohnung von der Hauptstadt nach München-Sendling umgezogen und die Nacht im kalten Fond des Lastwagens verbracht. Ich ließ die multinationale Truppe – ein Türke, ein Inder und ein Russe, der mich, vielleicht ob meines Familiennamens, zunächst misstrauisch beäugte – ins Haus, erklomm die breiten, flachen Treppenstufen zum vierten Stock und führte sie durch die Wohnung.

»Also, ihr räumt alles aus den beiden hinteren Räumen in die Kisten, und ich mache Frühstück. Irgendwelche Wünsche? Isst jemand kein Schweinefleisch?«

Dann ging ich zu unserem Bio-Bäcker und kaufte ein, während die drei sich warm arbeiteten. Um halb neun machten sie Frühstückspause – sie wollten erst alles verstaut haben.

»Macht ihr das immer so, ich meine, quer durch Deutschland und dann im Lkw pennen?«

»Wir bechommen Geld für Chotel«, erklärte Dimitri, der Russe. »Aber nix genug. Davon wir kaufen Schnaaaps.«

Alle drei fingen an zu lachen. Mit Schnaps funktioniert die Völkerverständigung also allerbestens, dachte ich und hatte zugleich ein schlechtes Gewissen.

Nach dem Frühstück fuhren wir gemeinsam zu meiner neuen Wohnung, und ich erklärte meinen verdutzten internationalen Freunden, sie sollten alles – bis auf den Fernseher und die Matratze – so gut es ging in einem kleinen Kellerabteil verstauen. Eine Dreiviertelstunde später fuhren sie zum nächsten Umzug, der noch am gleichen Tag von Bogenhausen nach Berlin gehen sollte.

*

Von der Küche schaue ich auf eine riesige Baustelle, die zu Beginn, als kleine Männchen mit gelben und blauen Helmen weit unten in der Baugrube herumliefen, die charmante Anmutung der ewigen Doozer-Baustelle bei Jim Hensons *Fraggles* hatte. Doch mittlerweile ist der riesige Bürokomplex einigermaßen hochgezogen, und mit jedem Meter, den sich das Gebäude der Höhe meiner Wohnung im vierten Stock nähert, werden Geräusche und Anblick uncharmanter.

Daniel Humbert hatte einige Sachen zurückgelassen. Eine Kommode, die Kücheneinrichtung, den ledernen Zweisitzer und die hässlichen Deckenleuchten in jedem Raum. Vielleicht war in der Wohnung seiner Schwester nicht genügend Platz für seinen Krempel. Oder das alles stammte schon von seinem Vormieter oder einem der noch früheren Ex-Bewohner, die mitgeholfen hatten, aus einer strahlend weißen Badewanne einen stumpfen grauen Kalkeimer zu machen und die Backofenwände mit verkohlten Fertigpizzaresten zu imprägnieren. Jeder von ihnen ein monadischer Nomade, der alle paar Monate die Stadt wechselt und seine Billigmöbel nicht mitschleppen mag. Diese Wohnung ist ein Flüchtlingslager, dachte ich. Das Da-Da-Da-Sein.

Doch wie sollte ich mir diese Dinge in nächster Zeit zu eigen machen, wo sie doch von all den Menschen erzählten, die sie schon in Gebrauch hatten? Die Gegenstände im Keller dagegen berichteten von glücklicheren Zeiten an dem ein oder anderen freundlicheren Ort.

*

»Ja, hallo?«

»Guten Morgen, Herr Dudek, hier ist das Service-Zentrum des Interessenverbundes der *Bayerischen Allgemeinen* und des *Unabhängigen Mittelbayerischen Feldboten*.«

»Wie bitte?«

»Seit dem 1. Januar bringen die *Bayerische Allgemeine* und der *Unabhängige Mittelbayerische Feldbote* eine gemeinsame Tageszeitung heraus. Mit gebündelter Kompetenz für eine große Meinungsvielfalt – die *BA-UMF*. Herzlich Willkommen in Ihrer neuen Wohnung.«

»Woher wissen Sie …«

»Sie haben kürzlich Ihr Abo gekündigt.«

»Äh, ja, ich weiß.«

»Wollen Sie es sich nicht noch einmal überlegen?«

»Nö, wieso?«

»Ich mach Ihnen ein Angebot. Sie bekommen von uns einhundert Euro überwiesen und können ein Geschenk auswählen.«

»Äh, was?«

»Die CD *Es geht voran* mit den besten Liedern aus dem Jahr 1949, ein formschönes Schreibset der Marke Birobüro oder ein Kofferset der Marke Eigenbau. Sie erhalten die *BA-UMF* außerdem zum Vorzugspreis von zwölf Euro dreiundfünfzig vier Monate lang kostenfrei ins Haus geliefert.«

»Eh? Ähm, danke, kein Interesse.«

»Waaas?«

»Ich will nicht.«

»Überlegen Sie es sich ruhig noch mal, das ist ein einmaliges Angebot.«

»Nein, danke.«

»Warum nicht?«

»Weil ich keine Lust mehr auf Ihre Zeitung habe?«

»Wieso nicht, wenn ich fragen darf?«

»Weil Sie hier den billigen Jakob machen. Und ich mich frage, wie Sie erst mit Werbekunden, Politikern und irgendwelchen Lobby-Typen umgehen, wenn Sie sich schon bei Ihren Lesern, pardon, ehemaligen Lesern, so ranschleimen.«

»Aber das machen doch ALLE so. Wir leben halt in schwierigen Zeiten.«

»Stimmt. Aber warum schreiben Sie das nicht einfach mal? Natürlich nicht Sie persönlich im Call-Center. Aber, Sie wissen schon. Sagen Sie denen doch mal, dass die schreiben sollen: Uns geht es so dreckig, dass wir die Leute bestechen müssen, uns zu lesen. Das System ist im Arsch, wir können uns keine unabhängige Presse mehr leisten. Wenn Sie das ändern wollen, spenden Sie Geld und bringen Sie Ihren Bälgern das Lesen bei.«

»Also, wissen Sie …«

»Ja, was?«

»Ich danke Ihnen für das Gespräch. Auf Wiederhören.«

*

Anne war meine erste Besucherin in der neuen Wohnung. Sie kam mit einem Blumenstrauß und in schweren Wanderschuhen die Treppe hinaufgestapft.

»Tommylein, was ist denn mit deinen Haaren passiert? Wie geht es dir?«

»Oh, was für eine Überraschung! Ja … ähm … Haare ab, sonst unverändert.«

»Und? Wie war's zu Hause?«

»Sah alles noch aus wie immer, nur mit dem Unterschied, dass da jetzt alle glücklich sind.«

»Na, ist doch super! Hier, hab dir ein paar Blumen mitgebracht, damit das Leben wieder bunter wird.«

»Oh, hm, danke. Ich hab gar keine Va…«

»Du siehst aus wie zwölf mit den kurzen Haaren. Vielleicht hätte ich dir besser 'ne Packung Schokolinsen mitgebracht.«

»Und du klingst, als hätten sie dich die letzten zwanzig Jahre nicht mehr aus dem betreuten Wohnprojekt rausgelassen. Zwölfjährige konsumieren heutzutage harte Drogen, keine Schokolinsen.«

»Wo haste denn deine ganzen Möbel?«

»Im Keller.«

Ich stellte die Blumen in eine Kaffeekanne, die noch auf dem Küchentisch stand.

»Hier sieht's ja aus! Als wärste noch gar nicht richtig angekommen.«

»Doch, doch, die Wohnung ist das perfekte Abbild meiner Seele.«

»So kahl und dreckig ist die? Oh boy. Und ich dachte, nur das Herz sei eine miese Gegend.«

»Na ja, immerhin die Fenster sind sauber.«

»Die Fenster? Meinst du diese dunklen Flecken an den weißen Wänden?«

»Nein, die Fenster meiner Seele. Die werden mehrmals täglich bewässert.«

»Du sprichst in Rätseln.«

»Meine Augen, Mann.«

»Deine Augen? … Aaaaaah, verstehe. Tommylein hat sich mal wieder komfortabel im Selbstmitleid eingerichtet.«

»Ich habe nie ein wildes Tier gesehen, das Selbstmitleid empfand. Ein Vogel, der erfroren ist, wird tot von seinem Ast fallen, ohne jemals Selbstmitleid empfunden zu haben.«

»Was?«

»D. H. Lawrence, *Selbstmitleid*. Hab ich aus *Die Akte Jane*. Der lief gestern Nacht im Fernsehen. Viggo Mortensen zitiert das da.«

»Oha. Vielleicht solltest du dir das Filmplakat besorgen und es hier aufhängen.«

»Nee, nee – von toughen Frauen hab ich erstmal genug.«

»Armes Hascherl. Sollen wir ein paar Sachen aus dem Keller holen und es dir hier schönmachen?«

»Bloß nicht. Ich will das alles nicht sehen. Das erinnert mich zu sehr an … na ja, du weißt schon.«

»Und deine sauberen Klamotten? Erinnern die dich auch zu sehr an … naja, du weißt schon? Du kannst doch nicht ewig in diesem Schlafanzug rumlaufen. Ich hoffe übrigens, das sind Joghurtflecken.«

»Nein.«

»Nein?!«

»Dressing.«

»Dressing? Dress-up, young man!«

»Wollte ich ja. Schon lange. Aber bei jedem Kleidungsstück muss ich daran denken, wann ich es zuletzt getragen habe. Mir fällt ein Essen mit Shirley ein oder ein Konzert, ein Kinoabend. Ich kann das nicht, ich will das nicht, ich …«

»Komm mal her. Hey, was ist denn los mit dir?«

»Ich weiß nicht, ich bin … ich hab einfach … ach, keine Ahnung.«

»Du musst erstmal ein bisschen zur Ruhe kommen, hm? Hast du dir schon Gedanken gemacht, wie du weitermachen willst?«

»Nein, keine Ahnung.«

»Was ist mit deiner Selbständigkeit? Du hattest da doch schon ein Konzept.«

»Naja, der Typ vom Journalistenverband hat doch etwas skeptisch geguckt, als ich ihm meinen Businessplan vorstellte.«

»Du machst das schon. Was haste denn vor?«

»Ein Magazin. Es soll *Rust* heißen. Nach Matthias Rust, dem Typen, der damals mit seiner Cessna auf dem Roten Platz gelandet ist.«

»Aha …«

»Diese Aktion soll quasi so eine Art Metapher sein für das, was wir – also, falls wer mitmacht – vorhaben. Mit kleinem Gerät in feindlichen Kontexten landen …«

»Bitte, was??«

»Siehste, jetzt rümpfst du auch die Nase.«

»Hat der Rust nicht eine Krankenschwester mit dem Messer niedergestochen?«

»Hat er?«

»Ich glaube schon.«

»Irgendwie kommt mir das jetzt, wo du es sagst, auch bekannt vor. Aber das war aus Eifersucht.«

»Na und? Ist das etwa 'ne Rechtfertigung?«

»Nicht?«

»Nein.«

»Oh, okay.«

»Vielleicht brauchst du mal wieder 'ne Dame, die dich ein bisschen runterholt – no pun intended. Ich wüsste da vielleicht wen.«

»Sei mir nicht böse, aber in den letzten Monaten hat deine Reputation als Kupplerin bei mir etwas gelitten. Vielen Dank.«

Sechzehn

Als hätten sie sich abgesprochen, kam am nächsten Tag Ben die Treppe hinaufgekeucht. Er hatte ein bisschen Gewicht verloren, was ihm eigentlich ganz gut stand. Er trug andere Klamotten als sonst, irgendwie bunter, und eine Sonnenbrille auf dem Kopf. Das wiederum sah absolut lächerlich aus. Außerdem war Januar! Als er mir schließlich gegenüberstand, bemerkte ich ein seltsames Muster auf seinem Gesicht. Als sei er auf irgendwas Unbequemem eingeschlafen. Tatsächlich gähnte er.

»Na, schon eingefurzt, die neue Wohnung?«

Er ging an mir vorbei hinein. Schaute sich um.

»Äh, ja.«

»Sieht noch 'n bisschen kahl und unwohnlich aus, wmasowill. Schicke Garderobe haste da an. Wie nennt man das? Freizeitanzug an Salatsoße?«

»Sehr witzig. Was machen die Kinder?«

»Keine Ahnung, hab sie sozagn länger nicht gesehen.«

»Was? Schon wieder Mutter-Kind-Urlaub oder wie?«

»Nee, wir haben sozagn eine kleine ... Pause eingelegt, wmasowill.«

»Hm? Ist mir neulich, als ich bei euch wohnte, alles schon etwas komisch vorgekommen. Glücklich warst du jedenfalls nicht. Ehekrise?«

»Wmasowill, ja. Ein ziemliches Auf und Ab war das in den letzten Wochen.«

»Inwiefern?«

»Hm ja, ich hab da sozagn schon länger was laufen. Mit einer Studentin ...«

»Tatsächlich? Davon haste aber neulich nix erzählt.«

»Ich weiß. War auch nix Ernstes, wmasowill. Ich dachte, super, hab ich mir sozagn verdient. Der Job läuft, die Familie wächst und gedeiht, und das andere läuft halt so nebenher. Nichts Ernstes, wie gesagt. Und als sie dann ein halbes Jahr im Ausland war, hab ich gemerkt, dass da wohl doch mehr ist, wmasowill. Dann kam sie zurück – und wenig später war sie sozagn schwanger.«

»Waaaaas?«

»Ja, das hab ich kurz vor Weihnachten erfahren. Und ich war gar nicht schockiert. Eher erleichtert, wmasowill. Ich dachte, das gibt mir sozagn die Möglichkeit, mit ihr neu anzufangen.«

»Ja ja, schon klar.«

»Nee, echt jetzt. Ich mein, ich liebe meine Frau und meine Kinder. Aber da fehlt sozagn was, und Florence hat das alles irgendwie, wmasowill.«

»Eine Frau für jede Tonart.«

»Was?«

»Na, es gibt doch diesen Film, wo Katja Riemann diese Frau spielt, die zwei Liebhaber hat, und dann wird sie schwanger und so.«

»Nie gesehen. Jedenfalls hab ich dann Johanna alles gebeichtet und Weihnachten sozagn mit Flo verbracht.«

»Ich fass es nicht!«

»Das war erst total schön, wmasowill. Wir haben die Feiertage und die Woche danach zusammen rumgehangen – aber irgendwann ging's mir sozagn total auf die Nerven, dass sie immer von ›unserer kleinen Familie‹ redete, und ich dachte, ich hab doch schon eine kleine Familie, wmasowill. Was soll ich denn sozagn mit ZWEI kleinen Familien?«

»Mannmannmann.«

»Das kannste laut sagen.«

»MANNMANNMANN.«

»Korrekt.«

»Und jetzt?«

»Keine Ahnung, die letzte Nacht hab ich sozagn im Auto verbracht. Ich trau mich nicht, nach all dem zu Johanna zurückzugehen. Aber zu Flo mag ich auch nicht mehr.«

»*Who'll rock the cradle when I'm gone?*«

»Hm?«

»Dock Boggs.«

»Ach so.«

»Weiß die Kleine, also ... Flo, weiß die das?«

»Nee. Ich hab gesagt, ich müsste jetzt sozagn arbeiten und so.«

»Willst du ein paar Tage hier pennen?«

»Nee, ich komm schon klar. Abgesehen davon, würde mich eine solche Junggesellenbude jetzt total runterziehen, wmasowill.«

»Weil du dich nach deiner kleinen, pardon, nach deinen zwei kleinen Familien sehnst?«

»Ich weiß doch auch nicht. Ich meine, beim ersten Kind dachte ich, wahrscheinlich hast du sozagn deinen Platz im Leben gefunden. Beim zweiten kamen dann schon erste Zweifel, wmasowill, und als Johanna dann – vollkommen ungeplant – zum dritten Mal schwanger wurde, dachte ich, vielleicht gibt es so was gar nicht wie einen Platz im Leben. Oder es gibt sozagn mehrere Plätze im Leben.«

»Und jetzt hast du schon mal ...«

»Oh Mann. Ich werde im nächsten halben Jahr zwei Mal Vater, von zwei Frauen. Unvorstellbar eigentlich, wmasowill.«

»Wann ist es bei Johanna denn so weit?«

»Dauert nicht mehr lange.«

»Möchtest du eigentlich 'nen Kaffee oder so?«

»Nee lass mal. Ich wollte nur mal kurz 'ne sozagn Stippvisite machen. Ich muss jetzt ... ach, ich weiß auch nicht. Irgendwohin halt. Zu Johanna oder zu Flo oder zu beiden.«

»Tja, da weiß ich auch nicht weiter. Es gibt jedenfalls nichts Schlimmeres als depressive Mütter, das kann ich dir sagen.«

»Ach, Johanna kommt schon klar, wmasowill. Vielleicht sollte ich mich eher um die Kleine kümmern, die braucht mich gerade vermutlich mehr. Und ich sie sozagn auch.«

»Na dann, alles Gute.«

»Ja, danke.«

Siebzehn

In den nächsten zwei, drei Wochen wagte ich mich nicht weiter aus der Wohnung als bis zum türkischen Lädchen um die Ecke, wo ich Bier, Martini, Wein und Wodka kaufte, um damit meine innere Leere aufzufüllen, und zum Mexikaner im Erdgeschoss, wo ich schon nach wenigen Tagen wie ein Stammgast behandelt wurde.

Die meiste Zeit saß ich vor dem Rechner und surfte durch soziale Netzwerke, um nicht zu vereinsamen. Pro Tag schloss ich etwa ein Dutzend neue Freundschaften und verliebte mich drei bis vier Mal. Gegen Mittag hatte ich mich meist schon impotent gesoffen. Nachts wälzte ich mich auf meiner Matratze unruhig zwischen Stapeln angefangener Bücher, deren Sätze sich in mein Hirn fraßen wie Ohrwürmer. *Je älter ich werde, desto mehr Fragen habe ich, desto mehr denke ich alles in Frageform. – Ob es Gott gibt, wenn es einmal kein menschliches Hirn mehr gibt, das sich eine Schöpfung ohne Schöpfer nicht denken kann, fragt sich Herr Greiser. – The moon / is Hamlet / on a motorcycle / coming down / a dark road. – Unter ihm tote Wurzeln/ über ihm fallendes Blattwerk. – Ebensowenig wie damals tröstet dich das Wissen, daß mit der Tageshelligkeit, dem Moment, da du im Kreis der Leidensgenossen am Ring stehen wirst, plötzlich alles nicht mehr so tragisch und unüberwindlich erscheinen wird. – Die Ethik verbindet also unter dem Imperativ »Weitermachen!« eine Quelle des Unterscheidens (sich nicht von den Trugbildern einnehmen zu lassen), des Muts (nicht nachzugeben) und der Zurückhaltung (sich nicht den Extremen der Totalität hinzugeben).*

Kathrin hatte eines meiner Online-Profile ausfindig gemacht. Wir tauschten manchmal Nachrichten aus. Sie berichtete in einer fremden, mir aber sehr vertrauten Sprache aus dem Kaff, ihrem Leben dort. All diese Wendungen, die man nur in diesem Landstrich kennt, all die emphatisch in Versalien geschriebenen Adverbien, die doppelten und dreifachen Ausrufe- und Fragezeichen! In ihren Nachrichten, so schien es mir damals, war das ganze Leben enthalten, das mir vor langer Zeit verlorengegangen war. Wir flirteten ein bisschen, ich verliebte mich wieder in sie.

*

Es jagte mir einen wohligen Schauer über den Rücken, als mir mein Vater berichtete, Kathrin sei mit den Kindern aus dem gemeinsamen Haus ausgezogen. Ich schrieb ihr sofort eine Mail, doch als Antwort bekam ich nur eine Fehlermeldung:

»Diese E-Mail-Adresse ist leider ungültig. Sorry, this email adress is not valid.«

*

Als ich von einer Guy-Maddin-Retrospektive im nur zehn Fußminuten entfernten Programmkino las, raffte ich mich auf, zwängte mich in einen uralten, viel zu engen Anzug meines Vaters, den ich schon als Student manchmal getragen hatte, und verließ die Wohnung, um mir in der Spätvorstellung *The Saddest Music In The World* anzusehen. Anschließend lief ich noch lange Zeit durch die stille Nacht, die wackligen, flackernden Filmbilder im Kopf. Und Isabella Rossellinis Stimme.

»*If you're sad and like beer, I'm your lady.*«

Jede Wohnung, in die ich schaute, sah vertrauter und heimeliger aus als meine. Und auch die mit traurig zur Seite geneigten Lenkern verwaist an der S-Bahn-Haltestelle stehenden Fahrräder der Pendler wiesen auf zig glücklich angetretene Heimwege, auf warme Stuben und sich liebende

Paare hin. Die wenigen Menschen, denen ich begegnete, waren alle schön. In ihren Augen konnte ich Dinge sehen, nach denen ich mich sehnte.

Als ich mit vor Sehnsucht voller Brust meine immer noch fast leere Wohnung erreichte, ließ sich die Tür nur mit großer Anstrengung einen Spaltbreit öffnen und gab dabei ein schleifendes Quietschen von sich. Ich stutzte und versuchte, mich zu bücken, um nach der Ursache zu forschen, was aufgrund der hintenherum viel zu knappen Anzughose ein riskantes und beschwerliches Manöver war. Ich merkte, wie die Gesäßnaht spannte, knarzte, wie das U-Boot aus Wolfgang Petersens Film, als sie die Tauchtiefe austesten, bis mein Hosenboden sich mit einem Ratsch teilte wie das Meer vor Moses. Ich versuchte, den Riss mit der rechten Hand zusammenzuhalten und inspizierte zugleich den Spalt Linoleum zwischen Tür und Fußmatte. Er war von drei weißen Streifen durchzogen. Ich fuhr mit der linken Hand darüber, was mich aus dem Gleichgewicht brachte, so dass ich kurz meine Rechte vom Hosenbodenriss nehmen musste, um die Balance durch ein ausgleichendes Armrudern zu halten. Als ich schließlich wieder auf die zu untersuchende Bodenstelle schaute, waren die weißen Streifen beinahe verschwunden. Meine linke Handfläche schien jedoch im Licht des Flures zu glitzern. Aus der Kuppe des Ringfingers floss Blut.

Ich verwischte es mit dem Daumen, doch die Blutung wurde stärker. Ich nahm – den Hosenboden nun vernachlässigend – ein Taschentuch aus meiner Anzugjacke und knüllte es um den verletzten Finger. Dann stand ich auf, hob die Tür ein bisschen an. So ließ sie sich leichter öffnen. Das schleifende Quietschen war nur noch ein leises Schleifen. Ich tastete nach dem Lichtschalter in der dunklen Wohnung. Der ganze Flur lag voller Scherben. Ich hob den Blick und schaute auf eine schwarze Plastikhalterung, aus der eine viel zu hell leuchtende Glühbirne mir in die Augen stach. Durch die offene Badezimmertür sah ich, dass auch dort die weißen Fliesen von Scherben übersät waren. Ich schob die größten mit dem Fuß beiseite. Dann bahnte ich mir unter Knirschen den Weg zur Küche. Ebenfalls voller Scherben. Auch hier fehlte die Milchglaskuppel der Deckenlampe. Ich hielt inne. Lauschte. Doch alles war still. Wie nach einem schweren Unfall. Einer Katastrophe mit vielen Toten. Eine alles an sich ziehende Lautlosigkeit. Ein schwarzes Loch der Stille.

Als ich die Schockstarre überwunden hatte, holte ich Feger, Müllsack und Kehrblech aus dem Wandschrank im Flur. Nach etwa einer Viertelstunde hatte ich alle Scherben zusammengekehrt. Ich ging zum Fenster und öffnete es.

Alles war noch ruhig. Draußen graute der Morgen. Ein paar einen Block weiter über die Landsberger Straße fahrende Autos konnte man hören. Die feinstaubdurchzogene Großstadtluft war so kalt, dass man hätte meinen können, sie sei frisch. Ich schloss das Fenster und setzte mich wieder. Bald würden meine Nachbarn erwachen, fremde Menschen, die fremde Schlüssel in fremde Schlösser steckten, fremde Wasserhähne aufdrehten, sich in bayerischem Dialekt oder einer anderen fremden Sprache stritten. Mittlerweile hatte ich mich einigermaßen daran gewöhnt, aber in den ersten Wochen in dieser Wohnung schienen diese Geräusche von Tag zu Tag lauter und lauter zu werden und drohten mein eigenes Dasein zu übertönen.

Ich setzte einen Kaffee auf, ging ins Wohnzimmer und legte mich auf die Couch.

Als ich das nächste Mal aufschaute, war es taghell und roch nach verbranntem Kaffee. In meinem Kopf spukten noch ein paar Traumbilder umher. Eine nackte Frau, auf den rechten Arm gestützt, im Bett. Beine und Scham bedeckt. Ihr lockiges Haar kurzgeschnitten, ihre Haut weiß, ein kleines, niedliches Bäuchlein, das unter der Decke hervorlugte. Sie hatte schöne, weiche Brüste, die leicht nach unten schauten. Ihre Nase zeigte keck nach oben. Sie sah auf das weiße Laken, das in warmem Licht leicht gelblich schimmerte, und lächelte. Doch sie wirkte verschlossen dabei. Das war eindeutig Katja Riemann.

Ich versuchte, den Traum zu rekonstruieren. Wir hatten im Bett getobt, auch ich war nackt, spürte ein Ziehen im Unterleib. Nach einigem Herumgetolle lag sie auf mir, wir küssten uns, und ich merkte, wie meine Erektion langsam zurückging. Das war auch ihr nicht entgangen.

»Liegt's an mir? Findest du mich irgendwie unattraktiv?«

Ich wollte verneinen, brachte aber kein Wort heraus. Versuchte den Kopf zu schütteln, doch der lag in einem schweren Kissen und ließ sich kaum bewegen.

»Hast du ein Problem damit, dass ich älter bin als du?«

Wieder konnte ich nicht antworten. Sie rollte sich genervt von mir ab, starrte an die Decke und seufzte. Ich stand auf, ging zum halboffenen Fenster und hörte, wie im dunklen Hof der Regen auf Gartenmöbel und Sonnenschirme plätscherte.

Mit den Gedanken zurück in der Wirklichkeit reckte ich mich, stöhnte, gähnte und ging Richtung Wohnungstür. Als ich in den Hausflur trat, umwehte mich hintenrum ein kühler Luftzug.

»Ach ja, die Hose. Stimmt ja.«

Ich ging zurück in die Wohnung, öffnete im Schlaf- und Wohnzimmer einen Koffer, suchte nach einer sauberen Jeans, fand keine, zog stattdessen meine hellgrüne Schlafanzughose an, schlüpfte in meine Birkenstocks und verließ die Wohnung, um nach der Zeitung (sie hatten mir am Telefon doch wieder ein kostenloses Probe-Abo angedreht) zu sehen. Sie schaute nicht mehr aus dem Briefkasten im Erdgeschoss heraus. Ein Zeichen dafür, dass auch der Postbote schon da gewesen sein musste. Das hieß, es war bereits Mittag. Neben der *BA-UMF* fischte ich tatsächlich noch einen Brief aus dem Fach. Ich las ihn zum ersten Mal im Aufzug, dann im Wohnungsflur stehend, auf dem braunen Zweisitzer sitzend. Immer wieder. Fassungslos.

Lieber Thomas,

bevor du es von jemand anderem erfährst, möchte ich dir schreiben, dass Marco und ich im Frühjahr heiraten werden. Ich weiß, was du jetzt denkst, aber versuch einfach, es zu akzeptieren. Wir hatten, was wir hatten, doch wenn du ehrlich bist, war das das letzte Jahr über nicht mehr besonders viel. Wir waren doch eigentlich nur noch aus Gewohnheit und Bequemlichkeit zusammen. Uns hat schon lange nichts mehr verbunden. Halt dich nicht zu lange an der Vergangenheit fest, lass sie ruhen und schau nach vorne! Es ist Zeit für uns beide, nach neuen Möglichkeiten zu suchen, etwas zu beginnen, was eine Perspektive hat. Ich will glücklich werden, Thomas! Das wünsche ich dir auch.

Herzliche Grüße
Shirley

Das war eindeutig ihre enge, gedrungene, eckige Handschrift. Und das waren ihre Worte, das war ihr Stil. Das stimmte alles. Aber die Geschichte, die in und zwischen diesen Zeilen stand, stimmte nicht. Wie wäre ich wohl auf die Idee gekommen, ihr einen Heiratsantrag zu machen, wenn uns nicht mehr verbunden hätte als die Bequemlichkeit? Ich las den Brief immer und immer wieder und konnte es nicht fassen. Sie versuchte, mir unsere gemeinsame Geschichte zu stehlen.

Achtzehn

Anne kam in dieser Zeit oft vorbei. Meist brachte sie mir Tupperware mit einem gekochten Gemüse. Ihre fürsorgliche Seite hatte ich bis dahin nicht gekannt. Sie war immer recht unverbindlich und schwer zu fassen gewesen. Obwohl wir in der Vergangenheit viel Zeit miteinander verbracht hatten, war es mir doch immer vorgekommen, als kennten wir uns nur flüchtig. Seitdem Shirleys Brief gekommen war, wartete ich beinahe sehnsüchtig auf sie, meine einzige Verbindung zur Außenwelt. Es dauerte zwei Tage, bis es an meiner Tür klingelte. Ich ächzte mich aus der Schneidersitzhaltung in die Aufrechte, stieß mit einem Fuß gegen einen Umzugskarton und öffnete Anne jammernd.

»Wasn mit dir los?«

»Ach, im Moment läuft alles schief.«

Wir umarmten uns – wie mir schien, einen Moment länger als nötig.

»Du humpelst ja.«

»I got my Movo workin'.«

»Was? Movo?«

»Movo ist holländisch. Das bedeutet schlimme Füße.«

Sie schüttelte den Kopf, deutete auf die kuppellosen Lampen.

»Machst du jetzt auf armer Poet?«

»Ja, ich warte nur noch auf die Leute mit dem Laub.«

»Laub?«

»Na, so wie Kinski. Der hat sich doch mal seine Kemenate auf einem Dachboden in Schwabing – in der Görrestraße, glaube ich – knietief mit Laub ausgelegt und ist nackt darin herumgewatet. Wochenlang hat der da so gehaust.«

»Wenn du das mit dem Laub machen willst, sag aber vorher Bescheid, damit ich vorbereitet bin.«

»Wir könnten hier zusammenleben. Nackt. Im Laub.«

»Ganz genau. Klar. Ich fürchte, du musst fürs Erste mit den nackten Glühbirnen vorliebnehmen. Haben dir diese Glasdinger nicht mehr gefallen?«

»Nein, äh, also … die sind zu Boden gedonnert.«

»Einfach so?«

»Keine Ahnung. Eines Abends kam ich heim, und alles war voller Scherben.«

»Seltsam.«

»*Licht zerfällt in Dunkelheiten. Zeit in meinen Kopf zu sehen. Warte schon seit … Ewigkeiten … Auf den Sinn, mich zu verstehen.*«

»Von wem ist das nun wieder? Ingeborg Bachmann?«

»Katja Riemann.«

»Wie bitte?«

»Ja, der Text eines ihrer Lieder.«

»Die hat Lieder gemacht?«

»Ja, klar. Schon ein paar Platten. Auf dem Cover von der, auf der dieses Lied drauf ist, ist sie nackt.«

»Brrrr…«

»Die Platte heißt wie dieser französische Film, in dem Romy Schneider eine erfolglose Schauspielerin spielt, die für Nacktfotos posiert. Ihr Mann ist manisch-depressiv oder so, und sie fängt dann was mit dem Fotografen an. Da hat der Kinski auch 'ne irre Rolle als deutscher Schauspieler.«

»Von wann isn der?«

»Anfang, Mitte der Siebziger. Heißt auch irgendwas mit Fotografie. Blitz … Objektiv … Blende … *Nachtblende*, genau! So heißt, wie gesagt, auch die Katja-Riemann-Platte.«

»Du machst mir Angst.«

»Wieso?«

»Na, Katja Riemann – ich kenn die noch aus den Neunzigern, da war die in jedem Film schwanger und hatte trotzdem noch 'ne Mordskarriere. Powerfrau nannte man das damals. Ach ja, und immer Ärger mit den Männern. Die waren immer alle ein bisschen belämmert.«

»Mhm.«

»Magst du die etwa?«

»Ähm, also … nun ja, ich …«

»Das ist schon so 'ne Zicke, oder? Und tough, mein Gott war die tough. Immer die starke Frau markieren. Und die Betonung liegt auf stark. Obwohl sie schon auch weiblich war, ganz hübsch sogar eigentlich … Jetzt, wo ich drüber nachdenke, sie war ein bisschen wie Shirley, oder?«

»Ich bitte dich … Shirley war doch ein ganz anderer Typ. Das Gegenteil eigentlich.«

»Ich mein jetzt nicht äußerlich, ich mein die Art. Dieses Dominante und Neurotische, dieses Unbefriedigtsein, was die Riemann in ihren Filmen hat.«

»Findste?«

»Total.«

»Ich weiß ja nicht.«

»Ich aber … Wann ist denn das passiert mit den Lampen?«

»Vor zwei, drei Tagen.«

»Und das soll jetzt so bleiben, oder was?«

»Ja, was sonst?«

»Äh, Baumarkt? Neue Lampen?«

»Ich kann das nicht.«

»Was? Zum Baumarkt gehen?«

»Nein. Die Dinger anbringen. Ich müsste ja diese Plastikhalterungen da oben abschrauben, dazu den Strom ausschalten, dann alles abklemmen, die neuen Halterungen dranschrauben, Kabel wieder anklemmen und so.«

»Wie haste das denn bisher immer gemacht?«

»Gar nicht. Mein Vater hat das gemacht. Dann Shirley.«

»Meine Güte, so schwer ist das doch nicht!«

»Ich habe zwei linke Hände. Seit meinem vierten Lebensjahr.«

»Stell dich nicht so an, Schätzchen.«

»Doch. Ich hab Angst, der ganze Schwindel fliegt auf. Es sind ja nicht nur die Lampen.«

»Welcher Schwindel?«

»Na, dass ich mich die ganze Zeit durchs Leben gemogelt habe, obwohl ich eigentlich total lebensunfähig bin. Ich kann ja nichts.«

»Na ja, dafür bist du aber doch bisher ganz gut durchgekommen.«

»Weil ich immer da gearbeitet habe, wo das nicht auffällt, wenn man nichts kann. In den Medien und so.«

»Quatschkopf.«

»Nein, ehrlich jetzt. Als wir damals mit der *Lipstick* anfingen, dachten alle, wie geil ist das denn? So ein hippes, trendiges, urbanes Magazin, absolute Vollcheckertypen.«

»Hihi.«

»Ja, du lachst, so sprach man damals. Aber in Wirklichkeit? Eine elende Koksbude war das! Ich hab das Zeug ja nicht genommen, weil ich – wieder mal – Angst hatte. Die Unschuld vom Lande und so. Aber die anderen haben sich da das Ego für ihren publizistischen Auftritt aufgeblasen, eingesogen oder was. Das waren total unsichere Leute, die keine Ahnung hatten, was sie da eigentlich tun. Aber man konnte sich verstecken hinter dem Rausch und hinter diesen Hochglanzseiten. Kannst du dich an Veruschka erinnern?«

»Ja klar, die verruchte Veruschka mit ihrer glamourösen Sexkolumne. Wie hieß die noch?«

»TREND- und Sexkolumne, bitte schön. Die hieß *Jungfernstieg*.«

»Ah, stimmt, haha.«

»Weißt du, wer sich dahinter verbarg?«

»Nö.«

»Paul Huntgeburth, ein alter Schulfreund unseres Chefredakteurs, der vorher ewig arbeitslos war. Der hat einfach nur woanders abgeschrieben.«

»Ach, echt? Und dieses sexy Foto?«

»Keine Ahnung. Ausm Internet wahrscheinlich. Das Einzige, was der Huntgeburth und die Veruschka vom Foto gemeinsam hatten, war diese laszive Zahnlücke. Bei Veruschka haben wir die reinretuschiert, und bei Paulchen war es ein Souvenir vom Betriebsausflug zum Oktoberfest. Da ist er – an einem Sonntagabend, glaube ich – mit 1860-Fans aneinandergerasselt. Dummerweise trug er aus irgendeinem Grund ein FC-Augsburg-Shirt. Ach ja, richtig! Er hatte vorher ein ziemlich knülles Mädchen, das er scharf fand, gefragt, ob sie nicht Trikots tauschen wollten. Und die hatte dieses Augsburg-Hemdchen an und bekam dafür sein T-Shirt, auf dem einer dieser lustigen Sprüche draufstand: ›Wenn ich du wär, wär ich lieber ich‹, oder so.«

»Aber du willst dich doch jetzt nicht mit diesem Huntgeburth auf eine Stufe stellen, oder?«

»Doch, natürlich. Warum nicht?«

»Das war doch eine gescheiterte Existenz! Du hattest da doch einen ganz anderen Stellenwert bei dem Blatt. Du warst doch der Feingeist.«

»So 'n Quatsch. Ich hab mir da was zusammendilettiert zu Dingen, von denen ich keine Ahnung hatte. Vermutlich hatte ich sogar weitaus weniger Ahnung von Literatur und Film und dem ganzen Krempel als der Huntgeburth von Sex und Trends.«

»Du malst dir die Dinge immer so aus, dass am Ende alles schwarz ist. Das macht dir Spaß, oder?«

»Ich glaube nicht, dass ich es mir schwärzer ausmale, als es ist. Ich meine, das würde ja auch biologisch gar keinen Sinn ergeben. Gazellen zum Beispiel rennen auch nicht bei jedem kleinsten Geräusch weg. Das würde zu viel Energie kosten. Die rennen weg, wenn ziemlich sicher ist, dass das Geräusch von einem Löwen stammt. Das ist das Ergebnis von Jahrmillionen Evolution!«

»Aber ich sehe hier weit und breit keinen Löwen oder sonst ein wildes Tier.«

»Jahaha, aber wir sind auch keine Gazellen! Wir sind Kulturwesen, und wir haben ein Gedächtnis und ein Unterbewusstsein, und unsere Handlungen haben Konsequenzen, die weit über den Moment hinausreichen. Die Gefahren schleichen sich nicht an, die suchen uns quasi heim. Aus dem Nichts! Die erwecken irgendwie den Anschein, sie lägen ruhig in der Steppe der Vergangenheit oder Zukunft rum – aber das täuscht! Die sind schon jetzt alle mitten unter uns. Und irgendwann schlagen sie zu. Zack!«

Anne schien amüsiert. Drehte sich um sich selbst, als würde sie etwas suchen.

»Ja, wo sind sie denn? Wo sind sie denn?«

»Guck mal in der Küche.«

Anne ging immer noch amüsiert den Kopf schüttelnd in die Küche, reagierte dann aber mit einem erschrockenen »Ach du Scheiße!« auf die vielen dort unter dem Tisch stehenden leeren Flaschen und kam mit dem Brief in der Hand wieder zurück.

»Hm, klingt so, als wär das für sie schon ein bisschen länger vorbei als für … naja, für dich ist es ja eigentlich noch gar nicht vorbei, stimmt's?«

»Aber da stimmt doch gar nichts! Ich hab aus dem Keller jede Menge Beweismaterial geholt. Hier guck, im Wohnzimmer.«

»Um Gottes Willen, wie sieht's denn hier aus?«

»Ich hab die ganzen Umzugskisten durchwühlt. Hier vorne ist der Stapel mit den Fotos von unserem Urlaub im Juni. Auf diesem Bio-Bauernhof in Italien, hab ich doch erzählt. Hier, guck! Da sehen wir doch glücklich aus! Schau's dir an. Na? Hm? Das ist doch offensichtlich, oder? Glücklich, oder? Oder hier, schau, wie sie lächelt. Das ist doch nicht gespielt! Wir sehen da doch glücklich aus, oder? Und hier, ihre Postkarte aus Hamburg. Von August! Das ist noch kein Jahr her, oder? Da steht: ›Ich freu mich auf alles, was wir noch zusammen erleben werden. Ich liebe dich.‹ Das ist ihre Handschrift, ihre Art zu schreiben.«

»Jetzt reg dich mal ab.«

»Was denn? Im September noch hat sie mir eine teure Ausgabe von Sartres Flaubert-Biographie geschenkt, einfach so – und ... und zwei Monate später bin ich der Idiot der Familie oder was?«

»Ich versteh schon, dass das für dich jetzt schwierig ist. Aber du wirst, so wie ich das sehe, nicht zur Ruhe kommen, bevor du die ganze Geschichte nicht auch für dich abschließt.«

»Wie das klingt – für dich abschließt. Ein abgeschlossener Roman, oder wie? Den stellt man sich dann schön ins Regal und guckt nie wieder rein, oder wie? Weißt du, das ist der Unterschied zwischen dem Leben und der Kunst. Ein Roman ist irgendwann fertig, aber ein Leben ist nie fertig. Das ist einfach irgendwann unfertig vorbei. Zack! Und bis dahin suppt alles, was man erlebt hat, die ganze individuelle Vergangenheit, immer auch unappetitlich in die Gegenwart.«

»Man kann schon neu starten, wenn man will. Wieder bei Null anfangen.«

»Du meinst wohl in Shirleys Fall eher, mit 'ner Null.«

»Du kennst den doch gar nicht. Und der kann auch nichts dafür. Das ist 'ne Sache zwischen Shirley und dir.«

»Naja, ganz so ist es ja nicht. Sie hat ja MIR geschrieben, dass sie jetzt IHN heiraten will. Das muss man sich mal vorstellen, nach drei Monaten oder was! Wir waren vier Jahre zusammen und sie hat nie ... also ... sie wollte nie ... hei... raten. Ich hab's ja versucht sozusagen ... wenn man so will jetzt ... aber ... nach drei Monaten, das ist doch ...«

»Es kommt nicht auf die Zeit an, die man zusammen ist, wenn man heiratet.«

»Sondern?«

»Naja, dass man das Gefühl hat, der andere ist der Richtige und der ist stark genug ...«

»Jaja, schon gut.«

»Außerdem – du warst ja auch schon mal verheiratet, oder? Wie lange habt ihr damit gewartet?«

»Schon gut, schon gut.«

»Passiert bei Frauen doch ganz häufig, dass eine lange Sache zu Ende geht und der Nächste wird dann mir nichts, dir nichts der Ehemann oder Kindsvater.«

»Kindsvater?«

»Nein, nicht in diesem Fall, jetzt.«

»Woher willst du das wissen?«

»Das hätte sie mir erzählt.«

»Das hätte sie dir …? Du hast Kontakt zur anderen Seite aufgenommen?«

»Wie das klingt …«

»Am Ende hat sie auch meine neue Adresse von dir?«

»Ja, kann sein. Sie hat danach gefragt.«

»Auch du, meine Schwester Anne! So falle, Cäsar.«

Ich sank theatralisch zu Boden.

»Wasn mit dir los?«

Ich rappelte mich, peinlich berührt von der Wirkungslosigkeit meiner Geste, wieder auf. Verzagt.

»Was hast du ihr erzählt – über mich?«

»Gar nichts. Ich hab vor allem zugehört. Es geht ihr nicht besonders. Ihr hat die ganze Sache ziemlich zugesetzt.«

»Und Gollum?«

»Wer ist denn Gollum?«

»Na, ihr Neuer?«

»Häh?«

»Na, wenn er nicht gewesen wäre, hätte ich Shirley geheiratet, er hat also quasi den Ring gestohlen.«

»Hihihi, sehr komisch. Aber lass den doch mal aus dem Spiel.«

»Aber er ist der wahre Aggressor. Als ich im Dezember noch mal in der Wohnung war, um ein paar Klamotten zu holen, lag schon überall sein Drehtabak rum. An allen Türen hingen Holzkreuze, und in ihrem Zimmer lagen so Wallegewänder, wie man sie von Mittelaltermärkten kennt oder was. Du lachst. Aber ich schwör's. Und im Badezimmer – man muss sich das mal vorstellen –, im Badezimmer vor dem Spiegel stand sein Deo. Moschus! Ich schwöre, Moschus!«

»Chrrhihihihi.«

»Ja, sehr komisch. Ich kam mir vor wie in diesem Grönemeyer-Song. Wie geht das noch …«

»Ich fühl mich leer und verbraucht?«

»Quatsch, nee. *Sein Pyjama liegt in meinem Bett, sein Gum in meiner Bürste steckt.«*

»Kamm. Sein Kamm in meiner Bürste steckt.«

»Kamm? Wieso Kamm?«

»Weil man Kämme in Bürsten steckt, damit sie nicht blöd rumliegen.«

»Echt? Na, jedenfalls … Ich meine, das muss man sich mal vorstellen!«

»Du bist süß, wenn du dich aufregst.«

»Das Beste hab ich dir ja noch gar nicht erzählt. In unserem Wohnzimmer stand sein Schmiedehammer! Wie so ein erigierter Schwanz! Von wegen Herr das Hauses und so. Wie so ein Scheißhund hat der sein Revier markiert. Das wär vermutlich selbst dem Grönemeyer zu dick aufgetragen gewesen. Die Flugzeuge in meinem Bauch hatten die Atombombe an Bord, und die Besatzung bestand aus Stalin, Hitler, Pol Pot und wer einem da sonst noch einfällt. Es gibt doch diesen Schlager, in dem singen sie immer *Hölle, Hölle, Hölle*. So hab ich mich gefühlt.«

»Hihihi, aufhören, aufhören!«

»Ich meine, nicht mal irgendwelche beschissenen Schlager kann man mehr hören, ohne an sie zu denken. Geschweige denn in die Stadt gehen – sogar der verfickte Friedensengel hat ihre Gesichtszüge! Vielleicht sollte ich wegziehen. In die Waldeinsamkeit.«

»Du wirst noch wahnsinnig, wenn du nicht bald mal unter Leute gehst.«

»I never found the companion that was so companionable as solitude.«

»Versteck dich nicht wieder hinter den Sprüchen anderer Leute.«

»Das ist aber alles, was noch übrig ist von mir.«

Neunzehn

Bis auf Annes bald seltener werdende Besuche hatte ich, von dem nötigsten Austausch mit Servicepersonal einmal abgesehen, wochenlang mit niemandem gesprochen. Meine Gedanken hatten sich in dieser Zeit von Tag zu Tag mehr verdunkelt. Es war tatsächlich, als läge ein Schatten auf meinem Gehirn. Selbst die sozialen Netzwerke waren mir zu anstrengend geworden. Abgesehen davon, wurde ich langsam verrückt, wenn ich das nicht schon längst war. Ich hatte das Gefühl, kein lebensfähiger Mensch mehr zu sein. Es war nicht diese euphorisierende, sehnsuchtsvolle Unvollständigkeit des Verliebtseins, denn Shirley hatte mir mit ihrem Brief ja nicht mein Herz gestohlen, sondern meine, unsere Geschichte. Und wie sollte ich ohne die leben? Ich versuchte, sie durch gründliches Stöbern in der Vergangenheit wiederzufinden. Dabei fand ich alte Tagebücher aus der Studienzeit. In mindestens jedem zweiten Eintrag ging es um den Tod. Oder, besser gesagt, um meinen Tod. Das wirkte nun zwar alles wie eine romantische Koketterie, doch immerhin war ich damals Herr meiner eigenen Geschichte – ich hätte sie selbständig beenden können, wenn ich gewollt hätte. Nun hatte Shirley sie beendet – oder zumindest einen großen Teil davon. Wie sollte dieses Buch, das mein Leben war, nach ihrem Diebstahl nun weitergehen? Vielleicht, so dachte ich, wäre es das Beste aufzugeben, diese mangelhafte Figur einfach ganz aus dem Verkehr zu ziehen. Aber da war natürlich wieder die Angst vorm Versagen. Wie sollte ich mich zum Beispiel erhängen, wenn ich nicht mal eine Lampe aufhängen konnte? Vielleicht mal Daniel Humbert anrufen?

Aber da war ja auch noch mein Alptraum, im Kaff vor den Augen aller begraben zu werden. Womöglich noch irgendwo neben meiner Großmutter. Worüber sollten wir denn die ganze Ewigkeit lang reden?

So blieb ich am Leben und traf mich, um auf andere Gedanken zu kommen, nach Wochen mal wieder mit Peter. Wir verabredeten uns im *Bungalow* an der Türkenstraße. Auf dem Weg dorthin kam ich an einer Litfaßsäule vorbei. Das Theaterprogramm war dort angeschlagen. Sie spielten immer noch *Geschichten aus dem Wienerwald*. Das hatten Shirley und ich damals noch zusammen gesehen. Die Stimme Christiane Rösingers, der Sängerin der Berliner Band Britta, kam mir in den Sinn. *Manchmal sind wir Geschichten aus dem Wienerwald / Manchmal ein bisschen La Bohème.* Das war so etwas wie unser Lied gewesen. Alles, was darin vorkam, hatten wir irgendwie erlebt. *Manchmal sind wir so wie ein Smiths-Song, manchmal wie Lou Reed, Perfect Day / Manchmal ein Musical und manchmal auch gar nichts / Aber was auch ist, es ist okay.*

Ich kramte meinen iPod aus der Tasche und suchte den Song. Fand ihn aber nicht. Gelöscht, natürlich.

Neben dem Theaterplakat hing ein Fahrplan der *Bayerischen Seenschifffahrt*. Darauf war der Starnberger See abgebildet. Als Single, dachte ich, war ich nie aus München herausgekommen. Aber dann, mit Shirley, war ich im Sommer fast jedes Wochenende in den Süden gefahren. An den Starnberger See, aber auch an den Ammersee, den Tegernsee, den Schliersee, den Spitzingsee, den Chiemsee, den Walchensee – um jeden verdammten See waren wir herumgelaufen oder gefahren, hatten darin gebadet oder ein Tretboot gemietet, hatten mit der Fähre übergesetzt, von Bierbichlers Biergarten in Ambach am Ostufer des Starnberger Sees zum Buchheim-Museum am Westufer, wo ich dann einen ganz schrecklichen Käsekuchen gegessen hatte, von dem mir noch zwei Tage lang schlecht gewesen war.

Diese Ausflüge ins Münchner Umland hatten eigentlich

immer ein flaues Gefühl in mir hinterlassen. Zunächst war es eine Langeweile gewesen, dann eine Leere und schließlich eine Übelkeit. Bereits damals, dachte ich, bei diesen so genannten Wochenendausflügen, hatten wir das perfekte Paar nur noch gespielt. Diese Seen – und auch die Berge drumherum, die wir teilweise mit wackligen und sündhaft teuren Seilbahnen, teilweise beschwerlich zu Fuß erklommen hatten – hatten nichts mit uns zu tun gehabt, waren nur Kulisse für ein großes Theaterspiel gewesen. Ein von Shirley inszeniertes, vollkommen verlogenes Idyll, dachte ich.

Und sie war nicht nur die Regisseurin dieser Wochenendausflüge gewesen, sie hatte damit auch meine Gedanken und meine Erinnerungen arrangiert.

Dieses verlogene Idyll hatte sich in mir festgesetzt, und ich dachte, an der Litfaßsäule stehend, trotz aller Lächerlichkeit nicht wütend, sondern wehmütig daran zurück. Obwohl es doch eigentlich die Hölle gewesen sein musste. Plötzlich stimmte nichts mehr. Meine Erinnerungen und meine Gefühle waren genauso falsch wie ihr Brief.

Ich kam schließlich eine Viertelstunde zu früh am *Bungalow* an. Am Flipperautomaten stand ein schlaksiger junger Mann. Sein Kopf wirkte durch seine dichten, buschigen Haare ziemlich riesig, seine Augen lugten verträumt hinter einer altmodischen Brille hervor. Doch er schaute nur selten auf, war vollkommen in sein Spiel versunken. Eine warmherzige Einsamkeit ging von ihm aus. *Too Much On My Mind* von den Kinks schepperte aus der Jukebox hinten rechts in der Ecke. Daran gelehnt stand ein schmächtiger Mann mit Schnauzer und langen glatten schwarzen Haaren. Er trug einen schweren Lodenmantel und starrte ins Nichts. Ich setzte mich an einen Tisch am Fenster und bestellte ein Bier. Der Wirt brachte es mir ohne ein Wort.

Da Peter mit einer Viertelstunde Verspätung eintraf – der Mann an der Jukebox hatte in der Zwischenzeit noch einige Male *Too Much On My Mind* angewählt –, waren dem ersten

Bier schon ein zweites und ein Obstler nachgefolgt. Peter gab mir die Hand, entschuldigte sich und sah mich mit großen Augen an, wie man sie normalerweise nur machen kann, wenn man sich fürchterlich erschreckt.

»Was ist denn mit dir passiert?«

»Wieso?«

»Du bist total abgemagert.«

»Ich wollte mit dem Essenbestellen halt noch warten, bis du kommst. Konnte ja nicht ahnen, dass das so lange dauert.«

»Sehr witzig. Du siehst echt scheiße aus.«

»Hmpf.«

»Was isn los?«

»Was los ist? Ich bin arbeitslos, wohne in einem Drecksloch, die Frau, von der ich dachte, sie wäre die Liebe meines Lebens, hat mich verlassen und heiratet einen anderen. Kurz: Die Sonne scheint mir aus dem Arsch.«

»Moment mal, was war das mit dem Heiraten?«

»Ja, sie will heiraten. Im Frühjahr.«

»Ach du Sch... Ist das nicht ein bisschen früh? Obwohl, du hast ja damals auch ...«

»Was willst du? Mich aufmuntern?«

»Tschuldige. Du vermisst sie immer noch, was?«

»Ich vermisse die Frau, die ich heiraten wollte, ja. Aber die gibt es ja wohl nicht mehr. Die liegt irgendwo auf dem verdammt einsamen Friedhof in meinem Kopf ...«

»Mann, du hast wieder zu viel Alte-Männer-Musik gehört.«

»Wie bitte?«

»Na, *I buried her on the lonesome graveyard of my mind*. Das ist doch von dieser Uralt-Knister-Platte, die du mir geschenkt hast, als du bei mir ausgezogen bist.«

»Stimmt, ja. Hast recht. Blind Louie Boulderwood. Gefällt der dir?«

»Ganz schön unheimlich. Beunruhigend irgendwie.«

»Mir macht das gute Laune.«

»Ach, komm.«

»Nee, ehrlich jetzt. Blues macht mir gute Laune. Wenn er singt: *Life's frazzlin' and she's been unkind / Well, life's frazzlin'and she's been unkind / Gonna leave, gonna leave this world behind.* Wie die Stimme da genau im richtigen Moment wegbricht, nach dem ersten *gonna leave* … dieses Zögern, großartig! Und ich mag auch diese klassische Form. Man denkt sofort, die erste Zeile muss eine Menge Gewicht haben, sonst würde der Sänger sie nicht wiederholen. Und wenn man die Form kennt, kann man beim zweiten Mal schon mitsingen: *Well, life's frazzlin'and she's been unkind.* Die Wiederholung ist ja quasi wie eine Erinnerung, nur vorwärts. Aber während die Erinnerung einen unglücklich macht, macht die Wiederholung einen glücklich. Im Blues hat das ja die Funktion, dem Sänger genügend Zeit zu geben, sich die nächste Zeile auszudenken. Die Pointe oder, äh, die Conclusio sozusagen. Also, das Leben ist, äh, *frazzlin'*, also erbärmlich, bedeutungslos, und die Frau oder das Leben war … unkind … grausam zu ihm. Daraus folgt: *Gonna leave this world behind.* THIS world! Es muss also noch eine andere Welt geben. Das ist doch ein großer Trost. Insofern ist das eigentlich eher ein Spiritual als ein weltlicher Blues.«

»Ah so. Interessant.«

»*Follow the drinkin' gourd*!«

»Bitte was? Drinking God?«

»Das würde jetzt zu weit führen.«

»Hast du mal diese Dokumentation über Robert Crumb gesehen, den Comic-Zeichner?«

»Nö.«

»Der sammelt Schellackplatten, und er sagt da, wenn er diese alten 78er auflege, dann stelle sich bei ihm tatsächlich so etwas wie Mitgefühl und Liebe zum Rest der Menschheit ein. Das seien die einzigen Momente, in denen er so ein Gefühl überhaupt habe, weil man auf diesen Platten den besten Teil der Seele der einfachen Leute hören kann, ihre Verbindung zur Ewigkeit sozusagen. Da hört man quasi in die Unendlichkeit hinein. Wahrscheinlich sind diese Platten sogar unsere einzige Verbindung zur Unendlichkeit überhaupt.«

»Jesus Christus, jetzt aber …«

»Das gibt's heute gar nicht mehr. Das war wahrscheinlich schon in den Vierzigern oder Fünfzigern verschwunden, als die Leute merkten, wie viel Geld man mit Musik machen kann. Und heute haben natürlich eh alle Künstler Vocal-Coaches, und jede stimmliche Abweichung wird mit Computern begradigt und so. Es gibt keine Leute mehr, die öffentlich so singen, wie ihnen, wenn man so will, die Seele gewachsen ist.«

»Nur noch unter der Dusche …«

»Oder vielleicht in 'nem Kirchenchor irgendwo in der Provinz. Aber sonst …«

»So hab ich das noch nie …«

»Und am schlimmsten ist natürlich die Entwicklung des Blues selbst. Beziehungsweise sein Verschwinden. Diese Musik dieser ganzen Soulschnatzen, die man so im Radio hört, die wird ja R&B genannt. Also früher war das die Abkürzung für Rhythm and Blues, den tanzbaren Blues quasi. Aber das B steht jetzt nicht mehr für Blues, sondern für Beats … oder für Bitches – was wahrscheinlicher ist, wenn man sich diese vermutlich von irgendwelchen notgeilen Plattenfirmentypen verordnete Brust-Beine-Po-Gymnastik anguckt, mit der diese Musik verkauft wird. Und die Ware feiert ihre Menschwerdung ja bekanntlich wo? Genau, in der Hure! Also, die Seele wurde in der heutigen Kultur durch die Ware ersetzt.«

»Ich kann dir nicht ganz folgen, aber ich merke schon, der Herr Kulturpessimist ist wieder in Hochform.«

»Bestell doch erstmal was, bevor ich dich hier zulaber. Ah, hallo, mein Freund hier hätte auch gern ein Helles, und ich nehm noch mal das Gleiche, was hier schon steht, nur in voll.«

»Trinkst du immer noch so viel?«

»*Der Mensch lebt nicht vom Brot allein.* Ich lass das Brot sogar ganz weg meistens.«

»Das ist nicht gut.«

»Stell dir einfach vor, ich wäre wie der feige Löwe in *The Wizard of Oz*, der erst dieses Zeug trinken muss, das ihm der Zauberer gibt, um mutig zu werden.«

»Mir kommst du eher vor wie die Vogelscheuche.«

»Wieso?«

»Du benimmst dich manchmal, als hättest du deinen Verstand verloren – oder nie welchen besessen. Du bist total im Arsch. Hast du mal überlegt, deswegen wen zu sehen?«

»Ich glaub, verlieben kann ich mich noch nicht wieder.«

»Nein, das meine ich nicht. Ich meine …«

»'ne Prostituierte? Kann ich mir gerade nicht leisten, fürchte ich, obwohl nur zwei Straßen von meiner Wohnung entfernt ein Straßenstrich ist. Aber soll ich da dann vorradeln und die auf der Fahrradstange nehmen? Eh hehehe.«

»Idiot! Ich meinte, ob du nicht mal zum Arzt gehen willst. Oder besser noch zu 'nem Therapeuten.«

»Ähm, meinst du das ernst?«

»Ja klar, ich kenn viele Leute, die da hingehen, und die haben wesentlich weniger durchgemacht als du.«

»Also ich … ich wüsste gar nicht, wo einer ist.«

»Es gibt da so ein Krisenzentrum gar nicht weit von dort, wo du wohnst.«

»Woher weißte denn das?«

»Ich fahr da manchmal Leute hin. Außerdem sind das ja quasi Kollegen.«

»Wieso das denn?«

»Es mag ein Klischee sein, aber als Taxifahrer wird einem ja alles Mögliche erzählt. Nicht nur die Betrunkenen schütten einem ihr Herz aus. Auch die, die zum ersten Mal in der Stadt sind. Die sich fremd fühlen. Die setzen sich hinten rein, und da sind sie erstmal sicher. Der Typ vorne weiß, wo's langgeht, und sie vertrauen ihm. Fast wie kleine Kinder. Und dieses Vertrauen geht dann häufig weit über den Stadtplan hinaus. Was die einem alles anvertrauen …«

»Die denken halt, den Typen seh ich nie wieder.«

»Auch, sicher. Aber ich glaub, das ist vor allem der Versuch, es sich in der Fremde ein bisschen heimelig zu machen. Wenn sie halt wissen, ich bin hier nicht allein, der Typ vor mir kennt meine Geschichte.«

Das war natürlich vollkommener Quatsch. Peters Fahrgäste redeten so viel, weil sie sich die ganze Zeit von ihm beobachtet fühlten. Was an der schon erwähnten Stellung seiner Augen liegt, die nun mal zur Seite und nicht nach vorne zu schauen scheinen. Vielleicht versuchten die Leute durch das viele Gequatsche aber auch einfach, ihre Angst zu verdrängen, dass sie von jemandem durch den Stadtverkehr kutschiert wurden, der sich ausschließlich an Seitenfenstern und Außenspiegeln orientieren konnte.

»Hm, interessante These.«

»Tja, das sind so die Sachen, die einen beschäftigen, wenn man in langen Nächten auf Kundschaft wartet. Hab ich schon erzählt, dass ich neulich den Ben gefahren habe?«

»Ach, und wie geht's ihm?«

»Er wirkte ziemlich verzagt. Hat irgendwas erzählt davon, er sei zu alt für eine neue Liebe, oder so. Ich krieg's nicht mehr auf die Reihe. Er hat mich, glaube ich, nicht erkannt. Ich hab ihn in eine Pension nach Wolfratshausen gefahren.«

»In eine Pension?«

»Ja. Er hatte eine große Reisetasche dabei.«

»Seltsam.«

»Ich weiß, dass er's war, weil du mir mal gesagt hast, wo er wohnt. Da habe ich ihn abgeholt. Aber er wirkte seltsamerweise, als sei er hier vollkommen fremd. Wie ein Geschäftsreisender oder so.«

»Ich fühl mich zurzeit auch ganz schön fremd hier.«

»Ich weiß, und deswegen solltest du zu jemandem gehen, der sich auskennt und dir helfen kann. Der hat zwar keine

Straßenkarte von deinem Kopf, aber er kann dir einige Ratschläge geben, wie du dich da selbst wieder besser zurechtfindest.«

»Mir würd schon reichen, wenn er mir sagen würde, wo der Lichtschalter ist.«

»Was?«

»Ach nichts.«

»Das nennt sich *Merzhaus*. Findest du in jedem Telefonbuch.«

»*Merzhaus*? Kommt mir irgendwie bekannt vor.«

»In der Waldhausenstraße.«

»Nee, keine Ahnung.«

»Ruf da an, ich meine es ernst.«

»Ja, ja.«

»Weißte was? Ich komm morgen gegen Mittag bei dir vorbei und bring dich hin. Dann machste gleich einen Termin.«

»Ach nee.«

»Doch, doch. Ich fang mit dem Fahren eh erst nachmittags an. Weil mir ja klar war, dass ich heute hier versacken würde. Morgen um halb zwölf?«

»Ja, gut, alles klar. Jetzt lass uns aber erstmal noch was bestellen.«

Zwanzig

Und tatsächlich fuhr Peter Punkt halb zwölf mit seinem Daimler vor. Es war ziemlich kalt und nieselte ein bisschen, aber er hatte alle Fenster und das Schiebedach geöffnet.

»Moin, wie geht's?«

»Och, wie immer. Und selbst?«

»Frag nicht. Bin ein bisschen aus der Übung mit dem Trinken.«

»Tja, so was rächt sich.«

»Du solltest aber auch mal über eine Trainingspause nachdenken.«

»Eins nach dem andern. Erstmal fahr ich jetzt mit dir dahin.«

»Hast du deine Krankenversichertenkarte?«

»Ja, Mama.«

»Gut. Tschuldige, aber ich frag das jeden Fahrgast, den ich zum Arzt bringen muss.«

»Nicht besonders geschäftstüchtig.«

Wir fuhren keine zehn Minuten, dann bogen wir in eine Seitenstraße ein. Und da erinnerte ich mich, dass ich an einem sonnigen Sonntagnachmittag auf einem Spaziergang mit Shirley durch all die Nebenstraßen mal an diesem Gebäude vorbeigekommen war. Damals wohnte ich noch in der Junggesellenbude an der Klenzestraße. Es war irgendein Wahlsonntag gewesen, und wir hatten pünktlich zur ersten Prognose zu Hause sein wollen. Da hatte ich dieses Schild gelesen: *Merzhaus. Psychiatrisches Krisenzentrum* und gedacht, wenn die Wahl nicht vollkommen danebengeht heut Abend und das mit Shirley so gut weiterläuft wie bisher, werde ich so was nie brauchen. Es kam in jeder Hinsicht anders.

Am Empfang saß eine mürrische, bärtige ältere Dame mit einer Lesebrille, die von einem Furunkel daran gehindert wurde, ihr auf die Nasenspitze zu rutschen, und schaute genervt über deren Rand in den kargen neonbeleuchteten Warteraum, in dem – wenn ich das auf den ersten Blick richtig einschätzte – ein paar äußerst ärmliche Kreaturen saßen. Bei ihnen schien es nicht nur psychisch zu kriseln, sondern auch sozial, finanziell, ästhetisch. Nein, da wollte ich nicht dazugehören. So schlimm war es noch nicht gekommen mit mir. Hoffentlich sehe ich nicht nach zwei, drei Therapiestunden genauso aus, dachte ich. Wer weiß, was die alles finden werden bei mir. Auf was für eine Medikation die mich setzen.

Ich bewegte mich unauffällig Richtung Ausgang, doch Peters Taxi stand immer noch auf der Straße.

»Hey! Was ist los?«

»Die … die haben Mittagspause gerade.«

»Um viertel vor zwölf?«

»Ja, das, äh … die zwanghafte Viertelstunde, die fangen da immer etwas früher an.«

»Erzähl kein'n Scheiß. Was ist los?«

»Hast du mal gesehen, was da für Leute drinsitzen?«

»Ja, und?«

»Das, ähm, also das ist nicht gerade der Club, bei dem ich Mitglied werden möchte.«

»Du sollst doch nur mal mit einem der Ärzte oder Therapeuten da reden. Wenn's dir nicht gefällt, kannste ja wieder gehen.«

»Aber, aber – das sieht da drin eher aus wie das Casting für eine Nachmittags-Talkshow.«

»Klar, die gesettelteren Leute, die da hingehen, kommen natürlich entweder frühmorgens oder gegen Abend. Die arbeiten ja jetzt alle.«

»Du meinst, die Freiberufler sehen alle so aus? Da hätten

die mich ja wenigstens mal warnen können auf dem Arbeitsamt.«

»Jetzt komm, geh da rein und mach einen Termin. Ich warte hier, und dann gehen wir irgendwo was Fetthaltiges essen gegen unseren, äh, meinen Kater.«

»Okay, okay.«

Ich ging wieder hinein. Die bärtige Dame schaute mich neugierig über ihre Lesebrille hinweg an.

»Guten Tag. Ich würde hier gerne einen Termin ausmachen.«

»Für wen?«

»Äh, für mich.«

»Ach so. Tagesklinik?«

»Klinik?«

»Ja. Ganztagsbetreuung?«

»Och, wissen Sie, also, mir würde erst mal eine Happy Hour reichen.«

»Bitte?«

»Äh, gibt's auch ambulant?«

»Sie wollen einen Termin zu einem Krisengespräch?«

»Ja, so könnte man ... könnte man das vielleicht sagen, ja.«

»Dann schaun wir mal. Wann ginge es denn bei Ihnen?«

»Tja, also, frühmorgens oder eher so gegen Abend. Ich bin berufstätig. Also normalerweise – heute nicht.«

»Was machen Sie, wenn ich fragen darf?«

»Ich äh, also, ich bin ... ich mach mich gerade selbständig. Aber man will ja mit gutem Beispiel vorangehen und die, äh, Kernarbeitszeiten einhalten. Sie wissen doch, wenn der Chef mal nicht da ist, dann tanzen die Bienen, äh, die Mäuse, die tanzen da, sie wissen schon, auf den geleasten Schreibtischen.«

»Also, ich hätte direkt morgen was frei. Um halb neun. Bei Frau Doktor Harey.«

»Oh, morgen schon! Das ist ja ... aber ja, das ließe sich einrichten, wenn ich heut Abend nicht so viel ... nicht so lange … Wenn ich heute noch was wegschaffe, also arbeitstechnisch, dann wird das sicher gehen morgen früh.«

»Gut, dann trage ich Sie jetzt hier ein. Wie ist Ihr Name?«

»Ach so … ja, also … ähm … Dudek, Thomas.

»Ist gut. Denken Sie morgen an die Krankenversicherungskarte und eine Überweisung oder die Praxisgebühr.«

»Mach ich. Alles klar. Auf Wiedersehen.«

Einundzwanzig

Vollkommen übermüdet stieg ich am nächsten Morgen um acht in den Bus. Ich hatte die ganze Nacht nicht richtig geschlafen. Vielleicht weil ich auf Alkohol als Einschlafhilfe verzichtet hatte. Aber es war wohl auch ein bisschen Angst im Spiel. Ich hatte ja keine Ahnung, was mich erwartete. Meine einzigen Berührungspunkte mit Psychotherapie waren bis dahin Ken Kesey und Woody Allen gewesen. Und dann eben der erste Eindruck von der Klientel des *Merzhauses*.

Zu dieser frühen Stunde war der Warteraum allerdings leer. Ich hatte gehofft, die ein oder andere adrette Dame mit Hochsteckfrisur und Business-Kostüm anzutreffen oder einen Banker mit Minderwertigkeitskomplexen (aber die meisten haben wohl eher einen Mehrwertskomplex).

Eine mädchenhaft wirkende Frau, vielleicht Ende dreißig, eher sportlich, bewahrte mich davor, weitere Stereotypen vor meinem inneren Auge vorbeiziehen zu lassen.

»Herr Dudek?«

Das war Frau Doktor Harey.

Wir gaben uns die Hand, und ich stapfte immer noch arg schläfrig hinter ihr die Treppe in die erste Etage hinauf. In einen länglichen, dämmrigen Gang mit vielen Türen, an denen rote oder grüne Schildchen baumelten. Frau Doktor Harey blieb vor einer Tür mit grünem Schildchen stehen, klopfte, drückte die Klinke herunter, schaute und bat mich hinein. Ein längliches Zimmer mit einem Schreibtisch am Fenster und einem Tisch mit zwei Stühlen direkt an der Tür. Es roch nach Erinnerung. Ein Aroma aus Klebstoff, auf welligem Papier trocknender Wasserfarbe, Mandarinen und Kinderschweiß, versehen mit einer leicht muffigen Note. Ob hier jemand gebastelt hatte? Oder gibt es ein Raumspray namens »Kindergarten«, damit sich die Patienten besser in ihre Vergangenheit zurückversetzen können? Im Zimmer links nebenan haben sie vielleicht »Säuglingsstation« versprüht, im Zimmer rechts womöglich »Uterus«.

Frau Doktor Harey bot mir einen Stuhl an, und ich erzählte ihr die ganze Geschichte. Beziehungsweise meine Version davon. Es kursiert da ja mindestens noch eine andere.

»Wenn Sie Ihre Situation in einem Satz beschreiben müssten, wie würde der lauten?«

»Kein Satz.«

»Bitte?«

»Kein Satz, nur ein Wort. Ein einziges Wort. Ohne Bedeutung. Isoliert.«

»Weil sich alle Zusammenhänge, in denen Sie sich bewegten, aufgelöst haben.«

»Ja.«

»Hat Ihre Freundin ... Shirley ... eigentlich mal angedeutet, dass ihr irgendetwas fehlte, dass sie mit irgendetwas unzufrieden war in ihrer Beziehung?«

»Im Nachhinein denke ich, sie hat wohl ein paar Andeutungen gemacht. Einmal sagte sie: ›Ich weiß nicht, ob wir wirklich immer zusammenbleiben werden.‹ Und einmal, das habe ich ja schon erzählt, sagte sie halt, sie habe die Achtung vor mir verloren.«

»Haben Sie nicht nachgefragt, was sie damit meinte?«

»Ich hab mich nicht getraut.«

»Und nach der Trennung, haben Sie da miteinander gesprochen?«

»Was soll man denn da noch reden? Die Zeiten ändern sich. Sie hat einen anderen. Ich bin raus. Fertig.«

»Nach allem, was Sie mir erzählt haben, und dem, was ich zwischen den Zeilen heraushöre, scheint mir, Sie sind noch gar nicht in der Lage, das alles zu verarbeiten. Und wie sollten Sie auch? Sie tappen ja über die Motive Ihrer Freundin vollkommen im Dunkeln.«

»Ich weiß nicht. Sie hat sich in wen anders verliebt, und ich hatte nicht die Kraft, sie davon abzuhalten.«

»So wie Sie das erzählen, die Plötzlichkeit und diese Konsequenz, gleich den neuen Partner zu heiraten ... Das hat ja schon etwas Aggressives, würde ich sagen. Ich bin mir sicher, dass die Gründe tieferliegen. Sie müssen mit ihr reden, um darüber hinwegzukommen.«

»Hm.«

»Sie trauen sich nicht, oder?«

»Weiß nicht.«

»Was macht Ihnen Angst?«

»Na ja, es ist, wie eine kaum verheilte Wunde wieder aufkratzen. Und außerdem, also, puh, wie sag ich das am besten?«

Frau Doktor Harey tat nichts, um mir bei meiner Formulierung zu helfen, die Pause wurde immer länger. Zunächst lag die Stille wie eine große Schuld bleischwer auf meinen Schultern. Doch dann ließ sie ab, trat mir entgegen, versuchte sich stumpf in meinen Körper zu rammen. Ein dumpfer Schmerz. Ich merkte, wie sich mein T-Shirt mit Schweiß vollsog. Zunächst unter den Achseln, dann auf dem Rücken. Dann auch der Pullover. Als mir schließlich die richtigen Worte einfielen, schienen sie so banal, dass ich sie am liebsten nicht ausgesprochen hätte. Aber die schwere, stumpfe Stille zwang mich dazu.

»Also, gut, ich hab Angst vor der Wahrheit.«

»Was macht Ihnen Angst?«

Die gleiche Frage noch mal! Himmelherrgott! Ich sagte das Erste, was mir in den Sinn kam.

»Schande.«

»Schande?«

»Ich meine, sie wird mir sagen, was ich alles falsch gemacht habe, dass ich nicht in der Lage bin, eine Beziehung zu führen, dass der Neue liebevoller, attraktiver, besser im Bett … was weiß ich … halt liebenswerter ist.«

»Das ist nicht das, was sie Ihnen sagen würde, das ist das, was Sie selbst über sich denken. Das ist eine Möglichkeit, mit einer solchen narzisstischen Kränkung umzugehen. Sich klein machen.«

»Narzisstische …? Sie meinen, das Bild von sich selbst, in das man sich verliebt hat, wird von jemand anderem zerstört?«

»Ja, die Sage von Narziss. Eine Krise des Selbstwertgefühls.«

»Ich bin mir nicht sicher, ob ich überhaupt ein Selbstwertgefühl habe.«

»Jeder hat das. In unterschiedlichen Ausprägungen. Es gibt Menschen, die sich das nicht eingestehen. Auch dafür gibt es Gründe. Kann mir gut vorstellen, dass das bei Ihnen ein bisschen so ist. Deshalb glaube ich auch, dass Ihre jetzige depressive Grundstimmung ihren Ursprung weit vor der Trennung hat.«

»Irgendwelche Symptome, die dafür sprechen?«

»Ich vermisse die Wut.«

»Wut?«

»Wut. Nach dem, was Ihnen Ihre Freundin angetan hat. Sie hat Sie belogen und betrogen, hat Ihnen, als es Ihnen schlechtging, nicht beigestanden. Und Sie haben keinerlei Widerstand geleistet. Haben sich benommen wie ein hilfloses Kind.«

»Ich hab mich weiß bepudert in Embryonalstellung auf eine Bank gelegt.«

»Bitte?«

»Ach nichts. Was hätte ich tun sollen?«

»Auch zu einer Trennung gehören immer zwei.«

»Ach was. Zu einem Krieg auch. Aber einer schießt halt trotzdem zuerst.«

»Wir können versuchen, hier an Ihrem Selbstwertgefühl zu arbeiten, einige der tiefliegenden Kränkungen freizulegen, um so eine psychische Nachreifung zu ermöglichen.«

»Eine Nachreifung?«

»Ja, so nennt man das. Sie scheinen, soweit man das nach einem Treffen sagen kann, psychisch und emotional einen gewissen Nachholbedarf zu haben. Das geht vielen Menschen so, dass ihr emotionales Alter nicht ihrem tatsächlichen Alter entspricht.«

»Aha. Wie äußert sich das?«

»Zum Beispiel auch in der Heftigkeit, mit der Sie auf diese Trennung reagieren.«

»Wieso?«

»Es ist natürlich verständlich, dass man traurig ist, wenn eine langjährige Beziehung in die Brüche geht. Aber bei Ihnen hat das ja anscheinend etwas sehr Existentielles. Das kenne ich eigentlich sonst nur, wenn Ehen ... mit Kindern ... Familien zu Bruch gehen. Oder bei Frauen, die einen Kinderwunsch haben und in das kritische Alter kommen.«

»Aha, Sie meinen, Männer dürfen eine solche Torschlusspanik nicht bekommen?«

»Es ist keine Torschlusspanik bei Ihnen. Ich vermute eher, das ist in ihrer Biografie begründet. Ich würde sagen, wir machen für nächste Woche einen neuen Termin, wenn Sie wollen.«

»Ja, gut, schaden kann's nicht.«

»Ach, noch was: Treiben Sie eigentlich Sport?«

»Sch... Schpoat?«

»Ja, Sport.«

»Hab ich mal kurz versucht, aber abgebrochen. Wieso?«

»Man sagt nicht zu unrecht, in einem gesunden Körper wohne auch ein gesunder Geist.«

»Moooment. Das ist ein Missverständnis. Es heißt: *Orandum est, ut sit mens sana in corpore sano*. Also: Beten sollte man darum, dass in einem gesunden Körper ein gesunder Geist SEI. Die Nazis haben das aus dem Kontext gerissen und für ihre Wehrertüchtigungspropaganda instrumentalisiert.«

»Mag sein. Was ich sagen wollte – und das ist wissenschaftlich erwiesen: Sport hilft, klarere Gedanken zu fassen, das hebt die Stimmung. Und man hat schnell Erfolgserlebnisse, das steigert das Selbstwertgefühl.«

»Hm.«

»Denken Sie mal drüber nach. Hilft schneller als jedes Medikament.«

Zweiundzwanzig

Es war kurz vor zehn, als ich das *Merzhaus* verließ. Auf dem Weg zum Bus kam ich an einem Fitness-Studio vorbei, das ich bisher nie bemerkt hatte. Ich linste durch die Scheiben. Zwei mittelalte Frauen zockelten nebeneinander auf Laufbändern und unterhielten sich. Ein sardischer Eisenbieger pumpte Gewichte. Ich musste an das Mädchen im apricotfarbenen Oberteil denken. Da spürte ich zwei Mal leichten Druck auf meiner linken Schulter. Ich wandte mich in Richtung Irritation. Neben mir stand ein kleiner, sportlicher, braungebrannter Typ in schwarzem Polo-Shirt, auf dem in orangefarbenen Lettern das Studiologo eingestickt war. Erschrocken wich ich zurück.

»Suchst du was?«

»Ich, äh, nein! Also, das heißt … doch! Ich habe überlegt, vielleicht selbst ein bisschen Sport zu machen. Und wollte mal gucken, wie so was aussieht.«

»Da hast du Glück. Ist gerade nix los, und ein Kunde hat seinen Termin abgesagt. Ich kann dir alles zeigen, und dann machen wir gleich einen Test.«

»Test?«

»Ja. Kraft, Ausdauer.«

»Ich habe … gar keine Sportsachen dabei.«

»Brauchst du auch nicht. Los, komm mit.«

Ich folgte dem Mann. Weniger aus Neugier, eher weil er stärker war als ich. Wir durchquerten das Studio. Die beiden Frauen unterbrachen ihren Plausch und schauten uns – oder doch wohl eher meinem neuen Coach – hinterher. Marek, so hatte er sich vorgestellt, führte mich nun in ein kleines neonbeleuchtetes, vollverspiegeltes Kabuff, in dem ein Schreibtisch mit Computer und Drucker sowie einige unheilvoll anmutende Apparate warteten, die mich an Kafkas *In der Strafkolonie* erinnerten.

Ich musste Jacke, Pullover, Schuhe, T-Shirt und Hose ausziehen. In Unterhose stand ich da, konnte mich von allen Seiten im Spiegel betrachten. Dünne Ärmchen und Beinchen, fast wie eine Figur der *Augsburger Puppenkiste*. Und eine Plauze, die sich kugelrund über den Unterhosenbund wölbte. Ein bizarres Bild. Ich stöhnte. Wenn das mal nicht die nächste narzisstische Kränkung war.

Marek stellte mich auf die Waage, setzte mich dann auf ein Trimmrad, schließlich lag ich auf dem Boden. Ich musste strampeln, mich strecken, gegen Sensoren drücken, an einer Leine ziehen. Nach etwa einer Viertelstunde durfte ich mich leicht verschwitzt wieder ankleiden und musste noch einen Fragebogen ausfüllen.

»Der Computer erstellt jetzt dein persönliches Profil. Das dauert etwa zehn Minuten. So lange können wir an die Bar gehen.«

»Bar? Bar klingt gut.«

Tatsächlich stand da mitten zwischen allerlei seltsamem Instrumentarium eine Theke. So ähnlich wie in Meckis Wohnzimmer, dachte ich. Ich konnte wählen zwischen einem kostenlosen Mineralwasser oder einem um fünfzig Prozent ermäßigten Gemüsesaftcocktail. Wasser war ja auch nicht schlecht nach der Anstrengung. Dann gingen wir wieder ins Kabuff und setzten uns an den Schreibtisch. Marek holte einen Stapel Papiere aus dem Drucker, überflog sie und seufzte.

»Du hast im Fragebogen angekreuzt, du würdest zwei Gläser Saft am Tag trinken.«

»Ja, so Multivitamin-Zeug. Für die Gesundheit tut man doch …«

»Warum?«

»Wie, warum?«

»Warum isst du nicht einfach Obst?«

»Das, äh, ist mir zu anstrengend.«

Marek verdrehte die Augen. Durch die vielen Spiegel konnte ich hinter ihm hunderte Augenpaare rollen sehen. Mir wurde ein bisschen schwindelig.

»Fruchtsaft ist nicht gut. Ist viel zu viel Zucker drin. Trink lieber 'ne Schorle und nimm die Vitamine über's Obst ein.«

»Ah, ja, mach ich.«

»So, kommen wir zum Ergebnis. Wir nennen diesen Test Vital-Check. Dabei wird unter anderem dein Body-Age errechnet.«

»Body-Age – aha.«

»Das setzt deine Ergebnisse in Beziehung zu den Ergebnissen anderer Personen deines Geschlechts und deines chronologischen Alters, also dem Alter, das im Pass steht.«

»Ui, da bin ich aber gespannt.«

»Dein Body-Age liegt bei vierunddreißig Jahren, entspricht also deinem chronologischen Alter.«

»Na, so was! Dann ist ja alles in Ordnung. Da bin ich aber erleichtert. Dann werd ich mal aufbrechen. Ich komm dann mal wieder, wenn der Körper meinen Personalausweis alterstechnisch überholt hat. Danke für das Wasser!«

»Moment, bleib mal sitzen. Im Idealfall liegt das Body-Age UNTER dem chronologischen Alter. Da sollten wir unbedingt dran arbeiten. Durch Kraft- und Ausdauertraining. Aber auch durch Ernährung.«

»Ach so.«

»Hier, schau dir mal deine Testergebnisse an. Die sind eigentlich alle im mittleren bis mäßigen Bereich. Da besteht Handlungsbedarf.«

»Aber was ist das da für ein Wert? Das sieht doch ganz gut aus.«

»Das ist deine Beweglichkeit. Die haben wir eben mit dem Sit-&-Reach-Test gemessen.«

»Die ist also vollkommen in Ordnung, um nicht zu sagen: mehr als das. Da steht: Exzellent!«

»Schon, aber man muss das im Verhältnis zu den anderen Werten sehen. Die überdurchschnittliche Beweglichkeit kommt daher, dass du kaum über Muskelmasse verfügst. Da gibt es einfach keinen Widerstand.«

»Wie bei 'nem Klappstuhl.«

»So könnte man sagen, ja.«

»Auha.«

»Kein Grund zur Sorge. Wir können das ja jetzt alles ändern. Ich stell dir zum nächsten Mal einen Fitnessplan zusammen. Bis dahin müsstest du auch dieses Aufnahmeformular ausfüllen. Alles weitere steht auf der Rückseite. Ernährungstipps kann ich dir jetzt schon ein paar geben. Die tacker ich dir einfach an deine Ergebnisse mit dran. Und wie gesagt: Finger weg vom Fruchtsaft.«

»Okay, ja. Fruchtsaft – böse.«

*

Vollkommen verwirrt verließ ich das Studio. Es war gerade Mal elf Uhr, und ich hatte bereits zwei narzisstische Kränkungen und etliche Schweißausbrüche hinter mir. Den Körper verjüngen und die Psyche reifen lassen. Da sollte sich einer auskennen.

Dreiundzwanzig

Wenn man einen neuen Begriff erlernt, hat man ja oft das Gefühl, er tauche danach überall auf, habe sich sozusagen über das eigene Bewusstsein überhaupt erst in die Welt gesetzt. So schien mein Leben nach der Therapiestunde mehrere Tage ganz unter dem Motto der narzisstischen Kränkung zu stehen. Nach der niederschmetternden Körpererfahrung fand die Themenwoche in einem Anruf ihre Fortsetzung.

»Hallo?«

»Hallo, ich bin's, Shirley.«

»Oh, äh, was gibt's?«

»Ich wollte mal mit dir reden.«

Ihre Stimme war leise, klang zögerlich, vorsichtig, als taste sie sich in einem dunklen Raum voran.

»Hat er schon die Eheringe geschmiedet?«

»Sehr witzig.«

»*And it burns burns burns, the ring of fire …*«

»Was ist denn mit dir los?«

»Lass mich ehrlich zu dir sein, ich glaube, ich bin als Trauzeuge nicht der Richtige. Ich muss immer gleich weinen, weil ich so'n Weichei bin.«

»Ach, Thomas, bitte sei jetzt nicht zynisch.«

»Stimmt. Es gibt überhaupt keinen Grund, zynisch zu sein, nicht wahr? Dieser bescheuerte Brief – ›neue Perspektiven und Herausforderungen‹ oder was stand da? Wann krieg ich denn eigentlich mein Praktikumszeugnis?«

»Sei nicht so, mir fällt das auch nicht einfach.«

»Leicht, es heißt, mir fällt das auch nicht LEICHT. Hast

du unter der Herrschaft von Prinz Vulgar dem Ersten schon deine Sprache verloren?«

»Bitte, Thomas, bitte.«

»Ja, was?«

»Ich hab gedacht, es wäre am besten, einen klaren Schnitt zu ziehen.«

»Strich zu ziehen, meinst du.«

»Ja, du weißt, was ich meine. Ich dachte, so kämen wir beide schneller davon los.«

»Davon los? Eine Beziehung zwischen erwachsenen Menschen ist keine Droge, von der man loskommen muss.«

»Bitte, Thomas, hör mir zu.«

»Okay, okay.«

»Ich war eine Woche im Urlaub, und da hab ich gemerkt, dass ich das alles noch gar nicht verarbeitet hatte. Ich lag in diesem dunklen Zelt und …«

»Zelt?«

»Ja, wir waren zelten im Erzgebirge.«

»Im Februar?«

»Winterzelten.«

»Was fürn Scheiß.«

»Das hatte ich eigentlich für UNS gebucht, weil ich dachte, da könnten wir uns wieder zusammenraufen.«

»Im Erzgeb… Moment, hast du mir deshalb diesen Schlafsack geschenkt?«

»Ja, genau.«

»Wie kamst du denn darauf?«

»Ich hab diesen Prospekt gesehen und gedacht …«

»… der Thomas ist doch so gern in der freien Natur, dazu noch bei Minusgraden im tiefsten Sachsen. Der wird ausrasten vor Freude! Also, du kennst mich wirklich in- und auswendig, das muss man schon sagen.«

»Marco hat's gefallen.«

»Ach nee, was du nicht sagst. Mitteldeutschland, Mittelerde – ist ja auch fast das Gleiche!«

»Du kennst ihn nicht.«

»Und du kennst mich nicht, wie sich spätestens jetzt herausstellt. Weißt du, was ich glaube? ER hat dir von diesem Erzgebirgedings erzählt, und du hast in deiner vollkommen degenerierten Logik gedacht: Hm, wenn ich meinen Freund nach dem Bild meines Liebhabers forme, kann ich meine Beziehung noch retten. Ich mach aus ihm einfach auch so einen Outdoorfredi und Mittelalterfex! War's so?«

»Also, ich …«

»Das würde ja bedeuten, dass das mindestens schon seit letzten Sommer geht mit dem Spacken!«

»Es war irgendwie schon …«

»Du sagst, du wolltest UNS retten, doch du hast dabei die ganze Zeit nur an IHN gedacht! Mit den Schrecken des sächsischen Eises und der dunkeldeutschen Finsternis hast du dann allerdings nicht gerechnet, stimmt's?«

»Es ist noch so viel unausgesprochen zwischen uns. Wir müssen reden.«

»Na, dann mal los.«

»Wir müssen uns sehen.«

»Aha.«

»Aber nicht bei dir in München und auch nicht bei mir in Bremen. An einem neutralen Ort.«

»Und wo soll das sein, wenn ich fragen darf? Auf dem Mond vielleicht?«

»Meine Cousine hat doch dieses alte Haus hier in Norddeutschland. Was früher meiner Großmutter gehört hat. Da könnten wir hinfahren.«

»Ich weiß nicht.«

»Du wirst es mögen. Ist übrigens auch nicht weit weg von deinem Bargfeld, da können wir mit dem Rad hinfahren. Wer wohnte da noch?«

»Arno Schmidt. «

»Überleg's dir. «

»Da muss ich erst mit meiner Therapeutin sprechen.«

»Du hast eine Therapeutin?«

»Jawohl. Vielleicht solltest du dir auch einen Therapeuten

suchen. Dann könnte meine Therapeutin einfach gleich mit deinem Therapeuten sprechen, und wir beide können zu Hause bleiben.«

»Das ist doch Unsinn.«

»Oder vielleicht sogar meine Therapeutin, dein Therapeut und dein neuer Freund. Da könnten sie schon 'ne Skatrunde aufmachen. Wenn ich mir auch noch eine Freundin suche, reicht's sogar zum Doppelkopf, oder viell...«

Da hatte sie schon aufgelegt.

Vierundzwanzig

Bei meinem nächsten Besuch im *Merzhaus* schien das Wartezimmer zunächst vollkommen leer. Doch dann hörte ich aus der hinteren rechten Ecke ein Ächzen. Unter einer riesigen Sukkulente stand ein massiger Mann mit einer 1,5-Liter-Flasche Wasser in der linken Pranke. In der rechten hielt er einen halben Brotlaib, in den er unter großem Stöhnen die Zähne grub, um seinen Bissen dann schweratmend zu zerkauen. Ob das zweite Standbein des *Merzhauses* die Primatenforschung ist?, fragte ich mich in einer Mischung aus Amüsement und der Angst, die falsche Tür genommen zu haben und statt in einem Wartezimmer in einem Alptraum gelandet zu sein. Was, wenn der Mann das Brot aufgefuttert hätte und sein Hunger nicht gestillt wäre? Doch da hörte ich schon Doktor Harey meinen Namen rufen. Wir gingen wieder in das Zimmer mit dem Kindergartengeruch.

Ich erzählte ihr von Shirleys Vorschlag. Sie begrüßte das Treffen, meinte aber zugleich, wir könnten dann anschließend auch mal gemeinsam zu ihr kommen. Sie sagte das, als wäre es eine Einladung zum Essen.

»Was versprechen Sie sich denn von diesem Treffen?«

»Weiß nicht, war ja nicht meine Idee.«

»Haben Sie die Hoffnung, dass es noch einmal was wird?«

»Keine Ahnung.«

»Den Wunsch?«

»Ich bin wunschlos unglücklich. Ich hab keine Ahnung, was mir das bringen soll.«

»Sie haben Angst. Einerseits davor, Shirley wiederzusehen, und andererseits davor, für sich zu formulieren, was

Sie von diesem Treffen erwarten, was Sie sich wünschen würden. Weil Sie nicht wissen – oder vorgeben, nicht zu wissen –, was gut für Sie ist. Ich vermute mal, ich könnte Ihnen auch eine Reise in die Südsee schenken, und Sie würden sagen: ›Ich habe keine Ahnung, was mir das bringen soll.‹«

»Erst neulich hab ich von einem Münchner Ehepaar gelesen, das auf Hawaii ausgeraubt und regelrecht hingerichtet worden ist. Da hätte ich tatsächlich Bedenken ...«

»Ja, in Ihren Erwartungen sind Sie immer nur das Opfer von irgendwas. Nie der Begünstigte oder gar Handelnde. Sie könnten auch sagen, wenn ich mir ein gutes Buch mitnehme – Sie lesen doch so viel –, könnte ich mich am Strand prima erholen. Mal abschalten. Alles hinter mir lassen.«

»Ich hab halt schlechte Erfahrungen gemacht.«

»Sie zitieren doch immer so gern, jetzt zitiere ich mal: *Erfahrung ist nicht das, was einem zustößt. Erfahrung ist, was du aus dem machst, was dir zustößt.*«

»Von wem ist das?«

»Aldous Huxley.«

»Hat der nicht auch gesagt, dass kluge Menschen sich die Erfahrungen selbst aussuchen, die sie zu machen wünschen?«

»Sie machen auf mich den Eindruck, als hätten Sie für sich selbst nicht definiert, wer Sie eigentlich sind. Ihre Wünsche und auch die Grenzen Ihres Ichs werden fremdbestimmt. Von Partnern, von Vorgesetzten, vor allem aber von Ängsten.«

»Ich bin die Summe meiner Ängste. Meiner Fehler und meiner Ängste.«

»Das sind wir alle. Lesen Sie mal *Grundformen der Angst* von Fritz Riemann, Sie werden staunen.«

»Riemann? So wie Katja Riemann? Der Vater?«

»Das ist mir nicht bekannt. Er hieß Fritz Riemann. Ein Psychologe. Sein Buch ist ein Klassiker. Einiges wirkt heute etwas veraltet, doch es lässt sich immer noch gut lesen. Aber kaprizieren Sie sich nicht so sehr auf Ihre Ängste. Genauso gut sind Sie die Summe Ihrer Wünsche, Ihrer Phantasie, Ihrer Fähigkeiten, Ihrer Handlungen und, nicht zu vergessen: Ihrer Entscheidungen.«

*

Der nächste Buchladen war nicht weit entfernt. Nur ein paar Straßen in das Viertel hinein, in dem ich mit Shirley gelebt hatte. Es war das erste Mal seit dem Umzug, dass ich die magische Grenze der Reichenbachbrücke zur *Buchhandlung Ellenhub* in der Entenbachstraße zu übertreten wagte. Ein kurzes Gefühl des Heimkommens stellte sich ein, gefolgt von einem Fall ins Bodenlose und einigen Tränen. Die wischte ich schnell mit dem Ärmel meiner Jacke weg, als ich unter Türgebimmel eintrat. Die Sachbuchabteilung des kleinen Ladens bestand gerade mal aus einem schmalen Regal. Aber dort stand *Grundformen der Angst* von Fritz Riemann. Wohl tatsächlich ein Klassiker. Ich schaute gleich hinein. Riemann war 1902 geboren, also wohl eher Katjas Großvater als ihr Vater. Er hatte in München gelehrt. Katja kam in Bremen zur Welt, wuchs in Kirchweyhe auf und ging Mitte der Achtziger nach München. Da war Fritz schon tot. Vielleicht hatte sie seine Wohnung geerbt? Es schien alles ein bisschen unwahrscheinlich. Ich kaufte das Buch trotzdem.

Da ich vor meinem Termin im Fitnessstudio noch ein bisschen Zeit hatte, setzte ich mich in ein Bio-Café an der Falkenstraße, bestellte eine Apfelschorle und schlug das Buch auf. Riemann begann seinen Text mit vier unbewussten Triebkräften, die er in Analogie zu den kosmischen Kräften beschrieb. Die Rotation, also die Drehung der Erde um sich selbst, hat ihre psychologische Entsprechung in dem Verlangen, ein unabhängiges Individuum zu werden. Die Bahn der Erde um die Sonne, die er »Revolution« nennt, entspricht der Forderung, die eigenen Begehrlichkeiten zugunsten einer Gemeinschaft zurückzustellen. Die Zentripetal- oder Schwerkraft übersetzt er in den Wunsch nach

Kontinuität, die Zentrifugal- oder Fliehkraft steht in diesem Modell für den Impuls, sich zu verändern.

Und jeder dieser Antriebe birgt natürlich die Angst, nicht befriedigt zu werden. Was, wenn ich nicht eigenständig leben kann? Was, wenn ich isoliert bin von den anderen Menschen? Was, wenn die Verhältnisse, in denen ich lebe, flüchtig sind und prekär? Was, wenn alles endgültig ist, wenn ich unfrei bin, nicht mehr vom Hier-Sein zum Da-Sein komme?

Wie soll das nur alles funktionieren?, dachte ich, auf die Straße schauend. Bei mir sein und mich gleichzeitig hingeben, ich selbst bleiben und mich wandeln. Egal, welchen Schritt ich tue – ich vernachlässige immer eine der Triebkräfte. Die Rotation oder die Revolution, die Zentripetal- oder die Zentrifugalkraft.

Im Angesicht all dieser Kräfte, die einen um die eigene und die Achse des großen Anderen drehen, einen anziehen und wegschleudern, schwirrte mir der Kopf. Ich starrte auf die Buchseite. Es war mir von einem Moment auf den anderen unmöglich, noch irgendetwas zu tun. Ich saß auf meinem Stuhl und konnte mich nicht mehr bewegen, während in meinem Kopf die Rotation, die Revolution, das Zentripetale und das Zentrifugale wirkten. Ich begann am ganzen Körper zu schwitzen, mein Atem ging schwer. Gerne hätte ich bezahlt, wäre aufgestanden und an die frische Luft gegangen. Doch ich konnte nicht, weil mich jede der Kräfte mit der gleichen Intensität in eine andere Richtung zu zerren schien, ich also in einer Art Kräftegleichgewicht gefangen war.

»Haben Sie noch einen Wunsch?«

»…«

»Hallo?«

»…«

»Ob Sie noch einen Wunsch haben?«

Ich hörte die Bedienung, doch ich konnte ihr nicht antworten. Offenbar eingeschnappt, ging sie fort. In meinem Kopf rotierte eines dieser Planetenmodelle, wie man sie aus dem Schulunterricht kennt. Der Mond drehte sich um die

Erde, die Erde um die Sonne. In den anderen Umlaufbahnen – der Vereinfachung halber ohne ihre Monde – Merkur, Venus, Mars, Jupiter, Saturn, Uranus, Neptun und Pluto. Letztgenanntem hatte man dann irgendwann den Planetenstatus abgesprochen. Das hatte ich, am Küchentisch unserer Wohnung sitzend, in der *Bayerischen Allgemeinen* gelesen. Es muss ein heißer Sommertag gewesen sein. Das Fenster stand offen. Shirley saß mir gegenüber, obenrum nackt, und mümmelte an einem Stück Mohnkuchen.

»Was lachst du?«

»Ach, sie haben Pluto degradiert.«

»Pluto? Diesen Hund bei Micky Maus?«

»Nein, den Planeten. Jetzt ist er nur noch ein Zwergplanet.«

»Warum denn das?«

»Hier steht: *Die Internationale Astronomische Union beschloss auf einem Fachkongress in Prag eine neue wissenschaftliche Definition für Planeten. Planeten werden nun als Objekte definiert, die die Sonne umkreisen und genügend Masse haben, um von ihrer Schwerkraft zu annähernd kugelförmiger Gestalt zusammengepresst zu werden. Außerdem dürfen sich keine weiteren kosmischen Objekte in ihrer Nachbarschaft befinden. Durch diese Definition wurde der 1930 entdeckte Pluto aus der Planetenriege ausgeschlossen und gilt nun als Zwergplanet. Der degradierte Brocken aus Eis und Gestein ist um einiges kleiner als der Erdmond und bewegt sich auf einer elliptischen Bahn, die deutlicher als die der Planeten von der Form eines Kreises abweicht, um die Sonne. Die Entdeckungen des vergleichsweise großen Mondes Charon und zweier weiterer Trabanten namens Nix und Hydra machten ihn schon vor einigen Jahren zum Wackelkandidaten unter den Planeten. Durch das Weltraum-Teleskop Hubble fand man in den Neunzigern weitere Himmelskörper, die Pluto an Größe und Gestalt ähnelten* undsoweiterundsofort.«

»Aber im Weltall ist nix passiert, oder?«

»Wie meinen?«

»Na, ich meine, sie haben nur die Definition geändert, aber dem Pluto selbst ist nichts passiert.«

»Nee, nee. Alles Definitionssache, sowieso. Ich frage mich nur, ob sie jetzt den römischen Gott Pluto auch zum Halbgott herabstufen.«

»Witzbold.«

»Das wird seiner Frau Proserpina überhaupt nicht gefallen. Die ist ja immerhin die Tochter des Jupiter. Da wird sie sich nicht mit so einem dahergelaufenen Halbgott-Parvenü abgeben. Abgesehen davon werden seine Untergebenen in der Unterwelt ihn vermutlich nicht mehr so richtig ernst nehmen. Ich meine, eine lame duck als Führer der Unterwelt, das geht nun w...«

Ein lautes Klingeln schreckte mich auf und ließ mich reflexhaft nach dem Telefon in der Innentasche meiner Jacke greifen – da musste kurzzeitig eine der vier Kräfte unaufmerksam gewesen sein.

»Hallo?«

»Hallo, ej, Thomas Dudek?«

»Ja, am Apparat.«

»Hier ist Marek von *Fitquick*. Wir hatten vor 'ner Viertelstunde einen Termin.«

»Ach du Sch... Entschuldige. Ich bin sofort da. Bin aufgehalten worden von den Kräft... von ... Kraft... Kraftfel... Kraftfahrern, also Kfz, verstehst du, Kraftfahrzeugen. Ich stecke im Stau. Feierabendverkehr, Schulbusse und so.«

»Schulbusse? Es ist neunzehn Uhr!«

»Aaa...Abendschule. Abendschulbusse. Ich bin gleich da.«

»Ja, ja, schon okay.«

*

Bereits der erste Blick in die Herrenumkleide war ein Schock. So viele nackte Männer hatte ich noch nie gesehen. Jung, alt, weiß, braun, schwarz, durchtrainiert, faltig, zellulitär kamen sie tropfend aus der Dusche, standen vor Spiegeln und Waschbecken. Niemand bedeckte seine Blöße. Groß, klein, beschnitten, unbeschnitten, schlaff und halberigiert baumelte es ihnen zwischen den Beinen. Es war, als hätte der Sündenfall niemals stattgefunden. Alles kleine Narzisse. Nur ich war mal wieder gekränkt. Schlüpfte schnell in meine lange Sporthose (duschen, das wusste ich schon, würde ich anschließend zu Hause) und entschwand Richtung Trainingsraum.

Männer mit vor Anstrengung absurd verzerrten Gesichtern saßen und lagen laut stöhnend auf ihren Schemeln, Mädchen tanzten gazellengleich auf Laufbändern und Crosstrainern, ältere Damen in schreiend pinkfarbenen und neongrünen Outfits, mit Stirnbändern und Lesebrillen hockten über bunte Zeitschriften gebeugt auf Trimmrädern. An der Bar stand Marek, einen dicken Ordner unterm Arm.

»Ich … Entschuldigung, der Stau.«

»Schon gut.«

Er klopfte auf den Pappdeckel des Ordners.

»Dein Trainingsplan.«

Er schien mir leicht angesäuert. Ob sich das auf seine Trainingsführung auswirken würde? Würde er mich jetzt extra hart rannehmen? So wie Quälix Magath oder Gunnery Sergeant Hartman in *Full Metal Jacket*? Es schien ganz so. Jede der Übungen, die er mir vorführte, sollte ich fünfzehn Mal wiederholen. Nach einer Pause weitere fünfzehn Mal, und dann eine dritte Runde. Ich gab meist nach zehn Versuchen im zweiten Durchgang auf, doch er schrie mich nicht wie erwartet an, sondern verringerte bloß das aufgelegte Gewicht, was weitaus demütigender war. Und ich begann von neuem.

Nach einer Dreiviertelstunde stellte er mich auf den Crosstrainer. Ich sollte eine halbe Stunde »auslaufen«. Nach fünf Minuten schien mich das Seitenstechen förmlich zu zerschneiden, aber ich lief weiter, nahm jede Sekunde wie eine Hürde, bis ich ganz aufgehoben war im Rhythmus meines immer regelmäßiger werdenden Atems.

Der laute Piepton, der das Ende meiner Laufzeit verkündete, riss mich unsanft aus diesem entrückten Zustand in die Wirklichkeit zurück. Keuchend und vollkommen erschöpft stieg ich vom Gerät, meine Beine drohten jeden Moment nachzugeben. Ich kam mir vor wie ein Astronaut, der nach einem turbulenten Manöver mit dem Spaceshuttle wieder auf der Erde gelandet war. Die Schwerkraft zog mich zu Boden, die Fliehkraft ließ mich schwindeln, und ich spürte dicke Schweißperlen unter meinem klammen T-Shirt hinabrinnen. Sie schienen die Grenzen meines Körpers nachzuzeichnen. Ich lehnte mich rücklings an eine Wand und glitt zu Boden. Mir wurde schwarz vor Augen. Das bin ich, dachte ich immer noch keuchend, hier komme ich nicht mehr lebend raus.

Da bekam ich es mit der Angst zu tun. Ich war gefangen in dieser Hülle, die, bewegt von kosmischen Kräften, wie ein riesiger Steinbrocken durchs Weltall schlingerte. Ich hatte keinerlei Kontrolle. War wehrlos in den Fängen der Rotation, der Revolution, der Zentripetal- und der Zentrifugalkraft. Mein Herz beschleunigte noch einmal, das Seitenstechen wurde stärker. Japsend und gebückt taumelte ich die Treppe zum Ausgang hinunter. Buch und Kleidung musste ich in der Herrenumkleide zurücklassen. Ich strauchelte Richtung Straße, hielt einen angesichts meines Zustandes erschrocken dreinblickenden Taxifahrer an und ließ mich gegen ein fürstliches Trinkgeld zu meiner Wohnung kutschieren. Dort duschte ich, bis meine Haut vollkommen aufgeweicht und rot war.

Fünfundzwanzig

Ich hatte mich schon lange mal wieder bei Ben melden wollen. Und nach dem, was Peter erzählt hatte, war ich auch ziemlich neugierig geworden. Wohnte er tatsächlich in einer Pension? Was war aus seiner Familie, oder besser: seinen Familien geworden? Mindestens einmal musste er mittlerweile wieder Vater geworden sein.

Tagelang erreichte ich immer nur seine Mailbox. Ich hinterließ auch ein, zwei unschuldige Nachrichten. Doch er meldete sich nicht zurück. Eines Abends erwischte ich ihn dann doch.

Er schien sich sogar ein bisschen zu freuen, meine Stimme zu hören.

»Na? Wie geht's?«

»So allmählich gewöhn ich mich an die neue Situation. Peter, weiß nicht, ob du den noch kennst, hat mir ein bisschen geholfen.«

»Peter? War das nicht sozagn dieser Musical-Fan?«

»Ja, genau.«

»Neulich dachte ich, ich hätte ihn irgendwo gesehen. War mir dann aber nicht sicher. Weiß auch schon nicht mehr wo. Was macht der jetzt?«

»Taxi fahren.«

»Ach. Na, warum nicht.«

»Jetzt sag schon, wie's bei dir läuft.«

»Tja, Johanna und ich sind wmasowill Eltern einer kleinen Tochter geworden. Mandy.«

»Mandy?«

»Haha, war nur Spaß. Cassandra. Nein, quatsch, Julia.«

»Oh, Julia ist schön unspektakulär. Und wie geht's der anderen, der, äh, werdenden Mutter?«

»Frag nicht.«

»Wieso?«

»Ich bin ja wmasowill kurzzeitig bei ihr eingezogen, und das war relativ harmonisch. Auch wenn ich immer noch ziemlich viel gegrübelt habe. Irgendwann ist ihr dann eingefallen, dass sie mich schon sozagn als Vater ihres Kindes will. Aber nicht unbedingt als Partner.«

»Ui. Und dann?«

»Ich bin hin und her gerissen. Einerseits war es so befreiend, der Familie zu entkommen und mit ihr zusammen noch mal neu anzufangen, wmasowill.«

»Das haste schon mal gesagt.«

»Was?«

»Nichts, erzähl weiter.«

»Also, jedenfalls. Es war sozagn eine zweite Jugend mit ihr, und ich bin schon quasi bei ihr eingezogen, wmasowill. Johanna wollte erst mal nichts mehr von mir wissen. Aber andererseits häng ich halt schon auch an ihr und den Kindern, wmasowill. Jedenfalls bin ich dann erstmal in eine kleine Pension gezogen, und dann habe ich noch anderthalb Wochen bei Mikesch gewohnt, bis sich sozagn die Wogen wieder etwas geglättet hatten und ich mit Johanna reden konnte.«

»Mikesch wohnt auch immer noch in München? Ich dachte, der wär längst weg. Der müsste doch mittlerweile fertig sein mit dem Studieren, oder? Er hat doch immer gesagt, danach wolle er sofort raus aus der Stadt, sei alles zu teuer hier. Der wollte doch aufs Land ziehen und Romane schreiben.«

»Schriftsteller ist er auch geworden, wmasowill.«

»Ehrlich? Hab nie was von ihm gehört. Oder hat er sich ein Pseudonym zugelegt?«

»Nee, also ja, doch, wmasowill. Viele Pseudonyme. Er arbeitet sozagn als – na ja – Ghostwriter.«

»Ach nee.«

»Je nach Projekt verdient er gar nicht so schlecht. Jedenfalls wohl besser, als wenn er seinen eigenen Kram schreiben würde. Ist mittlerweile sozagn 'ne richtig große Nummer in dem Geschäft. Hat einige Biografien von so B-Promis geschrieben, frag mich nicht, wie die alle hießen.«

»Na, da schau her. Früher hat er sich immer über die ganzen Bestseller-Autoren lustig gemacht mit ihrem trivialen Scheiß. Alle außer Gaddis, Pynchon und Vollmann waren für ihn doch – ich zitiere – VERDAMMTE HURENSÖHNE UND STIEFELLECKER. Hihihi.«

»Tja, er hat sich sozagn arrangiert. Er meinte nur, dass Bios mittlerweile nicht mehr so gefragt wären. Jetzt wollen die wohl alle Kochbücher und Ratgeber machen. Da gibt's natürlich weniger Geld, wmasowill. Weil die Texte kürzer sind.«

»Und wie geht's jetzt bei dir weiter?«

»Ich bin dann doch wieder bei Johanna eingezogen. Wir verstehen uns eigentlich ganz gut, wmasowill. Nur über das eine Thema reden wir halt nicht. Muss man abwarten, wie das weitergeht, wenn der Kleine – es wird ein Junge, weiß nicht, ob ich das schon gesagt hab – also, wenn der Kleine sozagn dann da ist.«

»Das wartest du jetzt also ganz gelassen ab?«

»Was soll ich tun? Das sind noch zwei Monate oder so. Wer weiß, was bis dahin noch alles passiert? Ich fühl mich wohl bei meiner Familie, wmasowill. Vielleicht adoptieren wir den Kleinen dann ja sogar, und Flo kann in Ruhe weiter studieren und sozagn Karriere machen.«

»Das glaubst du doch selbst nicht, dass Johanna das mitmacht?«

»Ach, weißt du, wenn ich was gelernt habe in den letzten Monaten, dann dass man dieses Familiending nicht unterschätzen sollte, wmasowill.«

»Du meinst, man sollte die Macht der Gewohnheit nicht unterschätzen.«

»Wie auch immer. Ich muss jetzt sozagn mal nach der Kleinen gucken. Ich meld mich die Tage bei dir. Vielleicht können wir uns ja mal auf 'nen Kaffee treffen.«

Sechsundzwanzig.

Hinaus aus der Stadt! Und da dehnt sie sich, die Heide, nebelnd, gespenstiglich, rezitierte er innerlich, als er irgendwo zwischen Hankensbüttel und Groß Oesingen aus dem vibrierenden Busfenster schaute. Es war wieder eine Reise gen Norden und erneut in die Vergangenheit. Allerdings in eine, die ihm weiter entfernt schien als seine Kindheit. So weit, dass aus dem Ich ein Er geworden war.

An der Schule von Groß Oesingen stieg er aus und schaute auf Shirleys Wegbeschreibung. Die Schulstraße Richtung Osten, dann die Hauptstraße Richtung Norden, zweite links in die Molkereistraße. Dann noch fünfhundert Meter, ein rotes Ziegelsteinhaus auf der rechten Seite. Ein alter Golf kam die Hauptstraße hochgebrettert. Aus den offenen Fenstern schallte die gepresste Stimme von Brian Johnson.

»Hell's bells. Hell's bells, you got me ringing. Hell's bells, my temperature's high. Hell's bells.«

War das nun das angemessene Vorspiel für die kommenden Tage? Der Himmel war so norddeutsch grau, wie er es liebte. Wer aus dieser Gegend kam, konnte sehen, dass es ein Frühlingshimmel war. Das rote Ziegelsteinhaus an der Molkereistraße war winzig. Sah eher aus wie ein Schuppen. In einem Zimmer brannte bereits Licht. Vor dem Haus stand ein Mercedes, dem Kennzeichen nach ein Mietwagen. Shirley musste schon da sein. An der Türklingel war der Name des jüngeren Bruders ihrer Großmutter angebracht. »Martin Ochs«. Seine Frau hatte die greise Dame bis zu deren Tod vor zwei Jahren gepflegt, während er als Beamter für die

Gemeindeverwaltung Eldingen gearbeitet hatte. Mittlerweile war er pensioniert, und die beiden lebten in einem betreuten Wohnprojekt in Celle. Das Haus hatte er Shirleys Cousine Franziska überlassen, die jedoch in Hamburg lebte und nur selten in die Heide kam. Shirley öffnete die Tür. Sie sah sehr entspannt aus.

»Da bist du ja.«

»Hallo, bist du schon lange da?«

»Ich bin gestern Abend von Bremen hergefahren, um das hier ein bisschen wohnlich zu machen.«

»Ja, sieht ziemlich trostlos aus.«

»Es wird gehen. Die Küche kann man, glaube ich, benutzen. Und das Bett hab ich frisch bezogen.«

»Das Bett? Gibt's nur eins?«

»Naja, hier unten sind nur drei Räume. Der große ist die Küche, dann das Bad und die kleine Kammer von Oma.«

»Und oben?«

»Da hat Onkel Martin alles leer geräumt. Da wohnen jetzt die Mäuse.«

»Oh.«

Es war wie ein Traum, nur dass es eben real war. Ich schaute auf Shirley und auf mich wie auf zwei Figuren einer Geschichte, die nicht meine war. Eine Stimme in meinem Kopf erzählte, während ich alles entrückt, in einer Art Autopilot-Modus geschehen ließ.

Er schaute ihr nach in die in der Tat sehr kleine Kammer. Ein – sicherlich zu kurzes – Doppelbett hatte dort gerade seinen Platz. Aber warum hatte Shirleys Großmutter in einem Doppelbett geschlafen? Er musterte die ehemals weiße Tapete, den von Flecken übersäten und mit einer Dreckschicht überzogenen Teppich, dessen Ursprungsfarbe im Verborgenen blieb, das gerahmte Kalenderblatt an der Wand, das eine Frau zeigte, deren Konturen zu verblassen schienen – August Mackes *Akt auf weißem Tuch*. Auf der anderen Seite des Bettes öffnete sich eine ebenfalls ehemals weiße, nun eher gräuliche Tür mit dunkelgrauen Flecken und Streifen, in die eine wellige und geriffelte Glasscheibe eingelassen war. Sie öffnete die Tür.

»Von hier kommt man auch ins Bad. Hat Onkel Martin gemacht, den Durchbruch, um Oma den Weg zu verkürzen.«

»Soso. Mhm.«

»Was guckste denn so bedröppelt?«

Sie war allem Anschein nach gut gelaunt.

»Ach, nichts«, erwiderte er und schlängelte sich um das Bett herum zu seiner Seite, während sie diese durch eine Wäschetruhe verengte Gasse in die entgegengesetzte Richtung zu ihrer Seite durchquerte. Ihre Körper berührten sich leicht. Zunächst ihre linke und seine rechte Schulter, kurz sogar die Hände, dann die Becken. Die Seitenverteilung im Bett ist nach wie vor dieselbe wie zu der Zeit, als wir uns noch öfter, heftiger, zärtlicher und liebevoller berührt haben, dachte er.

»Ich weiß gar nicht, was Franziska hat, ein paar kleine Bastelarbeiten, und ich könnte mich hier zu Hause fühlen.«

Siebenundzwanzig

Wir sprachen zwar immer noch im gleichen Tonfall miteinander wie zu der Zeit, als wir noch ein Paar gewesen waren, wir machten die gleichen Scherze und Anspielungen. Aber all das klang plötzlich hohl und lächerlich. Am Ende blieben von uns nur leere, starre Sprachformeln übrig. Wir redeten nebeneinanderher. Und wir dachten nebeneinanderher. Tagsüber radelten wir nebeneinanderher, meist sogar hintereinanderher. Und abends schliefen wir nebeneinander – nebeneinanderher. Am Morgen duschten wir nacheinander, und keiner schaute durch das kleine geriffelte Fensterchen in der Tür, in dem sich der nackte Andere abzeichnete. Vielleicht war es tatsächlich die Hölle. Statt der wedding bells die hell's bells.

Ich wurde mit der Zeit immer schweigsamer, weil ich keine Worte fand für den Schmerz, den ich fühlte. Und Shirley redete und redete. Stundenlang. Als könnten ihre Worte die alles enthüllende Stille überdecken, die zwischen uns herrschte.

Am dritten oder vierten Tag, als wir abends bei anbrechender Dämmerung zurück Richtung Groß Oesingen radelten, fuhren wir in einen dichten dunklen Wald hinein. Nach wenigen hundert Metern bremste ich, um den Dynamo einzuschalten. Ich schaute mich um. Shirley, die die ganze Zeit hinter mir gefahren war, war verschwunden. Ich rief zwei, drei Mal ihren Namen. Keine Antwort.

Plötzlich spürte ich eine große Erleichterung. Es kam mir vor, als wäre ich nun weniger allein. Ich trat so fest ich konnte in die Pedale, um nicht doch noch von ihr eingeholt zu werden. Dabei musste ich ob des Fahrtwinds meine rote Schirmmütze festhalten, die ich mir am Vormittag in Celle gegen die intensiver werdende Sonne besorgt hatte. Ich fuhr und fuhr, bis plötzlich der Lenker auf einem Feldweg zu schlingern begann. Der Vorderreifen war im Nu vollkommen platt. Ich stellte das Fahrrad an den Wegrand und ging zu Fuß weiter. Mit einem Mal wurde mir die Unheimlichkeit der Gegend bewusst, die ich die letzten Tage durchquert hatte.

Was für eine karge Wüste diese sogenannte Kulturlandschaft war. *Und alles so still, und alles so stumm, man sieht sich umsonst nach Lebendigem um. Nicht einmal hungrige Vögel schießen aus Wolken, um Würmer zu spießen.* Die Zunge lag mir trocken im Mund. So wie all die Wörter, die in den letzten Tagen aus mir herausgekommen waren, fühlte auch sie sich an, als ob sie nicht wirklich zu mir gehörte. Ich wischte mir den Schweiß von der Stirn, ein Schwindelgefühl überkam mich, das gepaart mit der ungewohnten Langsamkeit meiner Fortbewegung in dieser Landschaft meinen Orientierungssinn beeinträchtigte. Shirley hatte immer die Karte gelesen. Immerhin, die Sonne war noch tiefrot am Horizont zu sehen. Ich musste sie in den Rücken bekommen. Doch das war auf diesem Weg nicht möglich.

Nach etwa einer halben Stunde erreichte ich eine Straße, der ich Richtung Norden folgte. In der Ferne zeichneten sich die Umrisse eines Anwesens ab. Ganz einsam, ohne Nachbarn. Ein Auto kam mir entgegen, und einen Moment war ich versucht, den Daumen rauszuhalten. Doch erstens wäre es die falsche Richtung gewesen und zweitens waren meine Gedanken langsamer als der röhrende Sportwagen. Hier schien es jeder eilig zu haben. Warum nur? Ich schaute dem Raser hinterher und bemerkte zugleich: Die Sonne war hinter dem Horizont verschwunden.

Nur noch ein paar hundert Meter vor mir stand das Anwesen, das sich bei näherem Hinschauen als riesiger grauer Holzschuppen entpuppte. Drinnen dröhnte Musik. Eine

Großraumdisko auf dem platten Land, davon gibt es viele, dachte ich. Die Tür war nur angelehnt. Eine junge Frau sang mit starkem französischen Akzent einen englischen Song. Ich verstand nur die erste Zeile: »*There was a little girl*.«

Links an der Wand, noch vom durch die geöffnete Tür fallenden letzten Tageslicht erleuchtet, hing die Ankündigung für eine Art Marathon, der schon vor langer Zeit stattgefunden hatte – *Celler Wasa-Lauf 2003*. Vor mir lag ein langer Flur, an dessen Ende eine Treppe hinaufführte. Über der obersten Stufe strahlte ein intensives rotes Licht, das den gesamten Flur in ein dunkles Purpur zu tauchen schien. Links und rechts befanden sich Türen, an denen jeweils rote oder grüne Schildchen baumelten. Ein großer Mann mit einem Gitarrenkoffer in der Linken ging ein paar Meter vor mir. Seine Schritte hallten durch den Gang. Er blieb vor einem offensichtlich freien Zimmer stehen, klopfte, drehte das grüne Schildchen um, so dass es rot zeigte, und trat ein. Ich ging ein paar Türen weiter und tat es ihm gleich.

Ich trat ein und starrte in einen schmalen Raum, der aussah wie eine Künstlergarderobe im Theater. An der gegenüberliegenden Wand war ein großer Spiegel angebracht. Davor ein länglicher Tisch, auf dem eine Schreibtischlampe und ein altmodisches Telefon mit Drehscheibe standen. Ich knipste die Lampe an, zog einen der beiden Stühle, die in der Ecke hinter der Tür standen, heran und setzte mich. Da flackerte auf der anderen Seite des Spiegels ein Neonlicht auf. Dort, wo der Spiegel war, saß hinter der Scheibe eine bleiche dunkelhaarige Frau in einem grünen, trägerlosen Top. Sie war stark geschminkt – die Lippen feuerrot, die Lider fast schwarz. Ich sah ihr direkt in die Augen. Ich kannte diese blauen Augen. Ich wusste nicht woher. Ich nahm meine Schirmmütze ab und knetete sie nervös in den Händen.

Die Frau mit den blauen Augen zeigte in meine Richtung, machte mit der rechten Hand eine Faust, spreizte kleinen Finger und Daumen ab und hielt sich die Hand wie einen Telefonhörer an Mund und Ohr. Dann zeigte sie mir vier Finger ihrer Linken, nur ihren Daumen konnte ich nicht sehen. Ich griff zum Telefon und wählte also die Nummer 4.

»Hallo?«

»Hallo? Bist du neu hier?«

»Äh, ja richtig. Sieht man das?«

»Ich kann dich nicht sehen.«

»Ach. Ist das so wie bei diesen Gegenüberstellungen bei der Polizei?«

»Ja. Ich heiße Jane. Kann ich irgendwas für dich tun?«

Ich hatte mich in diesen blauen Augen verloren. Sie waren mir vom ersten Moment an vertraut gewesen. Aber woher kannte ich sie – aus Filmen, von Bildern, gar aus der Realität?

»Soll ich mein Top ausziehen?«

»Nein, nein, bitte nicht.«

»Was willst du dann?«

»Ich weiß nicht, nichts. Reden vielleicht.«

»Gibt es etwas Bestimmtes, was du sagen willst?«

»Nein.«

»Du kannst mir alles sagen, ich werd's nicht weitererzählen.«

Als mein Blick vor Erschöpfung kurz Janes Augen losließ und ihre Stirn hinaufwanderte, bemerkte ich, dass die dunklen Haare nur eine Perücke waren. Darunter sah man einen blonden Haaransatz. Plötzlich kam mir auch ihre Stimme bekannt vor. Das war eindeutig Aurelie. Sie hatte nie einen Akzent gehabt, weil sie zweisprachig aufgewachsen war, doch es klang immer, als läge ein fröhliches französisches Chanson unter ihren deutschen Worten. Selbst als es nach so kurzer Zeit mit uns zu Ende ging, hörte man keine Trauer in dieser Stimme. Dabei war Aurelie am Boden zerstört gewesen. Das weiß ich. Sie zog dann nach Paris, und ich hörte nie wieder von ihr. Ein paar Mal hab ich überlegt, sie zu suchen. Aber wo? Und was hätte ich sagen sollen? Ich hatte ihr nie erklären können, warum ich sie von einem Tag auf den anderen nicht mehr begehrt hatte.

»Machst du das hier schon lange?«

Ich hatte Aurelie das letzte Mal vor acht Jahren gesehen. Bei unserer Scheidung. Wie schön sie war, das hatte ich vergessen. Eine Ähnlichkeit zu Katja Riemann konnte ich seltsamerweise nicht mehr erkennen.

»Ein paar Monate.«

»Und das ist alles, was du tust?«

»Ja, hauptsächlich höre ich zu.«

Aurelie hatte mir schon früher immer zugehört. Stundenlang manchmal. Sie war damals dreiundzwanzig und arbeitete als Dolmetscherin. Ich dachte aus irgendeinem Grund, ich müsste ihr die Welt erklären. Dabei hatte sie vermutlich mehr gewusst als ich.

»Warum lachst du?«

»Entschuldige. Uns ist es nicht erlaubt, die Kunden außerhalb zu sehen, wenn du das meinst.«

»Das wird doch immer nur behauptet in solchen Läden. Wer sollte das kontrollieren? Das ist doch Bullshit!«

Ich merkte, wie ich wütend, ja aggressiv wurde. Aber warum? War ich eifersüchtig? Oder ärgerte es mich, dass Aurelie so tat, als kennte sie mich nicht? Sie hatte natürlich nicht ganz unrecht, wenn sie einen Groll auf mich hegte.

»Ich glaube nicht, dass ich diejenige bin, mit der du reden willst. Geh bitte in eine andere Kabine.«

»Nein, nein. Entschuldigung. So war es nicht gemeint.«

Nun schaute sie mir direkt in die Augen, was aber, wenn sie denn die Wahrheit sagte und mich wirklich nicht sehen konnte, wohl bedeutete, dass sie sich, vor dem Spiegel sitzend, selbst in die Augen sah.

»Okay. Ich weiß, dass es manchmal schwer ist, mit jemand Fremdem zu reden. Entspann dich einfach und erzähl mir, was dir durch den Kopf geht. Ich höre zu.«

»Es ist aber eine sehr lange Geschichte.«

»Ich habe viel Zeit und immer ein offenes Ohr für meine Kunden.«

»Sie handelt von zwei Menschen …«

»Was für Menschen?«

»Zwei Menschen eben. Eine Geschichte von zwei Menschen. Wie Liebe sich anfühlt.«

»Ich verstehe.«

»Diese zwei Menschen wollten immer zusammen sein. Alles andere war ihnen egal. Es kam ihnen vor, als könnte nichts sie trennen. Oft sahen sie sich an, der festen Überzeugung, sie würden sich schon ewig kennen.«

»Klingt, als wären sie glücklich gewesen.«

»Das waren sie auch. Und er, er liebte sie mehr, als er es je für möglich gehalten hätte. Er liebte sie mehr, als alle Worte dafür es hätten sagen können. Er litt, wenn er weggehen musste von ihr. Und wenn's nur eine Stunde war. Er wand sich vor Schmerzen, wenn er in fremden Städten in fremden Hotels übernachten musste, und tat kein Auge zu. Und er reiste viel. Das war sein Job. Und er hasste seinen Job. Nicht nur für die Reisen. Er fühlte sich gefangen in dieser Tätigkeit, die ihm vorkam, als würde sie seiner Liebe nicht gerecht. Er dachte, er müsste etwas Größeres, Bedeutungsvolleres tun, um dieser Liebe gerecht zu werden. Erfolgreicher sein, um sie zu verdienen.«

»Konnte er sich nicht einen anderen Job suchen?«

»Das tat er. Beziehungsweise, er versuchte es. Aber er traute sich nicht, weil er der Welt nicht traute und weil er sich selbst nicht traute. Er dachte, er hätte keine der Fähigkeiten, die in den Zeitungsanzeigen und Internetbörsen von ihm verlangt wurden. Doch er spürte den Druck, den die Liebe auf ihn ausübte. Er merkte, dass er ihr nicht mehr genügen konnte. Dass es ihm nicht möglich war, ihre Ansprüche zu erfüllen.«

»Hat er mit seiner Freundin darüber geredet?«

»Nein, er schämte sich. Er dachte, er wäre ihre Liebe nicht wert, weil es ihm nicht gelang, das Bild, das sie von ihm hatte, zu erfüllen. Er zog sich zurück. Er kapitulierte. Der Druck, den er verspürte, hatte ihn gebrochen. Er kündigte seinen Job, saß zu Hause und wartete den ganzen Tag, bis sie von der Arbeit heimkam.«

»Und sie?«

»Ich weiß es nicht. Sie wird gemerkt haben, dass er sich verändert hatte. Und da veränderte auch sie sich. Immer öfter kam sie nicht nach Hause. Verbrachte die Nacht bei einem anderen. Einem, der das Gegenteil war von ihm.«

»Und er?«

»Er wartete. Die ganze Nacht. Er weinte und er trank. Er krümmte sich vor Schmerzen.«

»Das ist traurig.«

»Ja. Es ist tragisch. Er ging an der zu großen Liebe zugrunde und konnte ihr nicht geben, was sie brauchte.«

»Was war das?«

»Ich weiß es nicht sicher. Geborgenheit vielleicht – die Sicherheit, an seiner Seite am rechten Ort zu sein für den Rest ihres Lebens.«

»Das kenne ich. Wie ging es weiter?«

»Sie ging zu dem anderen. Und er ging ins Dunkel. In die Nacht der Welt. Es führte kein Weg zurück, die Tage wurden enger.«

»Er trauerte.«

»Nein. Es war keine Trauer. Auch kein Selbstmitleid. Zumindest nicht lange. Es war wie ein Abstieg von einem hohen Berg in ein tiefes Tal. Er lief durch die dunklen Regenwolken und konnte kaum die Hand vor Augen sehen. Doch irgendwann klärte sich die Sicht, und er sah das Tal immer deutlicher vor sich. Und er schaute hinab. Schaute auf seine Freunde und Bekannten und sah, wie auch sie immer wieder an den Idealen scheiterten, die sie einst hatten. Und wie sie sich einrichteten in Kompromissen und Hilfskonstruktionen, die mit dem, was sie sich einst als ihr Leben vorgestellt hatten, nur noch wenig gemein hatten. Und da wurde ihm klar, dass nicht seine Freundin oder die, wie es ihm immer erschienen war, viel zu große Liebe diesen Erwartungsdruck auf ihn ausgeübt hatten, sondern er selbst. Dass er den Ansprüchen, die er an sich, die Liebe und das Leben gestellt hatte, nicht gerecht werden konnte.«

*

War das wirklich passiert? Ich weiß es nicht. Woher kamen all diese Worte? Sie müssen durch mich hindurchgeströmt sein. Wie ein Fluss. Und als ich selbst wie ein stiller Zuhörer begann, zu lauschen und die Worte auf ihre Quelle, ihren Ursprung zurückzuverfolgen, versiegte dieser Strom. Mein Kopf schien plötzlich vollkommen leer. Die Stille war mir nicht peinlich, nachdem die Worte verklungen waren. Sie verursachte keinen Druck und keine Schmerzen mehr. Und erst jetzt, wo ich das Gesagte aufschreibe, wo mir erstmals die Bedeutung von all dem klar wird, verstehe ich, warum.

Ich beschloss zu gehen. In dem Moment, in dem ich den Hörer auf die Gabel legte, schreckte Aurelie zusammen.

Ich sah ihre Lippen Wörter formen.

»Hallo? Bist du noch da?«

Sie stand auf, stellte sich ganz nah vor ihre Seite des Spiegels und versuchte, zu mir hinüberzuschauen. Ich löschte die Lampe und ging zur Tür. Sie schlug mit den Fäusten gegen die Scheibe. Doch ich verließ den Raum, schloss die Tür hinter mir, ging durch den Gang hinaus ins Freie. Es war dunkel geworden, und ich folgte der Straße weiter, bis sie sich gabelte. Die linke Abzweigung war als Sackgasse gekennzeichnet, die rechte führte in Richtung eines Vorortes von Groß Oesingen mit dem kuriosen Namen Texas. Im 19. Jahrhundert war in der Lüneburger Heide mal nach Öl gebohrt worden – ein paar Monate, bevor sie in Louisiana damit anfingen.

Es war von der Abzweigung nach Texas noch ein langer Weg durch die karge Mondlandschaft der Heide. Fast am Ziel kam mir ein betrunkener Mann im Schein einer Straßenlaterne entgegen. Er hatte beide Hände seitlich in die Hosentaschen seines sichtlich noch neuen Anzugs gesteckt und ging gefährlich taumelnd auf die sicherlich schon geschlossene Dorfkneipe *Thumann* zu. Der Anzug war hellblau; dazu trug der Mann weiße Socken und gelbe Schuhe, und eine locker gebundene Krawatte schwang im Torkeln hin und her. Ich grüßte ihn freundlich, und er grüßte zurück.

Als ich am kleinen roten Ziegelsteinhaus eintraf, brannte kein Licht. Auch Shirleys Fahrrad stand nicht vor der Tür. Doch das störte mich nicht. Ich ging gleich ins Schlafzimmer und schlief binnen weniger Minuten ein. Irgendwann in der Nacht muss ich aufgewacht sein. Vielleicht aber war das Aufwachen nur Teil eines Traums. Mir ging etwas im Kopf herum. Eine Schuld. Nach einer Weile hatte sie nicht nur mein Denken okkupiert, sondern sich zudem auf meine Brust gesetzt, so dass mir das Atmen schwer wurde. Nur war mir nicht klar, um was für eine Schuld es sich handelte. Lange lag ich da und versuchte, ihr auf die Spur zu kommen. Bis sich schließlich Bilder fanden. Ich sah einen Arm, der im Moor versank. Plötzlich war mir klar, dass diese Person durch meine Hand gestorben war. Alle Beweisstücke für diese grässliche Tat hatte ich hier versenkt. Eine Panik überkam mich. Hatte mich jemand beobachtet? Würde mir jemand auf die Schliche kommen? Zunächst musste ich mir selbst auf die Schliche kommen. Was war genau passiert? Wen hatte ich warum getötet? Die Tat schien unauffindbar in mein Innerstes gesickert.

Als der Morgen durch die fleckigen Vorhänge zu dämmern begann, war ich zu der Überzeugung gekommen, ich müsste Shirley am Vortag im dunklen Wald getötet haben. Aber warum? Was war mein Motiv gewesen? Dass ich den Göttern noch einen Toten schuldete, wie das bucklige Männlein mir hatte weismachen wollen?

Ich brauchte noch eine Weile, um das aus heutiger Sicht absolut Naheliegende zu tun, mich umzudrehen und zu schauen, ob Shirley nicht doch zurückgekehrt war und längst im Bett lag. Und tatsächlich, sie schlief neben mir.

Atmete ruhig. Die Schuld aber lastete dadurch unerklärlicherweise nur noch schwerer auf mir.

*

Wir haben am nächsten Tag nicht darüber gesprochen, wie wir uns an diesem Tag auf dem Heimweg verloren hatten. Doch nach dem Aufstehen packten wir beide wortlos unsere Koffer.

»Das war's dann wohl«, sagte ich schließlich vor dem Haus stehend.

»Sag so was nicht«, flehte sie. »Wir haben noch eine Chance, das ist mir klargeworden in den letzten Tagen.«

»Wovon sprichst du?«

»Es war gut, dass wir diese Tage für uns hatten.«

Dann stieg sie in ihren Mercedes, und ich ging zurück zur Haltestelle im Dorf. Die Busse schienen hier häufiger zu verkehren als in meinem Heimatkaff. Schon nach zehn Minuten kam einer mit dem Ziel »Nordhorn« (klein darunter: »ü. Giffendorf«). 'Ne ganz schön lange Reise. Nahverkehr war das jedenfalls nicht mehr. Aber die Ferne war mir gerade recht.

*

Shirley und ich blieben nach dieser seltsamen Reise in unsere Vergangenheit in Kontakt. Wenn auch meist nur per Kurzmitteilung – ein Medium, wie gemacht für unsere zu ohnmächtigen Formeln erstarrte Sprache.

Achtundzwanzig

Eines Samstagnachmittags, es war mittlerweile Herbst, begegnete ich in einem Drogeriemarkt Kiki. Wir erkannten uns sofort und mussten beide lachen.

»Oh, ich weiß, du wolltest mich nie mehr wiedersehen. Entschuldige.«

»Schon okay. Vielleicht sogar gut, dass ich dich treffe.«

»Was macht denn das unabhängige Singleleben?«

Ihr Lachen endete abrupt, und sie musterte mich mit einem dunklen Blick. War sie etwa kein Single mehr? In meinem Kopf reimten sich Herz und Schmerz. Es konnte doch nicht sein, dass sie ausgerechnet jetzt …

»Hm, nicht so gut. Ich glaube, so kann es nicht weitergehen mit mir.«

Von einem Moment auf den anderen war sie vollkommen ernst, ja, grüblerisch geworden.

»Was meinst du damit?«

»Hast du Zeit für einen Kaffee irgendwo?«

Wir gingen ins *Paganini*, durchquerten den großen Raum und setzten uns hinten in die Ecke des Séparées vor ein großes Bücherregal.

Zwischen uns herrschte eine seltsame Vertrautheit, die unerklärlich schien, wo sich unsere gemeinsame Vergangenheit doch nur auf eine durchzechte Nacht, ein paar aus meiner Erinnerung verschwundene Intimitäten und ein leicht verkatertes Frühstück beschränkte. Sie erzählte, und ich hörte zu wie ein alter Freund. Sie hatte in den letzten Monaten tatsächlich versucht, wieder eine Beziehung zu führen. Mit einem neuen Arbeitskollegen.

»Ich habe gemerkt, dass ich jemanden brauche. Ich will mich wieder irgendwo anlehnen, ich will Geborgenheit, irgendwann Kinder und Familie.«

»Aber bist du damals nicht genau davor geflüchtet?«

»Hab ich dir das erzählt? O mein Gott!«

»Schon okay. Du hattest ja beschlossen, dass wir uns danach nie wieder sehen.«

»Im Februar hat mein Ex Felix geheiratet. Auf der Hochzeitsfeier hab ich mich das erste Mal seit langer Zeit wieder so richtig einsam gefühlt. Und als dann die ersten Frühlingstage kamen und ich allein durch den Englischen Garten spazierte, habe ich mir gedacht: Noch so einen Sommer allein überstehst du nicht. Und da kam dann Andreas, und ich dachte, mit dem versuch ich es jetzt.«

»Warst du nicht in ihn verliebt?«

»I wo. So schnell geht das bei mir nicht. Ich muss mich erst an jemanden gewöhnen. Meine Ängste loswerden. Die Angst vor Nähe und vor Bindung und so. Vorher kann ich mich nicht verlieben – wenn es überhaupt noch geht. Ich weiß es nicht. Auch bei Felix habe ich damals eigentlich nie gedacht, dass ich in ihn verliebt war. Wir waren halt zusammen. Und das fühlte sich in den ersten Jahren auch richtig an. Er fragte jede Woche ein paar Mal, ob ich ihn noch liebte, als ob er sich nicht sicher wäre, und ich antwortete ›Ja, natürlich‹, auch wenn ich keine Ahnung hatte, ob es stimmte. Ich glaube, ich hatte mich einfach nur an ihn gewöhnt.«

»Du warst also eine schlechte Lügnerin, aber eine gute Schauspielerin.«

»Ja, vielleicht. Erst als das mit Felix längst vorbei war, sind mir die Parallelen zu meiner Mutter aufgefallen. Die war, als ich klein war, zu mir auch emotional immer total kalt und zurückweisend, obwohl sie es gut mit mir meinte. Plötzlich hatte ich eine Riesenangst, das könnte auch bei mir ein Leben lang so sein. Andreas hat sich echt Mühe gegeben, er war immer für mich da und hat sich so einiges anhören müssen. Aber es ging einfach nicht. Ich hab mich total unter Druck gesetzt, mir immer wieder gesagt: Ich muss ihn lieben, ich muss ihn lieben, aber es hat einfach nicht funktioniert.«

»So geht das natürlich nicht.«

»Das weiß ich mittlerweile auch. Aber was soll ich machen?«

»Weiß nicht, abwarten vielleicht, bis der Richtige kommt? Mal wieder eine Therapie versuchen?«

»Du hast gut reden. Als Mann kann man auch mit fünfzig noch Kinder zeugen. Aber mir rennt die Zeit davon.«

»So einfach ist das bei uns auch nicht. Das Spermienvolumen, oder wie das heißt, nimmt ab, und die Dinger werden immer langsamer. Verhungern, bevor sie am Ziel sind. Da muss man dann vielleicht mit 'ner Spritze nachhelfen.«

»Mit 'ner Spritze?«

»Ach, ein Freund von mir wurde mal von einem befreundeten lesbischen Paar gefragt, ob er für sie, na ja … Sperma spenden würde. Und dann haben sie das Zeug flugs in eine Spritze geladen und sich gegenseitig mit Karacho unten reingespritzt.«

»Uuuäh … Und das hat funktioniert?«

»Keine Ahnung. Ich hab mich nur gefragt, ob so ein Kind wohl größere Gefahr läuft, ein Junkie zu werden. Aus so einer Sehnsucht heraus, in den Urzustand zurückzukehren, back to the roots quasi?«

»Deine Phantasie möchte ich haben – oder vielleicht besser nicht. Lass uns lieber über was weniger Deprimierendes reden. Wie ist es dir denn ergangen in letzter Zeit?«

»DAS ist mitnichten weniger deprimierend. Lass uns doch ins Kino gehen, dann können wir nachher über den Film reden, das ist schön unverfänglich.«

»Was läuft denn?«

»Hm, ich würd gern noch den neuen Woody Allen sehen.«

»Echt? So was guckst du? Mir war das immer zu altherrenmäßig. So schmierig. Er und dann diese jungen schönen Frauen. Hat der nicht seine Kinder sexuell belästigt oder so?«

»Anfang der Neunziger gab es eine Anschuldigung von seiner Ex-Frau Mia Farrow, ja. Aber bewiesen wurde das nie, glaube ich. Er hat die Farrow allerdings für ihre eigene Adoptivtochter verlassen.«

»Na siehste. Und von dem guckst du dir noch Filme an? Hast du da keine moralischen Einwände?«

»Also, erstens gilt die Unschuldsvermutung, solange das Gegenteil nicht bewiesen ist. Zweitens sind Leben und Kunst zu trennen und …«

»Das aus deinem Munde!«

»Ja, wieso?«

»Na ja, das ist mir schon bei unserem ersten – und … äh … einzigen – Abend aufgefallen, dass du die ganze Zeit von irgendwelchen Filmen und Literatur und was weiß ich … Theorien und so redest. Und zu Anfang hab ich gedacht, wow, der weiß unglaublich viel. Der ist total tiefgründig. Aber dann hat's mich irgendwann genervt, und ich hatte das Gefühl, du redest die ganze Zeit über diesen Kram, um von dir und deinem Leben abzulenken. Du sprichst über Fiktion, als wäre das dein Leben – und umgekehrt.«

»Keine Ahnung, wovon du redest. «

»Denk mal drüber nach.«

»Bin ich eigentlich nur von Therapeuten umgeben, oder was? Alle scheinen zu wissen, was bei mir schiefläuft. Nur ich selbst tappe nach wie vor vööölig im Dunkeln. Dabei ist doch alles so unglaublich offensichtlich.«

»So war's nicht gemeint. Entschuldige.«

»Ich meine, wer sagt denn, dass man aus Büchern und Filmen nichts über das reale Leben lernen kann? Die Künstler haben sich schon weit vor uns über die gleichen Probleme tiefgründige Gedanken gemacht: den Tod, die Liebe, die Moral. Filme und Bücher und Musik sind doch quasi wie eine Benutzeroberfläche für das Chaos, in dem wir alle stecken. So jemand wie Woody Allen, zum Beispiel. Seine Filme sind doch kein reiner Eskapismus. Er macht einem doch keine falschen Versprechungen, er entführt einen nicht in irgendeine Traumwelt, und er sagt auch nie, dass das Leben so verdammt grooooßartig und wunderschön wäre und alles gut werde oder so. Aber er zeigt, dass es voller großer Momente sein kann, wenn wir uns mit unserem Dasein arrangieren. Eine ehrlichere und trotzdem irgendwie, na ja, menschliche Philosophie kann ich mir nur schwer vorstellen. Und – natürlich, seine Filme sind trotzdem viel romantischer als das Leben jemals sein kann. Aber ist es nicht großartig, dass es eine solch berauschende Sentimentalität wenigstens in der Welt der Kunst noch gibt? Ich meine, wir können die Fiktion doch nicht ausschließlich den Finanzmärkten überlassen. Es gibt schönere Dinge, die man damit anstellen kann.«

»Das war ja ein richtiges Plädoyer! Da kann ich natürlich kaum noch Nein sagen. Also gut, versuchen wir's. Mister Allen, ich gebe Ihnen noch eine Chance. Vielleicht verliebe ich mich ja doch noch in Ihre Filme.«

»Bau dir doch nicht schon wieder diesen Druck auf.«

»Sehr komisch, lass uns gehen!«

*

Wir schauten uns den Film im *Atlantis* an, bei dem ich mich immer frage, ob es seinen Namen dem Umstand verdankt, dass es auf halber Kellertiefe liegt. Larry David spielte die Hauptrolle. Er läuft griesgrämig durch die Straßen Manhattans. Eines Abends liest er widerwillig die blutjunge Evan Rachel Wood auf, die aus dem bigotten Süden nach New York geflohen ist.

Es war keine dieser Alter-Mann-lernt-junges-Mädchen-kennen-und-erlebt-seinen-zweiten-Frühling-Komödien. Oder jedenfalls nicht nur. Allen wollte zeigen, wie geheimnisvoll, unberechenbar und komplex dieses seltsame Gefühl namens Liebe ist. Und da es sich so selten einstellt, sollten

Kategorien wie Herkunft, Alter, Überzeugungen, Intelligenz, Glauben und Geschlecht dabei keine Rolle spielen. Es schien allerdings, als wäre diese grenzenlose Liebe beschränkt auf Downtown Manhattan oder gar nur die Upper East Side.

Man muss ehrlich sagen, es war kein großer Film. Aber er gab mir den Glauben an die Liebe zurück. Nein, das klingt zu pathetisch. Er entfachte in mir die Sehnsucht … vielleicht auch ein bisschen zu dick aufgetragen. Er zeigte mir, dass die Antwort auf alle Fragen … um Gottes willen, jetzt wird's spirituell. Wenn Liebe die Antwort ist, habe ich vielleicht die Frage falsch verstanden. Nein, ich hatte nach dem weltumarmenden Ende des Films wohl einfach Lust, wieder jemanden in den Arm zu nehmen, den ich mochte. Das trifft's vielleicht am besten.

Und da war Kiki. Keine Ahnung, ob ihr der Film gefallen hatte. Sie war danach seltsam still. Ich schaute sie an, wie sie dort verloren vor dem Kino stand. Vielleicht ein bisschen übermütig nahm ich ihren Kopf zwischen meine Hände, küsste und umarmte sie schließlich. Es fühlte sich so gut an, dass mir ihre Passivität zunächst nicht auffiel. Wenn ich ihre rechte Hand nahm, drückte sie meine linke, wenn ich sie küsste, küsste sie zurück. Doch wenn ich einfach nur neben ihr herlief, suchte sie meine Nähe nicht. In ihrer Wohnung ließ sie sich ohne Erregung entkleiden. Als ich ihr schließlich den Schlüpfer runterschob, tat sie Gleiches mit meinen Shorts. Danach ließ sie alles geschehen. Ohne Widerstand – aber auch ohne Leidenschaft.

Als ich am nächsten Morgen die Augen öffnete, schaute ich auf das Filmplakat von *Der Herr der Ringe: Die zwei Türme*, das gegenüber dem riesigen, mit Schnitzereien verzierten Holzbett hing. Letzteres – ebenso wie der dunkelgrüne Ohrensessel neben der Tür, der immer von Klamotten bedeckt war – ein Erbstück von Kikis Großmutter.

Kiki stand schon wieder in der kleinen Kochnische und machte Frühstück. Ich lächelte sie an, sie lächelte zurück.

Ich fühlte mich zu Hause hier. So als ob wir schon jahrelang zusammen gewesen wären. Nach dem Frühstück flanierten wir an der Isar entlang, dann gingen wir in den Zoo. Anschließend schauten wir bei mir den Tatort und schliefen miteinander. Als am Montagmorgen um acht das Telefon läutete und ich Shirleys Nummer auf dem Display sah, drückte ich sie weg. Auch ihre Mailbox-Nachricht löschte ich, ohne Anhörung. Kiki war bereits im Bad und hatte das Klingeln wohl nicht gehört. Den ganzen Tag über ging ich nicht ans Telefon, auch Shirleys Nachrichten löschte ich, ohne sie zu lesen.

Am Abend ging ich wieder zu Kiki. Es kam mir wie eine alte Gewohnheit vor. Erst wenn wir uns liebten, merkte ich, wie neu und ungewohnt alles noch war. Es schien mir, als müsste sie alle Gesten und Berührungen, die zu einer Liebesbeziehung gehören, erst lernen. Zu Anfang bedeckte sie sogar noch ihren Körper, wenn sie das Bett verließ. So als sei ich plötzlich ein Fremder. Mit der Zeit wurde sie offener und sicherer. Aber ich bemerkte, wie sie bei allem, was sie tat, den Bruchteil einer Sekunde zu lange zögerte. Das machte auch mich unsicher. Meine Laune verschlechterte sich.

»Was ist denn los mit dir?«

»Wieso? Was soll los sein?«

»Na, es kommt mir vor, als wärst du überhaupt nicht richtig bei der Sache.«

»Ach, ICH bin also nicht richtig bei der Sache?«

»Und seit Tagen bist du so gereizt. Ist irgendwas passiert? Mit deiner Ex oder so?«

»Was soll denn auf einmal mit meiner Ex passiert sein? DU bist doch die ganze Zeit so komisch. Ich weiß überhaupt nicht, was du eigentlich willst. Ich meine, willst du mit mir zusammen sein oder nicht?«

»Ja, natürlich will ich das.«

»Und warum bist du dann immer so abweisend, so, so … zögerlich?«

»Ich bin halt vorsichtig. Du weißt doch besser als irgendjemand sonst, wie schwer das für mich ist mit Partnerschaften und so. Und du gibst mir auch nicht gerade das Gefühl, dass ich dir besonders wichtig bin. Ich fühl mich irgendwie so ... ich weiß auch nicht ... so klein.«

»Klein?«

»Ich weiß nicht, es ist so ... In einem Moment bist du der aufmerksamste Mensch der Welt und im nächsten wieder ganz weit weg.«

»Weit weg?«

»So, als ob dir das hier alles zu langweilig wär.«

»Was soll mir zu langweilig sein?«

»Na alles halt. Ich, die Liebe, das Leben. Als würdest du dich vollkommen ausklinken. Ich kann dich dann auch nicht ansprechen. Du bist in einer völlig anderen Welt.«

Ich überlegte, was sie damit meinen könnte. Konnte das etwas mit meiner Epilepsie zu tun haben? Irgendwelche Spätfolgen? Ich erinnerte mich an die Déjà-vus und Absencen, die ich nach dem Sturz im Kölner Schnee vor fünfzehn Jahren phasenweise hatte. Und dann waren da zwei oder drei richtige Anfälle gewesen, von denen ich selbst nicht viel mitbekam, außer, dass ich mich danach auf dem Boden liegend wiederfand und mein Körper den Aufprall und die Zuckungen in blauen Flecken und Muskelkater gespeichert hatte. Diese Aussetzer und Sprünge hatten mein Verhältnis zur Zeit verändert. Sie hatte Blasen bekommen so wie die Folie dieser selbstklebenden Fotoalben, wenn man sie nicht richtig glattstreicht. Was passierte in diesen Blasen, in denen mein Bewusstsein den Kontakt zu den realen Ereignissen verlor?

Na ja, so ein gespreizter Unfug fällt einem ein, wenn man den Wald vor lauter Bäumen nicht sieht. Aber mit der Liebe ist es ja wie mit einem gut gewürzten indischen Gericht. Erst wenn alles aufgegessen ist, zerfällt das Aroma im Mund langsam in seine Bestandteile, und man kann einzelne Komponenten herausschmecken. Herrje, das klingt ziemlich kitschig. Das muss die späte Stunde sein. Jedenfalls würde ich meine zeitweise Abwesenheit und Gereiztheit heute eher mit einer gewissen Überforderung erklären. Auf dieses Gericht aus Zuneigung und Angst, Fremde und Vertrauen, körperlicher Anziehung und Unsicherheit war meine Psyche nicht vorbereitet.

*

Obwohl ich Kiki gerne traf, mit ihr reden und lachen konnte, war ich schon bald froh, wenn wir nach einem Abend im Kino oder Restaurant nicht mehr zusammen nach Hause gingen.

Vier Wochen, nachdem wir einander wiedergetroffen hatten, flog sie mit einer Freundin für zehn Tage nach Lissabon in den Urlaub. Ich freute mich, wieder ein paar Tage allein zu sein, und hatte endlich Zeit, mein Leben ein bisschen in Ordnung zu bringen, vielleicht zum Sport zu gehen oder sogar mal wieder einen Termin mit Frau Doktor Harey zu vereinbaren, die ich nach dem Trip in die Lüneburger Heide aus Scheu und Scham nicht mehr gesehen hatte.

Neunundzwanzig

Ich fragte viele meiner ehemaligen Arbeitskollegen und Bekannten aus der Medienbranche, ob sie Lust hätten, an meinem *Rust*-Projekt mitzuwirken. Die Höflichen sagten einfach aus Zeitmangel ab. Einige Ehrliche hielten das Konzept der Zeitschrift für eine Schnapsidee oder äußerten Bedenken, die Mitarbeit an einem – wie einer sagte – »so anarchischen Blatt« könnte ihrer Karriere schaden, und ob ich mal darüber nachgedacht hätte, wie sich das Heft finanzieren ließe, wo der Käufer am Kiosk doch ungern mehr als drei Euro ausgäbe und die Firmen mit den großen Werbeetats erst bei einer Auflage von mindestens hunderttausend Exemplaren über eine Investition nachdächten. Und überhaupt, ob »so was Schräges« selbst bei einem gewissen Erfolg davon profitieren könnte, wäre ja noch mal eine ganz andere Frage. Man müsse da schon auch was tun für so eine Anzeige. Lebensstil oder nein, Lifestyle vermitteln – am besten unter Verwendung des jeweiligen Produktnamens.

Die meisten, die ich zur konstitutionellen Redaktionssitzung einlud, zeigten aber einfach überhaupt keine Reaktion.

Am Ende saßen nur Mikesch und Rainer an dem viel zu großen reservierten Tisch im *Alten Simpl* in der Maxvorstadt. Der einst literarisch so Ambitionierte, der jetzt unter wechselnden Pseudonymen Plunder für die Prominenz produzierte, und der Lebenskünstler oder Kunstlebende.

Meine Enttäuschung hielt sich in Grenzen – in den anvisierten Grenzen des Tausendjährigen Reiches, um genau zu sein. Da hatte ich mich endlich mal entschieden, etwas durchzuziehen (im Nachhinein denke ich, vielleicht auch nur, um Frau Doktor Harey zu gefallen), und dann spielte die Welt einfach nicht mit. Ich dachte an meinen Großvater. Der war in den Fünfzigerjahren der erste Vorsitzende des Ziegenzuchtvereins meines Heimatkaffs gewesen, dabei hatte er sich nur eine einzige Ziege gehalten! Vielleicht könnte ich mich ja in diese Familientradition einreihen und mit diesen beiden Typen ohne Geld und Einfluss eine Zeitschrift gründen.

Wenn man es positiv sehen wollte, saßen da an diesem langen Tisch im *Alten Simpl* ja zwei Eigenschaften, die man gut gebrauchen konnte, wenn man eine Zeitschrift auf den Markt bringen wollte: Erfahrung und unendliches Selbstvertrauen.

Rainer trug wieder diesen weißen Anzug. Das Revers zierten einige verwaschene rötliche Flecken. Sah irgendwie cool aus. Mikesch, den ich bestimmt zehn Jahre nicht mehr gesehen hatte, trug einen blauen Kapuzenpulli. Sein schon früher etwas teigiges Gesicht hatte er jetzt unter einem Vollbart versteckt.

Ich setzte mich zu ihnen, fuhr zum Zeichen meiner ernsten Absichten ostentativ mein Mobiltelefon herunter, bestellte einen Tee – die anderen tranken Holundersaftschorle (Rainer) und Bier (Mikesch) – und holte einen dicken Stapel mit Kopien meines Konzeptpapiers aus meiner Umhängetasche, die so schwer gewesen war, dass sich meine linke Schulter verkrampft hatte. Ich verteilte je eine Kopie an die Anwesenden und stopfte den kaum geschrumpften Stapel zurück in die Tasche. Die beiden überflogen meine zusammendilettierten Zeilen. Mikeschs Stirn glich einer Moränenlandschaft, Rainer rümpfte die Nase.

»Fangen wir mal mit dem Grundlegenden an. Habt ihr schon mal für eine Zeitschrift gearbeitet?«

»Also, ich schreib gerade 'nen Blog, das geht ja in die Richtung.«

»Nun also, so ein gedrucktes Produkt scheint mir doch quasi mit mehr Nachdruck …«

»Find ich überhaupt nicht.«

»Äh, ja.«

»Weißt du, was dein Problem ist, Thomas?«

»Vielleicht, dass ich immer alles gleich so zerdenke?«

»Das sicher auch, aber das mein ich nicht. Dein Problem ist, dass du so unglaublich Zwanzigstes Jahrhundert bist. Mit deiner Idee einer Zeitschrift, und dieser Scheiß auf dem Konzeptpapier hier vom Willen zur Macht, Wunschmaschinen, Situationismus, äh ... Kommunikationsguerilla und, wie heißt das?, Culture Jamming? Da blickt ja kein Mensch mehr durch, was das alles soll. Was heißt denn das: *Ist die beste Subversion nicht die, Codes zu entstellen, statt sie zu zerstören?*«

»Na ja, das war nur, um das ein bisschen mit Inhalt und Theorie zu füllen. Also, indem der Rust mit seiner unbewaffneten Privatmaschine auf dem Roten Platz gelandet ist, hat er ja quasi den ganzen Kalten Krieg ad absurdum geführt, nicht?«

»Meine Güte! Aber der hat da bestimmt nicht vorher irgendwelche Bücher gewälzt. Warum kann man denn nicht einfach mal machen, ohne vorher groß drüber nachzudenken?«

»Weil das ja all die anderen auch schon tun, die Zeitschriften machen. Wir dürfen die Produktion von Bedeutung nicht länger den Marketing-Abteilungen überlassen. Wir halten die Leser für mündig genug, selbst zu entscheiden, ob sie uns lesen wollen. Kein Marketing, keine Bilder.«

»Keine Bilder?«

»Keine Bilder. Wir sind ja überall umgeben von Bildern. Wenn wir von etwas nicht wissen, wie es aussieht, googeln wir es einfach, anstatt unsere Phantasie zu bemühen. Auf die Dauer verlieren wir so unsere Vorstellungskraft. Wir können uns gar nicht mehr ausmalen, dass irgendetwas anders sein könnte, als es ist. Das hat ja auch politische Konsequenzen. Das utopische Bewusstsein verkümmert! Deshalb also keine Bilder, keine imagebildenden Maßnahmen. Vorne drauf steht: Marketingfrei.«

»Und wie sollen die Leser auf uns aufmerksam werden?«

»Na ja, wie auf deinen Blog auch, Rainer, indem sie uns lesen.«

»Hahaha. Die haben Besseres zu tun, schätze ich.«

»Und wer kümmert sich dann darum, dass Anzeigen geschaltet werden und wir auf dem Markt gut dastehen?«

»Guter Punkt, Mikesch. Niemand.«

»Wie bitte?«

»Nun, wir geben eine Kontonummer an. Da können die Leute den Betrag überweisen, den sie für eine Anzeige ausgeben wollen. Und wir werten das dann aus. Die drei Höchstbietenden kriegen eine ganzseitige Anzeige, die nächsten eine halbe, eine Viertelseite und so weiter.«

»Das klappt nie. Ist auch technisch gar nicht umzusetzen.«

»Wir werden sehen. Zwei Anzeigen für die erste Ausgabe haben wir schon so gut wie sicher.«

(Das war natürlich geflunkert.)

»Wie das?«

»Lass das mal meine Sorge sein.«

»Na, hoffentlich.«

»Du scheinst dich ja ein bisschen auszukennen, Mikesch. Schon mal für so was gearbeitet?«

»Tja, inner Schule natürlich, für die Schülerzeitung.«

»Oh, also, ich weiß nicht ...«

»Und dann ein Praktikum bei der Lokalzeitung. Ach, und ich habe mal für *1001 Sexy Stars* geschrieben.«

»*1001 Sexy Stars*?«

»Ja. Während des Studiums. Das war die Zeitschrift von so einem Ein-Mann-Verlag. Der Verleger hat irgendwelche Fotos von halbnackten Prominenten aus dem Internet gezogen. Die habe ich mit medientheoretischen Bildunterzeilen versehen. Damals stand ich gerade so auf sozialen Konstruktivismus, Siegfried J. Schmidt und so.«

»Aha.«

»Ja. Und dann hab ich noch als Chefredakteurin Stefanie Stecher das Vorwort dafür geschrieben. Und eine Kolumne des spanischen Lebemanns Hector Spinalzi.«

»Um Gottes willen!«

»Hehehe.«

»Mir fehlt hier der nötige Ernst.«

»Find ich überhaupt nicht.«

»Ja, Rainer?«

»Ey, wenn du da wirklich was auf die Beine stellen willst, was die Leute gerne lesen wollen, dann musst du mal ein bisschen locker werden.«

»Schon gut, schon gut. Worum es gehen soll bei *Rust* … also, das ist ja an sich durchaus auch mit einer gewissen Distanz und Ironie zu lesen. Wir als kleine Zeitschrift landen also wie der Rust damals mit seiner Cessna in feindlicher Umgebung. Und warum können wir da landen? Weil uns niemand auf dem Radar hat, weil uns niemand ernst nimmt. Aber dann sorgen wir eben doch für Aufregung und zeigen, dass es durchlässig ist, dieses System. Dass es vielleicht auch Möglichkeiten gibt, es auszuhebeln.«

»Und was heißt das jetzt konkret? Ich brauch da schon einen Auftrag. Für oder über was oder unter welchem Namen ich schreiben soll.«

»Tja, deswegen sind wir eigentlich hier, um das rauszufinden. Hat jemand 'ne Idee? Rainer?«

»Nee, nee, das ist mir alles zu verkopft. Ich kann mir nichts drunter vorstellen.«

»Bisher kann man sich auch noch nichts drunter vorstellen. Ist ja alles möglich. Es soll um Durchdringungen gehen, um das Öffnen von Perspektiven, das Trainieren des Möglichkeitssinns.«

»Was soll denn das nun wieder heißen?«

»Na ja, weg von diesem fürchterlichen Wort der Realpolitik, dieser dummen Idee, dass es immer nur eine vernünftige, machbare Lösung für ein Problem gibt – und das dann als Demokratie zu verkaufen. Sie haben eine Möglichkeit, bitte wählen Sie! Die machen uns doch fertig, diese Realpolitik-Spinner!«

»Aha.«

»Davon kommt man nur weg, wenn man sich von den sogenannten Experten fernhält und Menschen zu Wort kommen lässt, die über scheinbare Dogmen oder Gesetze oder Grenzen hinweggehen, weil sie die nämlich einfach nicht kennen. Wir könnten Künstler gewinnen, die über Politik schreiben, Psychologen und Anthropologen, die die Wirtschaft unter die Lupe nehmen, andersherum vielleicht Leute aus der Wirtschaft, die Subkulturen beleuchten, Modeleute, die über die Schönheit der Theorie schreiben, Architekten, die sich mit abstrakter Mathematik beschäftigen. Was weiß ich.«

»Hm …«

»Oder wie wäre denn so was wie verdeckte Ermittlungen? Also, wir schleusen undercover jemanden beim Fernsehen ein oder bei 'ner Bank oder 'ner Partei und lassen den dann da recherchieren. Mikesch?«

»So wallraffmäßig? Wär's nicht andersrum einfacher? Wir fragen Leute, die da arbeiten, ob sie uns unter Pseudonym schreiben, was da wirklich abgeht?«

»Hm, weiß nicht. Sind solche Insider nicht schon total systemblind? Außerdem würde die Metapher mit dem Rust nicht mehr so gut passen, oder? Wir landen dann ja nirgendwo und führen nichts ad absurdum. Wir HANDELN nicht. Wir lassen arbeiten.«

»Aber alles andere würde doch viel zu lange dauern, oder? Und so durchdringt das Magazin den Apparat.«

»Find ich überhaupt nicht. Mir ist das alles zu verkopft.«

»Das sagtest du schon.«

»Ja, klar, is ja auch so. Aber, versteh ich das richtig – ihr wollt die Welt verändern, indem ihr eine Zeitschrift gründet? Das ist wirklich das Bescheuertste, was ich jemals gehört habe.«

Dreißig

Ich war ziemlich frustriert, als ich den *Alten Simpl* gegen einundzwanzig Uhr verließ. Das Projekt, in das ich all meine Hoffnung und vor allem all meine Verzweiflung gesteckt hatte, war gescheitert. Und das Schlimmste daran: Rainer hatte meine Vision als einen eitlen Blick in den Spiegel entlarvt. Ich wollte nichts verändern, sondern meinen Selbsthass zu einem Produkt machen, Eintritt nehmen für meine Aufführung der Opferrolle. Oder, um mit dem alten Fritz Riemann zu sprechen: Die von mir angestiftete Revolution war in Wirklichkeit eine lupenreine Rotation.

Ich fuhr mein Mobiltelefon wieder hoch. Eine Nachricht von Shirley. Zum ersten Mal seit nun schon über einem Monat löschte ich sie nicht sofort. Schaute auf ihren Namen. Stieg in die Tram ein. Schaute wieder auf ihren Namen und klickte ihn schließlich an. »Du fehlst mir sehr. Kusskusskuss« stand da. Mehr nicht. Das hatte sie mir früher, als wir noch zusammen waren, oft geschrieben, wenn ich auf Reisen war, oder – in den Anfangstagen – sogar, wenn wir nur für ein paar Stunden getrennt waren. Doch jetzt machten mich diese zwei mickrigen Zeilen wütend. Weil sie all das, was früher in ihnen gelegen hatte, nicht mehr sagten. Weil sie leer waren. Vollkommen ohne Bedeutung. Ein Buchstabenhaufen. Ja, auf einmal bezweifelte ich sogar, dass diese vier Worte und drei Küsse, die mich früher zu Tränen hatten rühren können, jemals mehr gewesen waren als das. Ich fand das alte Gefühl nicht wieder. Es war nicht mal mehr in der Erinnerung abgespeichert. Da waren nur noch Wut und Widerwillen. Ich versuchte, mir Shirley in Erinnerung zu rufen, ihren Mund, ihre Augen, ihren Körper. Doch es gelang mir nicht. Vor meinem inneren Auge sah ich nur eine Figur, die August Mackes *Akt auf weißem Tuch* ähnelte.

Als ich aus der Tram stieg, hielt ich das Telefon noch immer in der Hand. Auf der letzten Stufe stehend, zeigte es mit einem Klick eine weitere Nachricht auf dem Display an. Sie kam von Kiki aus Lissabon. Ich wählte sie an und las: »Du fehlst mir sehr. Kusskusskuss«. Ich dachte, ich hätte versehentlich die falsche Nachricht ausgewählt, checkte noch einmal den Absender. Aber es war tatsächlich Kiki. Und es war ohne Zweifel der gleiche Text wie der von Shirley zuvor.

Ungläubig starrte ich auf diese zweite Nachricht. Und ich dachte an all die Gesten und Berührungen, die Kiki, die von sich glaubte, nicht lieben zu können, erst hatte lernen müssen, und an all die seltsamen Formeln und Routinen, in die Shirley, die von sich glaubte oder zumindest geglaubt hatte, mich zu lieben, seit unserer Trennung immer wieder verfiel. Aber auch meine Eltern, die mich liebten, wie Eltern ihre Kinder lieben, kamen mir in den Sinn. Sie hatten sich aus Gesten, Phrasen, Ritualen und Routinen ein Zuhause gebaut.

Ich lief die Trappentreustraße hinunter, dann in die Westendstraße. Was für ein absurder Zufall, diese beiden Nachrichten, dachte ich. Ich lachte leise. Dann lauter. Auch ohne Johns weißes Pulver fühlte ich mich, als säße ich *on top of the world*. Und von dort sah ich, wie klein alles war. Wie das Leben sich völlig bedeutungslos entfaltete. Mir fiel dieser Wittgenstein'sche Satz aus Luigis Notizbuch wieder ein: *Alles Geschehen und So-Sein ist zufällig.* Ich sagte ihn vor mich hin, lauter und lauter. Wiederholte ihn rhythmisch wie die erste Zeile eines Blues-Songs. *Alles Geschehen und So-Sein ist zufällig / Alles Geschehen und So-Sein ist zufällig.* Die nächste, abschließende Zeile dieser Strophe hatte ich noch nicht gefunden. Doch sie würde kommen mit der Zeit, da war ich mir sicher. Denn meine Seele war, so dachte ich in diesem Moment, bereits im Begriff, die Schwerkraft zu besiegen.

Epilog

»Weiter im Blues.«
Peter Handke

Drei Monate sind seitdem vergangen. Die Euphorie dieses Abends war schon am nächsten Morgen verflogen.

Als Kiki aus Lissabon zurück war, sahen wir uns nur noch selten. Das hatte sich bereits vor ihrer Reise angedeutet. Zur anfänglichen Nähe fanden wir nie mehr zurück.

Auch Anne sehe ich kaum noch. Sie hat ihre mütterlichen Energien schon seit einiger Zeit in eine andere Richtung gelenkt. Sie hat jetzt einen »richtigen Freund«. Das sagte sie zumindest, als wir uns das letzte Mal trafen. Sie hat mir auf dem Mobiltelefon ein Foto von ihrem Neuen gezeigt. Er erinnerte mich an den gedrungenen Typen im *Fred-Perry*-Shirt, der sie angemacht hatte, als ich mich seinerzeit heldenmütig dazwischenwarf. Aber das ist wahrscheinlich nur meine Paranoia.

Das Kurznachrichtenspiel mit Shirley ging noch eine Weile weiter. Ich antwortete nur ab und zu, um den Fluss nicht versiegen zu lassen, doch sie schrieb und schrieb. Mehrmals täglich. Ihre Nachrichten wirkten wie hilflose Versuche einer Kontaktaufnahme. Aber warum das alles, nach diesem Debakel in der Lüneburger Heide?

Die einzige Antwort, die mir plausibel erschien, war wiederum eine Frage: War es möglich, dass alte elektronische Nachrichten, geschrieben vor langer Zeit, zurückkehrten? So wie Erinnerungen? Oder Filme, die im Fernsehen wiederholt werden?

*

In letzter Zeit habe ich oft an Luigi denken müssen und bin sogar mal wieder ins *Flametti* gegangen, weil ich gehofft hatte, ihn dort zu treffen. Ich traf aber nur auf John, der auch keine Ahnung hatte, wo sein italienischer Freund und Kunde abgeblieben war. Als ich all meine wirren Gedanken über die Liebe, Kurzmitteilungen, Wittgenstein und den Zufall vor ihm ausbreitete, nickte er nur verständnisvoll und zitierte aus alten Liedern, die er von seinen obskuren Musikerfreunden schon als Teenager gelernt haben wollte. Und je öfter er Zeilen wie *You got the blues, and I still ain't satisfied / You got the blues, and I still ain't satisfied / Well, some old day, gonna catch that train and ride*, autistisch auf seinem Stuhl wippend, vor sich hin summte, desto klarer wurden meine Gedanken.

Sich zu verlieben sei ihm zu gefährlich, erklärte John mir eines Nachts. Er zöge Prostituierte vor. Ich dachte, schon arg betrunken auf dem Dach der Welt sitzend, er hätte recht, Huren würden all die Gesten, Berührungen und sprachlichen Routinen sicher um einiges besser beherrschen als Kiki oder Shirley.

Am nächsten Abend ging ich zum Strich in der Hansastraße und überredete schließlich eine Emmy, die mir ganz gut gefiel, mit mir nach Hause zu gehen. Sie war ziemlich groß, eins achtzig oder mehr, hatte halblange blonde Haare, kräftige Beine und einen ausgeprägten Po. Sie erinnerte ein bisschen an eine Robert-Crumb-Figur. So hatte ich mir als katholischer Junge damals im Kaff die Sünde vorgestellt.

Und was soll ich sagen, sie war perfekt. Ich ließ alles mit mir geschehen. Viel zu eingeschüchtert, um die Initiative zu ergreifen, aber zugleich fasziniert von diesem Körper, der so genau wusste, was er tat, und diesem Mund, der immer die richtigen Sachen sagte und machte. Ich war eher Beobachter als Teil dieser Zeremonie, ein Bewunderer von Emmys Schauspielkunst.

Mit Lust hatte das allerdings nichts zu tun. Ich fühlte nichts, wandte ab und zu meinen Blick auf die hundertfünfzig Euro, die auf meinem Nachttisch lagen, und dachte, was für eine lächerliche Übung das doch war, die ich da vollzog. Während Emmy laut und gespielt lustvoll stöhnte, musste ich an Charles Mingus denken. Charles Mingus, der, wenn man ihn richtig hörte, laut und berauscht, immer besser war als Sex. Charles Mingus, der in Mexiko einmal, in der Hoffnung, es würde ihn umbringen, mit dreiundzwanzig Huren in einer Nacht geschlafen hatte und anschließend unbefriedigt und beschämt heimgefahren war, *because it felt better when I did it to myself than with all those twenty-three dirty-ass whores. They don't love men, they love money.*

»Sag mal, kennst du einen Luigi?«, fragte ich Emmy mitten in ihrem Spiel.

»Bist du 'n Bulle, oder was?«

»Äh, soll das 'n Kompliment sein?«

»Was?«

»Nein, schon gut. Ich habe ihn vor längerer Zeit mal kennengelernt in einer Bar.«

»Im *Flametti*?«

»Ja, genau.«

»Da hing er früher oft rum. Er war mal mit dem Typen befreundet, dem der Laden gehört.«

»Ach so ... Und jetzt nicht mehr?«

»Nein. Keine Ahnung, was da genau vorgefallen ist. Er hat ihm jedenfalls die Fresse poliert.«

»Haha, das ist ja quasi sein Hobby.«

»Kann schon sein. Seinen Feinden schickt er immer einen Strauß Kornblumen, als Hinweis, dass er sie auf dem Feld verscharrt, wenn sie nicht spuren.«

»Wie originell.«

»Ziemlich naheliegend, wenn du mich fragst. Er heißt ja Luigi Fiordaliso – Fiordaliso ist der italienische Name für Kornblume. Das erzählt er eigentlich jedem. ›Ich heiße Luigi Kornblume‹, sagt er immer. Uns nennt er ›meine Fiordalissima‹.«

»Oder ›meine Pferdchen‹.«

»Seine Mutter wohnt in einem Vorort von Lecce, der so heißt. Cavallino. Können wir jetzt weitermachen?«

»Okay, okay, entschuldige.«

*

Nach dem Akt fühlte ich mich gedemütigt, benutzt, abscheulich. Ich schrieb Shirley eine Nachricht, bestehend aus drei Worten, keinem Kuss und einem Fragezeichen. Die Nachricht lautete: »Hast du geheiratet?« Sie antwortete, wie es anscheinend ihre Art ist, mit einem einfachen »Ja.«. Danach habe ich nichts mehr von ihr gehört.

*

Kurz darauf bin ich wieder zu Frau Doktor Harey in die Sprechstunde gegangen. Ich nehme jetzt auch Tabletten gegen die Depression. Die machen impotent. Nicht ohne Komik, oder? Man wird depressiv, weil man das Gefühl hat, den Anforderungen dieser komischen Welt nicht gerecht werden zu können, und das Zeug, das man einnimmt, um sich nicht ganz so mies zu fühlen, macht einen dann selbst auf dem niedrigsten, kreatürlichsten Level des Menschseins zum Versager.

Aber mich schaut eh keine mehr an, wenn ich mal vor die Tür muss. Diese Tabletten steigern auch den Appetit. Ich bin schon fast so fett wie Blind Louie Boulderwood auf diesen Fotos aus den Zwanzigern. Aber der musste sich wenigstens nicht ansehen.

Ich habe mal kurz überlegt, es doch noch einmal mit Sport zu versuchen. Doch das Fitness-Studio hat den Besitzer gewechselt. Über der Eingangstür prangt nun ein Schild, auf dem »Celebrate Yourself« geschrieben steht. Das ist nun wirklich das Letzte, was ich tun will.

*

»Haben Sie eigentlich selbst darüber entschieden, Ihren Job aufzugeben?«

»Wieso … was … was hat das jetzt damit zu tun?«

»Ich frag nur. Wie war das? War das ihr Wunsch?«

»Mein persönlicher … naja … Wunsch wäre vielleicht zuviel gesagt. Es war eher so ein Druck.«

»Ein innerer Druck?«

»Naja, außen und innen vielleicht. Ich war unglücklich mit meinem Job – und Shirley war unglücklich mit mir.«

»Inwiefern?«

»Sie hat nicht verstanden, dass ich nichts ändere, wenn es mir nicht gut geht.«

»Und da haben Sie reagiert.«

»Genau.«

»Und wie ging es Ihnen dabei?«

»Nun ja, es war schon schwierig für mich, jede Sicherheit aufzugeben. Und ich dachte … naja … wenn wir zum Beispiel eine Familie gründen wollen … würden, dann wäre es nicht schlecht, wenn zwei verdienen.«

»Verstehe. Sind Ihre Eltern auch so auf Sicherheit bedacht?«

»Mhm, ja schon, irgendwie.«

»Haben Sie Geschwister?«

»Nö.«

»Was würde es in Ihrem Verhältnis zu Ihren Eltern ändern, wenn Sie selbst eine Familie hätten?«

»Äh … weiß nicht. Ich vermute … sie würden sich freuen.«

Frau Harey schwieg. Ich schaute sie fragend an. Sie schwieg weiter.

»Naja, also … es wäre vermutlich schon so, dass … äh … ich mich wohler fühlen würde dann … ihnen gegenüber.«

»Weil Sie die Familie fortsetzen, weil Sie ein Muster erfüllen.«

»Ein … Muster … erfüllen … ja.«

*

Es ist spät geworden. Beziehungsweise früh. Der Morgen graut schon. Wie damals nach dem Abend im *Flametti*, als plötzlich dieser Satz aus Luigis Notizheft am Horizont auftauchte und meine Welt für ein paar Stunden in einem neuen, helleren Licht erstrahlen ließ.

Ich habe eben, während sich die letzten Monate meines Lebens auf dem Papier wiederholten, aus Recherchegründen mal online nach dem Satz gesucht. Er stammt aus dem *Tractatus logico-philosophicus*. Und als ich die gefundene Stelle – sechster Abschnitt, Punkt 6.42 – las, wurde mir plötzlich klar, dass Luigi mich an der Nase herumgeführt hatte. Er hatte Wittgensteins Worte als Werbeslogan missbraucht, um mir jede romantische Hoffnung auszutreiben, damit ich bei seinem Glücksspiel einen hohen Betrag auf eines seiner Pferdchen setzte. Am Ende hatte ich das ja tatsächlich auch getan. Meine Leichtgläubigkeit beschämte mich. Ich konnte es nicht fassen, musste den *Tractatus*-Abschnitt noch ein zweites Mal lesen:

Der Sinn der Welt muss außerhalb ihrer liegen. In der Welt ist alles, wie es ist, und geschieht alles, wie es geschieht; es gibt in ihr keinen Wert – und wenn es ihn gäbe, so hätte er keinen Wert.

Wenn es einen Wert gibt, der Wert hat, so muß er außerhalb alles Geschehens und So-Seins liegen. Denn alles Geschehen und So-Sein ist zufällig.

Was es nicht zufällig macht, kann nicht in der Welt liegen, denn sonst wäre es wieder zufällig.

Das klingt doch regelrecht metaphysisch, oder? Ein möglicher Sinn, der jenseits dieser Welt liegen muss? Auf der anderen Seite des Jordans quasi.

Und ein paar Absätze später heißt es: *Die Welt des Glücklichen ist eine andere als die des Unglücklichen*.

Ist es nicht genau das, was auch Blind Louie Boulderwood gemeint haben muss, als er zu seiner Conclusio fand? *Gonna leave, gonna leave this world behind …*

Für Anregungen, Aufrichtungen und Kritik möchte ich mich ganz herzlich bei Dr. Alexander Müller, Jan Jepsen, Joachim Hentschel, Peter Henning und Dr. Kathrin Schäfer bedanken.

»Das Da-Da-Da-Sein« wäre undenkbar ohne den Zuspruch und das Lektorat von Andreas Paschedag und unmöglich ohne den Einsatz von Bettina Huber.

Besonderer Dank gilt meinen Eltern und Arne Willander.

Der vorliegende Text enthält direkte und/oder indirekte Zitate folgender Autoren: Warren Adler, Theodor W. Adorno, Woody Allen, Jean Amery, Andrew Anthony, Ingeborg Bachmann, Alain Badiou, Hugo Ball, Honoré de Balzac, Walter Benjamin, Thomas Bernhard, Marshall Brickman, Dock Boggs, Blind Louie Boulderwood, Richard Brautigan, L. M. Kit Carson, John Cassavetes, e.e. cummings, Dietmar Dath, Gilles Deleuze, Jochen Distelmeyer, Antoine Doinel, Bob Dylan, Robert Forster, Max Frisch, Federico Fellini, Tonino Guerra, Peter Handke, Friedrich Hebbel, Thomas Harlan, Martin Heidegger, Werner Herzog, Mississippi John Hurt, Heino Jaeger, Jim Jarmusch, Birgit Kempker, Sören Kierkegaard, Michael Kleeberg, Alexander Kluge, Gert Krawinkel, D. H. Lawrence, Jean-Pierre Léaud, Tom Liwa, Grant McLennan, Guy Maddin, Karl Marx, Charles Mingus, Heiner Müller, Colleen Murphy, Friedrich Nietzsche, Jonathan Raban, Stephan Remmler, Fritz Riemann, Katja Riemann, Rainer Maria Rilke, Arno Schmidt, Ridley Scott, Sam Shepard, Klaus Theweleit, Henry David Thoreau, J. R. R. Tolkien, François Truffaut, Wim Wenders, William Carlos Williams, Ludwig Wittgenstein, Richard Yates, Thom Yorke.

HANSJÖRG SCHERTENLEIB
Cowboysommer
Roman
244 Seiten. Gebunden
ISBN 978-3-351-03321-7

»Freundschaft kann man genauso wenig erklären wie Liebe.«

»Er würde mir das Gefühl geben, da zu sein, am Leben zu sein, wirklich und immer, jede Sekunde.« Als Hanspeter, der Erzähler, Boyroth trifft, ahnt er sofort, dass zwischen ihnen eine tiefe Freundschaft entstehen wird. Boyroth ist anders als die anderen Siebzehnjährigen: Er weiß, was er will, spielt großartig Fußball, hört die richtige Musik, und die Mädchen umschwärmen ihn. Gemeinsam mit Boyroth möchte Hanspeter dem engen Zürich der Siebziger entfliehen. Doch dann geschieht das Unglück, das beide für ihr Leben zeichnet. Mit virtuoser Sprachmacht begegnet Hansjörg Schertenleib großen menschlichen Themen: »Wir sterben nur einmal. Aber das gilt auch für das Leben. Wir wissen es und wissen es doch nicht, denn es ist nicht auszuhalten.«

Mehr von Hansjörg Schertenleib im Aufbau Taschenbuch (Auswahl):
Das Regenorchester. Roman. atb 2571-3
Der Antiquar. Roman. atb 2397-9
Die Geschwister. Roman. atb 2445-7
Das Zimmer der Signora. Roman. atb 2106-7

Mehr Informationen erhalten Sie unter www.aufbau-verlag.de
oder in Ihrer Buchhandlung

aufbau

ANDREJ HERMLIN
My Way
Autobiographie
288 Seiten. Gebunden
Mit 35 Abbildungen
ISBN 978-3-351-02726-1
Auch als ebook erhältlich

Von Pankow nach New York

Andrej Hermlin kann als Kind in Begleitung seines prominenten Vaters reisen und sieht die Welt. In der Schule wird er deshalb oft angefeindet. Ein Fluchtpunkt ist für ihn die Musik. Als Vierjähriger hört Andrej Hermlin zum ersten Mal jene Melodien, die ihn fortan nicht mehr loslassen – amerikanischen Swing aus den 30er Jahren. Bereits 1987 gründet er seine erste Band, heute tourt er mit dem berühmten Swing Dance Orchestra weltweit erfolgreich. Seine Autobiographie ist ein Rückblick auf eine ungewöhnliche Kindheit und Jugend in der DDR, eine Reise in die faszinierende Welt des Swing und erzählt von Begegnungen mit Dichtern wie Pablo Neruda, Max Frisch oder Heinrich Böll.

»Der deutsche Botschafter des amerikanischen Swing.« DIE WELT

»Hermlins neue CD beeindruckt sogar amerikanische Kritiker.« DIE ZEIT

Mehr Informationen erhalten Sie unter www.aufbau-verlag.de oder in Ihrer Buchhandlung

aufbau

MIRCO BUCHWITZ
Nachtleben
Roman
335 Seiten. Gebunden
ISBN 978-3-351-03362-0
Auch als E-Book erhältlich

So leicht verbrennt man nicht

Mit acht verliert Richard seine Familie und wächst im Kinderheim auf. Erst nach über fünfundzwanzig Jahren meldet sich seine Schwester: »Willst du Mama noch mal sehen?« Gemeinsam brechen sie auf, und Richard berichtet, wie es ihm ergangen ist. Er erzählt von der Erzieherin Merle und seiner Geliebten Pia, von Flavio, seinem besten Freund, von Prügeleien und von seinem Versuch, eine Familie zu finden. Der Leser wird zum Mitwisser seiner Lebenslügen, zum Komplizen seines Versteckspiels. Er begleitet Richard auf der Suche nach dem Ursprung seiner Einsamkeit.

»Mit wenigen Worten erschafft Buchwitz eine dichte Atmosphäre und liefert Zeitkommentare, die man als Aphorismen für nachfolgende Generationen an die Wand hämmern möchte.« OLIVER USCHMANN

Mehr Informationen erhalten Sie unter www.aufbau-verlag.de oder in Ihrer Buchhandlung

aufbau

DBC PIERRE
Jesus von Texas
Roman
Aus dem Englischen
von Karsten Kredel
383 Seiten
ISBN 978-3-7466-2150-0

»Mann, dieses Buch rockt!« FOCUS

Vernon Little sitzt im städtischen Gefängnis von Martirio, der »Barbecuesaucen-Hauptstadt von Texas«. Er hat ein ernsthaftes Problem: Sein Kumpel Jesus hat soeben 16 Klassenkameraden ins Jenseits befördert und sich anschließend selbst erschossen. Auf Vernon konzentrieren sich nun die gesamten Rachegelüste der Stadt und die Sensationsgier der Medien.
Ausgezeichnet mit dem renommierten Booker-Preis, bejubelt von der Kritik, wochenlang auf der Spiegel-Bestsellerliste – eine literarische Sensation.

»Raffinierter und treffsicherer als Michael Moore. Wir schwören, etwas Besseres hat man lange nicht gelesen.« AMICA

»Die böseste und beste Satire auf Amerika.« DIE WELT

»Wütend wie ein Song von Enimen und witzig wie ein Film von Tarantino.« BAYERISCHER RUNDFUNK

Mehr Informationen erhalten Sie unter www.aufbau-verlag.de oder in Ihrer Buchhandlung

atb aufbau taschenbuch